# UMA MULHER NÃO É UM HOMEM

# UMA MULHER NÃO É UM HOMEM
## ETAF RUM

PRIMAVERA
EDITORIAL

*Para Reyann e Isah*

Parte I...................... 29
Parte II.................. 107
Parte III ................ 219

· Sumário ·

Nasci sem voz num dia frio e nublado no Brooklyn, em Nova York. Ninguém falava do que eu tinha. Só fui saber que era muda anos depois, quando abri a boca para dizer o que eu queria e percebi que ninguém podia me ouvir. Lá de onde eu venho, a falta de voz é parte do meu gênero, tão normal quanto os seios no tórax de uma mulher, e tão necessária quanto as gerações futuras que crescem dentro de seu ventre. Mas isso nunca será explícito, claro. Lá de onde eu venho, aprendemos a esconder isso que temos. Fomos ensinadas a nos silenciar, e que o silêncio pode nos salvar. Só agora, muitos anos depois, descobri que isso não era verdade. Só agora, escrevendo essa história, sinto a presença da minha voz.

Você nunca ouviu essa história antes. Não importa quantos livros tenha lido, quantas histórias conheça, pode acreditar: ninguém nunca te contou uma história assim. Lá de onde eu venho, nós guardamos essas histórias conosco. Contá-las para alguém de fora é inédito, perigoso e a maior das desonras.

Mas você já nos viu por aí. Caminhe um pouco por Nova York numa tarde ensolarada. Desça Manhattan até que as ruas comecem a fazer curvas e fiquem todas emaranhadas, como são no Velho Mundo. Ande na direção leste, atravesse a Ponte do Brooklyn, e caminhe até que a linha dos prédios de Manhattan se dissolva atrás de você. Vai ter muito trânsito do outro lado. Chame um táxi e vá para a Flatbush Avenue, a artéria principal de South Brooklyn. Vá na direção sul na Terceira Avenida até os prédios ficarem menores – com somente três ou quatro andares e fachadas antigas. Agora, a Ponte Verrazano-Narrows já parece flutuar no horizonte como uma gaivota de asas abertas, e a ilha de Manhattan, uma miragem distante. Continue indo para o sul mais um tempo, até passar os armazéns transformados em cafés chiques e badalados bares que servem ostras e as lojas de ferragens que as mesmas famílias possuem há gerações. Quando os cafés começarem a escassear, saiba que está chegando. Ande dois quarteirões na direção oeste até a Quinta Avenida. Lá é Bay Ridge. Nosso bairro de sete quilômetros quadrados é o caldeirão cultural do Brooklyn. Nas nossas ruas, há gente da América Latina, do Oriente Médio, da Itália, da Rússia, da Grécia e da Ásia, todos falando suas línguas nativas, mantendo suas tradições e culturas. As construções estão cobertas por murais ou grafite. Nas janelas e varandas, bandeiras coloridas tremulam. O cheiro doce de churros, espetinhos e *pot-pourri* preenche o ar – um grande ensopado convergente de humanidade. Desça do táxi na esquina da Rua 72 e a Quinta Avenida, onde estará cercado por padarias, bares de narguilé e mercados de carne *halal*. Desça a Rua 72 pela calçada arborizada até chegar a uma das casas geminadas, igual a todas as outras – tijolos vermelhos esmaecidos com uma porta marrom empoeirada, de número 545. É lá que mora nossa família.

Mas nossa história não começa em Bay Ridge. Para chegarmos até lá, precisamos voltar as páginas até antes de eu ter descoberto minha voz, antes mesmo de eu ter nascido. Ainda não estamos na Rua 72, nem no Brooklyn, nem mesmo nos Estados Unidos. Não havíamos embarcado no avião que nos levou do Oriente Médio ao Novo Mundo, nem sobrevoado o Atlântico, nem tínhamos noção de quando o faríamos. Estávamos em 1990, na Palestina. Foi aí que tudo começou.

## · ISRA ·

BIRZEIT, PALESTINA
*Primavera de 1990*

Durante a maior parte dos seus dezessete anos de idade, Isra Hadid fazia o jantar junto a sua mãe, todos os dias, enrolando folhas de uva de tarde ou recheando abóboras ou colocando sopa de lentilha para ferver quando estava frio e as parreiras do lado de fora já estavam secas. Na cozinha, ela e sua Mama ficavam emparelhadas na frente do fogão como se estivessem contando um segredo uma à outra. O vapor fazia redemoinhos ao redor das duas, e lá ficavam até o pôr do sol projetar um traço laranja pela janela. Os Hadids moravam no alto de uma montanha, com uma paisagem rural abaixo – montes cobertos de casas de telhas avermelhadas e oliveiras, claro, denso e selvagem. Isra sempre escancarava a janela, pois, de manhã, adorava o cheiro dos figos e das amêndoas e, de noite, o sussurro dos cemitérios no sopé da montanha.

Já estava tarde e quase na hora da oração *maghrib*, o que interromperia a atividade na cozinha. Isra e Mama iriam ao banheiro e dobrariam as mangas dos vestidos para lavar o molho vermelho ocre das pontas dos dedos. Isra rezava desde os sete anos de idade, ajoelhando-se ao lado de Mama cinco vezes ao dia entre o nascer e o pôr do sol. Recentemente, vinha aguardando o momento da oração com ansiedade, quando ficava ao lado de Mama, de ombros juntos e os pés se tocando levemente, o único momento em que Isra tinha qualquer forma de toque humano. Ela escutava o som encorpado do *azan*, o chamado para a oração.

— O *Maghrib* terá que esperar hoje — Mama disse em Árabe enquanto olhava pela janela. — Nossos convidados chegaram.

Bateram à porta da frente, e Mama correu até a pia, onde enxaguou rapidamente as mãos, secando-as depois com um pano limpo. Saindo da cozinha, ela enrolou um *thob*[1] em seu corpo magro e um *hijab* que combinasse sobre seus cabelos longos e escuros. Apesar de Mama ter somente 35 anos, Isra achava que era muito mais velha, com suas linhas de expressão cavadas pelo trabalho.

Seus olhares se cruzaram.

— Não vá cumprimentar as visitas com cheiro de alho nas mãos.

Isra lavou as mãos, tentando não sujar o *kaftan* que Mama havia escolhido para a ocasião.

— Como estou?

— Está ótima — disse Mama, virando-se. — Prenda bem o *hijab* para o cabelo não aparecer. Não queremos passar a impressão errada aos nossos convidados.

Isra fez o que Mama mandou. No hall de entrada, escutou seu pai, Yacob, recitar seu *salaam* de sempre enquanto acompanhava os convidados até a sala. Em breve ele correria até a cozinha e pediria água, então ela pegou três copos de vidro e os preparou.

Era comum os convidados reclamarem da ladeira íngreme até a casa, especialmente em dias como aquele, nos quais o ar estava quente e parecia que a casa estava a centímetros do sol. Isra morava em uma das montanhas mais íngremes da Palestina, em um pedaço de terra que Yacob dizia que comprara por conta da vista, que fazia com que se sentisse poderoso, como um rei. Isra ouvia em silêncio os comentários do pai. Ela nunca havia ousado dizer ao pai que estavam longe de serem poderosos. A verdade é que a família de Yacob havia sido evacuada da casa onde moravam em Lida quando ele tinha só dez anos, quando Israel invadiu a Palestina. Esse era o real motivo de morarem nos arredores de Birzeit, numa montanha íngreme com vista para dois cemitérios — um cemitério cristão à esquerda e um muçulmano à direita. Era um pedaço de terra que ninguém queria, e Yacob não podia pagar por algo melhor.

Mesmo assim, Isra adorava a vista de Birzeit. Depois dos cemitérios, ela via sua escola só para meninas, um prédio de cimento de quatro andares

---

1 Peça de vestuário que vai até os pés, geralmente com mangas compridas, semelhante a um manto. [N.E.]

coberto de parreiras e, do outro lado, separado do prédio por um campo de amendoeiras, a mesquita de domo azul, onde Yacob e seus três irmãos rezavam enquanto ela e Mama rezavam em casa. Quando olhava pela janela da cozinha, Isra sempre sentia uma mistura de desejo e medo. O que havia para além das fronteiras de sua vila? Mesmo que ela quisesse sair e se aventurar, por outro lado, tinha o conforto e a segurança do mundo que já conhecia. Também havia a voz de Mama falando em seus ouvidos, lembrando-a que "lugar de mulher é em casa". Mesmo se Isra saísse de casa, ela não saberia aonde ir.

– Faça um bule de chá – disse Yacob enquanto entrava na cozinha e Isra o entregava os copos de água. – Coloque algumas folhas de hortelã a mais.

Isra conhecia os costumes de cor. Desde que se entendia por gente, ela assistia sua mãe servir e entreter as visitas. Mama sempre deixava uma caixa de chocolate Mackintosh na mesa de centro da sala quando tinha visita, e sempre servia sementes de melancia torradas antes do baclava[2]. Também havia uma ordem para as bebidas: primeiro chá de hortelã, e café turco por último. Mama dizia que inverter a ordem era um insulto, e era verdade. Isra ouviu certa vez uma mulher dizer que havia sido recebida com uma xícara de café turco na casa de um vizinho.

– Fui embora imediatamente – disse a mulher. – Eles podiam ter me expulsado logo de cara.

Isra pegou um conjunto de xícaras vermelhas e douradas de porcelana enquanto ouvia Mama na sala. Ela ouviu Yacob rir e o riso de outros homens depois. Isra ficou se perguntando o que seria tão engraçado.

Alguns meses antes, na semana em que havia feito dezessete anos, Isra chegou em casa da escola e encontrou Yacob sentado na sala com um rapaz e os pais dele. O que ela mais lembrava daquele dia, a primeira vez em que havia sido pedida em casamento, era Yacob gritando com Mama depois dos convidados terem ido embora, furioso por ela não ter servido o chá nas xícaras antigas que eles reservavam para ocasiões especiais.

– Agora eles sabem que somos pobres! – Yacob gritava com a mão aberta e tremendo.

Mama não dissera nada, simplesmente se recolheu em silêncio à cozinha. O fato de serem pobres era o motivo de Yacob querer tanto casar Isra. Os filhos homens o ajudavam a arar a terra e sustentarem a casa. Eram

---

2 Baclava (baklava) é um tipo de pastel feito com nozes trituradas, envolvido em massa filo e banhado em xarope ou mel. [N.E.]

eles que, um dia, levariam adiante o nome da família. Filhas eram hóspedes temporários, e aguardavam silenciosamente até que um outro homem as levasse, livrando o pai do fardo financeiro que representavam.

Dois homens já haviam pedido Isra em casamento – um padeiro de Ramallah e um taxista de Nablus –, mas Yacob havia recusado ambos. Ele não conseguia parar de falar sobre uma família que havia chegado dos Estados Unidos em busca de uma esposa, e Isra já entendera porque: era um pretendente.

Isra não sabia o que sentir sobre ir morar nos Estados Unidos, lugar do qual ouvira falar somente no noticiário ou sobre o qual lera rapidamente na biblioteca da escola. Dessas fontes, ela apenas concluíra que a cultura ocidental não era tão rígida quanto a sua própria. Isso a enchia de entusiasmo e medo ao mesmo tempo. Como seria sua vida se ela se mudasse para os Estados Unidos? Como uma garota conservadora como ela se adaptaria a um lugar tão liberal?

Era comum que ficasse acordada de noite pensando no futuro, ansiosa para saber como seria a vida depois de deixar a casa de Yacob. Será que um homem se apaixonaria por ela? Quantos filhos teria? Quais seriam seus nomes? Algumas noites ela sonhava que iria se casar com o amor de sua vida e que eles viveriam em uma casinha no alto de um morro com janelas grandes e um telhado com telhas avermelhadas. Em outras noites, até chegava a ver o rosto das crianças – dois meninos e duas meninas – olhando para ela e o marido, uma família carinhosa como aquelas sobre as quais havia lido nos livros. Agora, no entanto, ela não tinha esse senso de esperança. Ela nunca havia imaginado se mudar para os Estados Unidos. Ela não sabia nem por onde começar. Essa sensação a aterrorizava.

Ela queria poder abrir a boca e dizer para os pais que *Não! Essa não é a vida que eu quero*. Mas Isra havia aprendido desde muito jovem que a obediência era o caminho para o amor. Assim, ela só desafiava secretamente, sobretudo com os livros. Todas as tardes depois de voltar da escola, depois de fazer arroz no vapor e pendurar as roupas dos irmãos e arrumar a mesa e depois lavar a louça do jantar, Isra se retirava silenciosamente para o quarto e lia sob a janela aberta, com a suave luz da lua iluminando as páginas. Ler era uma das muitas coisas que Mama proibia, mas essa proibição Isra nunca respeitara.

Ela lembrava de ter dito à mãe certa vez que não encontrara amoras, quando, na verdade, havia passado a tarde lendo no cemitério. Ela havia apanhado de Yacob duas vezes naquela noite por tê-lo desafiado.

Chamou-a de *sharmouta*, de prostituta. Ele disse que mostraria a ela o que acontecia com garotas desobedientes, a empurrou contra a parede e bateu nela com o cinto. O ar ficou branco. Tudo ficou estático. Ela fechou os olhos até ficar dormente, até que não pudesse se mexer. Conforme o medo de Isra aumentava enquanto pensava naqueles momentos, algo mais também crescia. Uma estranha sensação de coragem.

Isra arrumou os potes do arroz feito no vapor na bandeja e entrou na sala. Mama dissera que o truque para manter o equilíbrio era nunca olhar diretamente para o vapor que saía dos potes, então ela olhava para o chão. Isra parou por um instante. De canto de olho, viu os homens e mulheres sentados de frente uns para os outros. Olhou para Mama, que estava sentada como o de sempre: com a cabeça baixa enquanto seus olhos estudavam o tapete turco. Isra olhou o padrão do tapete. Espirais e redemoinhos, todos se curvando exatamente da mesma forma, um começando onde o outro terminava. Ela olhou para o lado. Ficou tentada a vislumbrar o jovem que lá estava, mas sentia que Yacob olhava para ela, e quase podia ouvi-lo dizer ao seu ouvido: *meninas decentes nunca olham para homens!*

Isra manteve os olhos apontados para o chão, mas permitiu-se olhar um pouco mais à frente, no chão. Observou as meias do jovem, xadrez cinza e rosa com costura branca na parte de cima. Eram completamente diferentes de qualquer coisa que já tivesse visto nas ruas de Birzeit. Sentiu sua pele formigando.

Nuvens de vapor subiram da bandeja e cobriram o rosto de Isra. Logo ela já havia dado a volta na sala e servido todos os homens. Só então serviu a mãe do pretendente. Isra notou que o *hijab* azul-marinho parecia que havia caído acidentalmente sobre sua cabeça e que quase não cobria seu cabelo pintado com hena.

Isra nunca vira mulheres muçulmanas usando *hijab* assim. Talvez na televisão, nos filmes egípcios em preto e branco que Isra e Mama assistiam juntas, ou nos clipes musicais libaneses, nos quais mulheres usavam roupas reveladoras e dançavam, ou até mesmo nas ilustrações do livro favorito de Isra, *As mil e uma noites*, uma coleção de histórias folclóricas do Oriente Médio passadas na Idade Média. Nunca em Birzeit.

Quando Isra se inclinou, viu a mãe do seu pretendente a estudando. Era uma mulher roliça e curvada, com um sorriso torto e olhos amendoados ligeiramente fechados nos cantos. Com base na expressão da mulher, Isra decidiu que devia estar insatisfeita com sua aparência. Afinal, Mama sempre dissera que Isra era uma garota sem graça – seu rosto tinha a cor do trigo e seus olhos eram tão negros quanto o carvão. O traço mais marcante de Isra era o cabelo, longo e escuro como o Nilo. Mas ninguém podia vê-lo naquele momento, debaixo do *hijab*. *Como se fizesse diferença*, Isra pensou. *Não sou nada especial.*

Foi esse último pensamento que machucou Isra. De pé, ao lado da mãe do seu pretendente, sentiu o lábio superior tremendo. Aproximou-se da mulher com a bandeja nas mãos. Viu que Yacob olhava pra ela, e o escutou quando ele limpou a garganta. Viu Mama enfiar as unhas nas próprias coxas, mas Isra se inclinou na direção da mulher assim mesmo e perguntou, com a tigela que tinha nas mãos tremendo:

– Você gostaria de tomar um café turco?

Mas não funcionou. Aparentemente, os americanos não notaram que ela serviu café primeiro. Na verdade, o pretendente a pediu logo depois, e Yacob aceitou imediatamente. Isra nunca o vira com um sorriso tão largo.

– O que você tinha na cabeça quando serviu o café primeiro? – Mama gritou quando os convidados saíram.

Ela e Isra voltaram para a cozinha para terminar de preparar a comida.

– Você não é mais jovem; já tem quase dezoito anos! Você quer morar na minha casa pra sempre?

– Eu estava nervosa – Isra murmurou na esperança de que Yacob não a fosse punir. – Foi um acidente.

– Sei. Com certeza. – Mama desenrolou o *thobe* do seu corpo magro. – Que nem quando você colocou sal no chá de Umm Ali porque ela disse que você era magra que nem um poste.

– Foi um acidente também.

– Você deveria agradecer que a família deles não é tão tradicional quanto a nossa – disse Mama –, se não, você poderia ter estragado a sua chance de ir para os Estados Unidos.

Isra olhou para a mãe com os olhos molhados.

– O que vai acontecer comigo lá?

Mama não tirou os olhos do que estava fazendo. Continuou encurvada sobre a tábua de corte picando cebola, alho e tomate, os ingredientes principais de quase todas as refeições. Isra sentiu os aromas familiares, desejando que Mama pudesse abraçá-la e sussurrar em seu ouvido que tudo ia ficar bem, até talvez oferecer costurar alguns *hijab*s no caso de não serem fabricados nos Estados Unidos. Mas Mama ficou em silêncio.

– Você deveria estar agradecida – Mama disse eventualmente enquanto jogava um punhado de cebola picada em uma frigideira. – Deus te deu uma boa oportunidade. Um bom futuro nos Estados Unidos. Melhor que o que teria aqui.

Ela gesticulou apontando a bancada enferrujada, o velho barril que usavam para esquentar a água do banho, e o piso vinílico que descascava.

– É assim que você quer passar o resto da vida? Sem aquecimento no inverno, dormindo em colchões da grossura de uma folha de papel e quase sem comida suficiente?

Isra não respondeu, ficou olhando para a cebola fritando na frigideira, e Mama se aproximou dela e levantou-lhe o queixo.

– Você sabe quantas garotas matariam para estar no seu lugar, para deixar a Palestina e se mudar para os Estados Unidos?

Isra baixou o olhar. Ela sabia que Mama estava certa, mas ela não conseguia se imaginar nos Estados Unidos. O problema era que Isra também não sentia que a Palestina era o seu lugar, um lugar onde todos viviam com cuidado, seguindo a tradição para não serem rejeitados. Isra sonhava com coisas maiores – não ser forçada a obedecer às convenções, aventura e, acima de tudo, amor. De noite, depois que terminava de ler e escondia o livro embaixo do colchão, Isra ficava imaginando como seria se apaixonar e ser correspondida. Imaginava o homem, mesmo que não conseguisse decifrar seu rosto. Ele montaria uma biblioteca para ela com suas histórias e poemas favoritos. Eles leriam todas as noites próximo à janela – Rumi, Hafez e Gibran. Ela contaria seus sonhos a ele, e ele a escutaria. Ela faria chá de hortelã para ele todo dia de manhã e sopas caseiras à noite. Eles caminhariam juntos pelas montanhas de mãos dadas, e ela sentiria, pela primeira vez na vida, que era digna do amor de alguém. "Veja só Isra e o marido", as pessoas comentariam. "É um amor que só se vê em contos de fada".

Isra limpou a garganta.

– Mas, Mama, e o amor?

Mama olhou para ela através do vapor.

– O que é que tem?

– Eu sempre quis me apaixonar.

– Se apaixonar? O que é isso agora? Eu criei uma *sharmouta*?

– Não... não... – Isra hesitou. – Mas e se eu e meu pretendente não nos amarmos?

– Não se amarem? O que o amor tem a ver com casamento? Você acha que seu pai e eu nos amamos?

Os olhos de Isra apontaram para o chão.

– Achei que deviam se amar, um pouco.

Mama suspirou.

– Em breve você vai aprender que não há espaço para o amor na vida de uma mulher. Você só precisa de uma coisa: paciência.

Isra tentou controlar a decepção. Ela escolheu as palavras que disse a seguir com cuidado.

– Talvez a vida das mulheres nos Estados Unidos seja diferente.

Mama a encarou intensamente, sem piscar.

– Como assim, diferente?

– Não sei – disse Isra, amaciando o tom de voz para não desagradar a mãe. – Talvez a cultura dos Estados Unidos não seja tão rigorosa quanto a nossa. Talvez lá as mulheres sejam tratadas melhor.

– Melhor? – Mama zombou, balançando a cabeça enquanto salteava os legumes. – Que nem naqueles contos de fada que você lê?

Ela sentiu-se enrubescer.

– Não, assim, não.

– Como, então?

Isra quis perguntar a Mama se o casamento dos EUA era como o de seus pais, no qual o homem determina tudo na família e bate na esposa se ela o desagrada. Isra tinha cinco anos quando viu Yacob bater em Mama a primeira vez. Era porque um pedaço de cordeiro estava malpassado. Isra ainda lembrava da expressão de súplica nos olhos da mãe, implorando para que parasse, e o cenho sombrio que Yacob portava enquanto nela batia. Algo sombrio a havia atravessado ali, o desdobramento de uma nova consciência sobre o mundo. Um mundo onde as mães também apanham, além das crianças. Ao olhar os olhos de Mama naquela noite, vendo-a chorar violentamente, Isra sentiu uma raiva inesquecível.

Ela considerou novamente as palavras.

– Você acha que as mulheres, talvez sejam mais respeitadas nos Estados Unidos?

Mama olhou para ela fixamente.

– Respeitadas?

– Ou talvez tenham mais valor? Não sei.

Mama pousou a colher com que mexia a panela.

– Escute, filha. Não importa o quanto se afaste da Palestina, mulheres sempre serão mulheres. Seja aqui ou lá. A localização não muda o *nasseb*, o destino.

– Mas não é justo.

– Você é muito jovem para entender – disse Mama –, mas você sempre vai se lembrar – levantou o queixo de Isra – de que não há nada no mundo para as mulheres além do seu *bayt wa dar*, sua casa e seu lar. Casamento, maternidade... É esse o único valor da mulher.

Isra fez que sim com a cabeça, mas, por dentro, recusou-se a aceitar. Apertou as palmas das mãos contra as coxas e tentou esquecer a tristeza. *Mama está errada*, disse a si mesma. Só porque ela não havia encontrado a felicidade com Yacob, não significava que Isra também não encontraria. Ela amaria o marido de uma forma que Mama nunca havia amado Yacob – faria de tudo para compreendê-lo, para agradá-lo e, certamente, assim, conquistaria seu amor.

Isra levantou o rosto e percebeu que as mãos de Mama estavam tremendo. Algumas lágrimas escorreram por suas bochechas.

– Você está chorando, Mama?

– Não, não – disse, virando-se para o outro lado. – Essas cebolas estão muito fortes.

Isra só viu o pretendente de novo uma semana depois, já na cerimônia muçulmana de casamento. O nome dele era Adam Ra'ad. O olhar de Adam cruzou o dela rapidamente enquanto o clérigo lia um trecho do Corão Sagrado e quando os dois repetiram a palavra *qubul*, "Eu aceito", três vezes. A assinatura do contrato nupcial foi rápida e simples, ao contrário da sofisticada festa de casamento que seria realizada depois de Isra receber o visto de imigrante. Isra ouviu Yacob dizer que o conseguiriam em poucas semanas pelo fato de Adam ser cidadão americano.

Da janela da cozinha, Isra via Adam do lado de fora, fumando um cigarro. Ela estudou o marido enquanto ele caminhava para cima e para baixo na frente da casa. Ele tinha um sorriso maroto e seus olhos estavam ligeiramente fechados. Daquela distância, ele parecia ter uns trinta anos, talvez um pouco mais, pois as rugas de expressão começavam a aparecer. Um bigode bem aparado de pelos pretos cobria seu lábio superior. Isra ficou imaginando como seria beijá-lo e logo sentiu-se corar. *Adam*, pensou. *Adam e Isra*. Soava bem.

Adam vestia uma camisa azul-marinho e calça khaki marrom-clara com bainha nos tornozelos. Os sapatos eram de um couro marrom brilhante com pequenos orifícios perfurados e um calço preto de boa qualidade. Ele passava os pés com suavidade pela terra. Ela imaginou uma versão mais jovem dele, de pés descalços, chutando uma bola de futebol nas ruas de Birzeit. Não era difícil de imaginar. Com os pés, ele arrumou um pedaço irregular de terra, como se tivesse sido criado em um lugar parecido. Que idade ele tinha quando deixou a Palestina? Já era criança? Adolescente? Já homem?

– Por que você e Adam não sentam juntos na varanda? – Yacob disse a Isra quando Adam entrou novamente.

Adam olhou-a nos olhos e sorriu, revelando uma fileira de dentes manchados. Ela desviou o olhar.

– Vamos lá – disse Yacob. – Vocês precisam se conhecer.

Isra sentiu-se corar no caminho para a varanda. Adam a seguiu, olhando sem jeito para o chão, as mãos nos bolsos da calça. Ela pensou se ele também estaria nervoso, mas rejeitou o pensamento. Ele era homem. Estaria nervoso por quê?

Era uma bela manhã de março. Ideal para colher frutas. Isra recentemente havia podado a figueira que se apoiava na casa para a floração de verão. Ao lado da árvore havia duas amendoeiras inclinadas que começavam a florescer. Isra viu Adam arregalar os olhos, admirando a cena. A varanda estava coberta por videiras. Adam passou os dedos por um conjunto de brotos que iriam se transformar em uvas no verão. Olhando a expressão que Adam tinha no rosto, ela se perguntava se ele já teria visto alguma videira no passado. Talvez só quando criança. Ela queria perguntar tantas coisas a ele: quando havia deixado a Palestina, e por quê? Como eles foram até os Estados Unidos? Ela abriu a boca e procurou as palavras, mas nenhuma saiu.

Havia um balanço de ferro fundido no meio da varanda. Adam sentou-se e esperou que ela se juntasse a ele. Ela respirou fundo ao se acomodar ao lado dele. De lá, os dois viam os cemitérios, ambos dilapidados, e Isra sentiu vergonha. Ela esperava que Adam não pensasse menos dela. Tentou se amparar no que Yacob sempre dizia: "Não importa onde você vive se a casa é sua, sem ocupação ou sangue".

Era uma manhã silenciosa. Ficaram ali sentados por um tempo, os olhares perdidos na vista. Isra sentiu um arrepio descer pela espinha. Não conseguia parar de pensar no *jinn* que vira nos cemitérios e nas ruínas. Quando criança, Isra ouvira inúmeras histórias sobre criaturas sobrenaturais que, dizia-se, possuíam os humanos. Muitas mulheres do bairro juravam ter testemunhado uma presença maligna próximo aos dois cemitérios. Isra murmurou baixinho uma oração. Ela se perguntou se aquilo não seria um mal presságio, estar ali olhando para um cemitério na primeira vez em que sentava lado a lado com o marido.

Adam fitava o horizonte distraidamente. *No que está pensando? Por que ele não diz nada? Será que espera que eu fale primeiro? Com certeza, ele deve falar primeiro!* Ela pensou nas interações entre homens e mulheres dos livros que havia lido. Introduções mundanas, depois histórias de pessoas, depois cresce a afeição. Era assim que as pessoas se apaixonavam. Ou pelo menos foi assim que Sinbad, o marujo, apaixonou-se pela Princesa She-ra em *As mil e uma noites*. Só que, na maior parte da história, She-ra era um pássaro. Isra decidiu ser um pouco mais realista.

Adam virou-se de frente para ela. Ela engoliu seco e ajeitou o *hijab*. Os olhos de Adam se perderam nas mechas soltas de cabelo preto que saíam para fora. Ocorreu a ela que ele ainda não havia visto seu cabelo. Ela esperou que ele dissesse algo, mas ele só ficou olhando. Seu olhar se moveu para cima e para baixo, e seus lábios vagarosamente se separaram. Algo em seus olhos a perturbava. Uma intensidade. O que seria? No matiz vítreo do seu olhar, ela via os dias do resto de sua vida empilhados como páginas. Se ela as pudesse folhear, saberia o que viria a seguir.

Isra se desvencilhou do olhar de Adam e voltou a observar os cemitérios. *Talvez ele só esteja nervoso*, ela disse a si mesma. Ou talvez ele não gostasse dela. Seria razoável. Afinal, ninguém nunca dissera a ela que era bonita. Seus olhos eram pequenos e escuros. Sua mandíbula era angulada. Mais de uma vez, Mama havia zombado dos seus traços angulados, dizendo que seu nariz era longo e pontiagudo e que sua testa era grande demais. Agora ela tinha certeza de que Adam olhava para sua testa. Ela puxou o *hijab*. Talvez ela devesse pegar a caixa de chocolates Mackintosh que Mama guardava para ocasiões especiais. Ou talvez ela devesse fazer um pouco de chá. Ela quase ofereceu uvas a ele, mas lembrou-se que ainda não estavam maduras.

Quando se virou novamente para Adam, notou que os joelhos dele estavam tremendo. Num instante, ele se lançou e plantou um beijo na sua bochecha. Isra o estapeou.

Chocada, ela esperou que ele pedisse desculpas, que inventasse que não teve a intenção de beijá-la, que o seu corpo havia agido por vontade própria. Mas ele só olhou para o lado, o rosto enrubescido e enterrou os olhos nas covas do cemitério.

Com grande esforço, ela se forçou a olhar para os cemitérios. Pensou que talvez houvesse algo entre os túmulos que ela não pudesse ver, algum segredo que desse sentido a tudo que estava acontecendo. Ela pensou em *As mil e uma noites*, em como a Princesa She-ra queria ser humana para poder se casar com Sindbad. Isra não entendia. Como alguém poderia querer ser mulher se pudesse ser pássaro?

– Ele tentou me beijar – Isra disse, sussurrando, a Mama, para que Yacob não escutasse, depois que Adam e sua família haviam ido embora.

– Como assim ele tentou te beijar?

– Ele tentou me beijar e eu dei um tapa nele! Desculpe, Mama. Foi tudo muito rápido, eu não soube o que fazer. – As mãos de Isra tremiam, e ela as colocou entre as coxas.

– Bom – Mama disse após uma longa pausa. – Só deixe ele encostar em você *depois* do casamento. Não queremos que essa família americana ande por aí dizendo que criamos uma *sharmouta*. É isso que os homens fazem, sabe? Sempre colocam a culpa na mulher. – Mama mostrou a ponta do dedo mindinho. – Não dê motivo.

– Não. Claro que não!

– Reputação é tudo. Não deixe ele encostar em você de novo.

– Não se preocupe, Mama. Não vou deixar.

\* \* \*

No dia seguinte, Adam e Isra pegaram o ônibus para Jerusalém, para um lugar chamado Consulado-Geral dos Estados Unidos, onde as pessoas solicitavam os vistos. Isra estava nervosa por estar sozinha com Adam de novo, mas não havia o que pudesse fazer. Yacob não foi com eles, pois seu *hawiya* palestino, emitido pela autoridade militar de Israel, dificultava sua entrada em Jerusalém. Isra também tinha um *hawiya*, mas, agora que estava casada com um cidadão americano, teria menos dificuldade de passar pelos postos de controle.

Os postos de controle eram o motivo de Isra nunca ter ido a Jerusalém, que, assim como a maioria das cidades palestinas, estava sob controle israelense e, nessas, não era permitido entrar sem uma autorização. As autorizações eram requisitadas em todas as centenas de postos de controle e barricadas que Israel havia construído em terras palestinas, restringindo viagens entre suas próprias cidades e vilas – às vezes, até mesmo no interior delas. Em alguns postos de controle, há soldados israelenses com armamento pesado e tanques de guerra; outros postos são portões, que ficam fechados quando não estão em horário de serviço. Adam xingava toda vez que passavam pelas barricadas, irritado pelo controle rigoroso e pelo trânsito. Em cada uma delas, mostrava o passaporte americano para os soldados israelenses, que falavam com ele em inglês. Isra entendia um pouco por ter estudado inglês na escola, e estava impressionada com o quão bem ele falava a língua.

Quando finalmente chegaram ao consulado, esperaram seis horas na fila. Isra ficou atrás de Adam, com a cabeça baixa, e só falava quando se dirigiam a ela. Adam também quase não falou, e Isra ficou imaginando se estaria nervoso com ela por ter-lhe dado um tapa na varanda. Ela pensou em pedir desculpas, mas secretamente pensou que não tinha nada pelo que se desculpar. Apesar de já terem assinado o contrato nupcial muçulmano, ele não tinha o direito de beijá-la assim, pelo menos não até a noite da cerimônca de casamento. Mesmo assim, a palavra "desculpe-me" começou a brotar de sua língua. Ela se forçou a engoli-la.

Na cabine principal, disseram que o visto de Isra demoraria só dez dias para ficar pronto. Agora Yacob poderia planejar o casamento, ela pensou enquanto caminhavam por Jerusalém depois. Caminhando pelas ruas estreitas da cidade antiga, Isra foi arrebatada por sensações. Sentiu cheiro de camomila, sálvia, hortelã e lentilha dos sacos de juta enfileirados na frente de uma loja de especiarias, e o cheiro doce de *knafa* recém-saído do forno de um *dukan* próximo. Viu gaiolas com galinhas e coelhos na frente do açougue, e várias butiques com vitrines cheias de joias banhadas a ouro. Homens usando *hattas* vendiam lenços coloridos nas esquinas. Mulheres vestidas dos pés à cabeça de preto passavam apressadas pelas ruas. Algumas mulheres usavam *hijab*s bordados, calças apertadas e óculos escuros redondos. Outras nem usavam *hijab*, o que indicava a Isra que deviam ser israelenses. Os saltos altos estalavam na calçada irregular. Meninos assobiavam. Carros serpenteavam pelas ruas estreitas, buzinando e deixando uma trilha de fumaça de diesel para trás. Soldados israelenses monitoravam as ruas, com fuzis transpassando seus corpos delgados. A atmosfera estava densa de sujeira e barulho.

Para o almoço, Adam pediu sanduíches de falafel de uma carrocinha de comida perto da Mesquita de Al-Aqsa. Isra ficou olhando fixamente e deslumbrada para o domo dourado da mesquita enquanto comiam.

– Não é linda? – Adam disse entre mordidas.

– É. – Isra respondeu. – Nunca tinha visto antes.

Adam se virou para ela.

– Sério?

Ela fez que sim com a cabeça.

– Por que não?

– É difícil chegar até aqui.

– Eu estou longe há tanto tempo que esqueci como era. Acho que fomos parados em meia dúzia de barricadas. É um absurdo!

– Quando você saiu da Palestina? – ela perguntou.

Adam mastigou a comida.

– Nos mudamos para Nova York em 1976, quando eu tinha dezesseis anos. Meus pais vieram visitar algumas vezes, mas tive que ficar para tomar conta da deli do meu pai.

– Você já entrou na mesquita?

– Claro. Muitas e muitas vezes. Eu queria ser imã quando era criança. Um sacerdote. Passei um Ramadã dormindo aqui num verão. Memorizei o Corão inteiro.

– Sério?

– Sim.

– O que você faz nos Estados Unidos? Você é sacerdote?

– Não. Nada disso.

– O que você faz, então?

– Sou dono de uma deli.

– Por que não virou imã? – Isra perguntou, corajosa pela primeira conversa que tinham.

– Não era possível nos Estados Unidos.

– Como assim?

– Meu pai precisou de mim para ajudá-lo com o negócio da família. Tive que desistir.

– Puxa. – Isra parou por um instante. – Não esperava isso.

– Por que não?

– Eu sempre achei que... – Ela parou e pensou melhor.

– Achou o quê?

– Presumi que você era livre. – Ele fez uma expressão de curiosidade. – Você sabe, pelo fato de você ser homem.

Adam não disse nada e continuou a olhar fixamente para ela. Por fim, ele disse:

– Eu sou livre – e olhou para o outro lado.

Isra ficou observando Adam um bom tempo enquanto terminavam seus sanduíches. Ela não conseguia parar de pensar em como seu rosto se endureceu quando ele mencionou seu sonho de infância. Ele sorria com os lábios cerrados. Ela o imaginou na mesquita durante o Ramadã, fazendo a oração do *maghrib* e recitando o Corão com uma voz forte e musical. Pensar nele detrás da caixa registradora, contando dinheiro e repondo produtos nas prateleiras quando queria estar orando em uma mesquita enterneceu-a. E Isra pensou, pela primeira vez, sentada ali ao seu lado, que, talvez, não seria tão difícil assim amá-lo.

Isra passou sua última noite em Birzeit sentada em uma cadeira dourada de metal com os lábios pintados com a cor das amoras, sua pele coberta de camadas de renda branca, e o cabelo borrifado com purpurina e preso num coque. As paredes giravam. Ela ficou ali vendo-as aumentar de tamanho cada vez mais até ela ficar invisível e depois diminuírem, como se a fossem esmagar. Mulheres vestidas de toda uma variedade de cores dançavam ao seu redor. Crianças se agrupavam nos cantos comendo baclava e bebendo Pepsi. O ar tremia com a música, como fogos de artifício. Todos estavam alegres, batendo palmas no ritmo do seu coração, que estremecia. Ela acenava com a cabeça e sorria a cada felicitação, mas, por dentro, não sabia quanto tempo mais conseguiria evitar as lágrimas. Ela imaginava se os convidados entendiam o que estava acontecendo, se tinham noção que faltava apenas algumas horas para ela entrar em um avião com um homem que mal conhecia e ir morar em um país cuja cultura não era a sua.

Adam estava sentado ao seu lado, o terno preto contrastando com a camisa branca de botão. Ele era o único homem no salão. Os outros estavam em outro recinto, longe das mulheres que dançavam. Nem os irmãos mais novos de Adam, Omar e Ali, que Isra havia conhecido minutos antes do casamento, podiam entrar ali. Ela não conseguia precisar a idade deles, mas eles deviam ter entre vinte e trinta anos. De quando em quando, um deles colocava a cabeça para dentro para ver dançando as mulheres, que os lembravam que deveriam ficar no lugar dos homens. Isra procurou seus irmãos, que eram jovens demais para ficar no salão dos homens, e os viu correndo de lá para cá num canto. Isra imaginou se os veria de novo. Se felicidade fosse medida em decibéis, a mãe de Adam era a pessoa mais feliz ali. Fareeda era uma mulher alta e grande. Isra sentia que a pista de dança se encolhia na presença dela. Ela usava um *thob* vermelho e preto, com padrões orientais bordados nas mangas, e um cinto largo de moedas douradas em volta da larga cintura. Tinha *kohl* preto em volta dos seus pequenos olhos. Ela cantava todas as músicas com uma voz confiante, girando um longo bastão branco no ar. Mais ou menos uma vez por minuto ela trazia a mão à boca e soltava um *zughreta*, um som alto e cortante. Sua única filha, Sarah, que parecia ter uns onze anos, jogou pétalas no palco. Era uma versão mais jovem e mais magra da mãe: olhos escuros e amendoados, cabelo encaracolado preto que voava loucamente pelo ar, a pele dourada como o trigo. Isra quase conseguia ver uma versão adulta de Sarah sentada ali onde ela estava, com seu pequeno corpo enterrado debaixo de um vestido nupcial branco. Estremeceu com o pensamento.

Ela procurou a mãe com o olhar. Mama estava sentada num canto do salão, inquieta. Não havia se levantado desde o começo do casamento, e Isra ficou imaginando se queria dançar. *Talvez esteja triste demais para dançar,* Isra pensou. Ou talvez estivesse com medo de passar a mensagem errada. Quando era criança, era comum ouvir as mulheres criticando a mãe da noiva por comemorar demais o casamento, animada para se livrar da filha. Ela imaginou se, por dentro, Mama estaria empolgada por se livrar dela.

Adam tocava um tambor chamado *darbuka*. Isra se assustou por um segundo e desviou o olhar de Mama. Ela viu Fareeda entregando o bastão branco para Adam e o puxando para a pista de dança. Ele dançou com o bastão em uma mão e o *darbuka* na outra. A música era ensurdecedora. As mulheres que estavam ao seu redor batiam palmas, olhando para Isra com inveja, como se ela tivesse algo que era delas por direito. Quase conseguia ouvi-las dizer *Como é que uma garota tão sem graça como ela teve tanta sorte? A minha filha, sim, é que devia estar indo para os Estados Unidos.* Depois, Adam e Isra foram dançar juntos. Ela não sabia muito bem o que fazer. Apesar de Mama sempre ter insistido para que dançasse nos eventos, dizendo que faria bem à sua imagem, que as mães a notariam mais se ela se destacasse, Isra nunca deu ouvidos. Parecia antinatural dançar de forma tão livre assim, de se mostrar tão abertamente daquela maneira. Mas Adam parecia perfeitamente confortável. Ele pulava em um pé só, com uma mão nas costas e a outra balançando o bastão brando no ar. Com a bandeira da Palestina enrolada no pescoço e um chapéu *tarbush* na cabeça, Isra pensou que ele parecia um sultão.

– Dance com as mãos também – ele disse.

Ela levantou ambos os braços acima da cintura, balançando os punhos. Ela viu que Fareeda consentia com a cabeça. Um grupo de mulheres os cercou, balançando as mãos no ritmo do *darbuka*. Usavam *thobes* vermelhos com padrões e moedas douradas costuradas na altura da cintura. Algumas levavam velas acesas acima da cabeça. Outras tinham uma vela acesa em cada dedo e balançavam as mãos no ar. Uma das mulheres usava uma coroa com velas, o que fazia parecer que sua cabeça estava pegando fogo. A pista de dança reluzia como um lustre.

A música parou. Adam pegou Isra pelo cotovelo e a puxou para fora da pista de dança. Fareeda foi atrás, levando um cesto branco nas mãos. Isra esperava poder voltar para o seu lugar, mas Adam parou no meio do palco.

– Olhe para a coroa – disse a ela.

Fareeda tirou a tampa da cesta, que continha muitas joias douradas. A plateia emitiu vários "ohs" e "ahs". Ela foi dando peça a peça para Adam, que as colocava em Isra. Isra olhou fixamente para suas mãos. Os dedos de Adam eram longos e grossos, e ela tentou não se retrair. Logo ela estava, no pescoço, com colares pesados cheios de moedas frias que tocavam sua pele. Braceletes envolviam seus punhos como se fossem pedaços de corda, e as pontas tinham a forma de cabeças de cobras. Brincos com a forma de moedas foram colocados em suas orelhas; anéis cobriam seus dedos. Após 27 peças de ouro, Fareeda jogou o cesto longe e soltou mais um *zughreta*. A plateia aplaudiu, e Isra ficou lá na frente de todo mundo, vestida de ouro, incapaz de se mexer, um manequim numa vitrine.

Ela não sabia o que a vida reservava a ela e não tinha nada que pudesse fazer a respeito. Ela tremeu de horror ao dar-se conta desse fato. *Mas esses sentimentos são temporários*, Isra disse a si mesma. Ela obviamente teria mais controle sobre a própria vida no futuro. Em breve estaria nos Estados Unidos, a terra da liberdade, onde talvez pudesse ser amada como sempre sonhou e ter uma vida melhor que a de sua mãe. Isra sorriu com a possibilidade. Talvez algum dia, se Alá a desse filhas, elas poderiam ter uma vida ainda melhor que a dela.

· PARTE I ·

## · DEYA ·

**BROOKLYN**
*Inverno de 2008*

Deya Ra'ad estava de pé na frente da janela do quarto e pousou os dedos no vidro. Era dezembro, e uma poeira de neve cobria a fileira de casinhas de tijolo e os gramados sem cor, as árvores desnudas que acompanhavam a calçada e os carros estacionados. Era a Rua 72. Além das lombadas dos livros, só um cafetã carmesim dava alguma cor ao seu quarto. Sua avó, Fareeda, dera a ela uma túnica com um bordado dourado pesado no peito e nas mangas especialmente para a ocasião do dia: havia um pretendente para Deya na sala esperando para vê-la. Era o quarto homem a pedi-la em casamento naquele ano. O primeiro quase não falava inglês. O segundo era divorciado. O terceiro precisava de um *green card*. Deya tinha dezoito anos e ainda não tinha terminado o Ensino Médio, mas seus avós diziam que não fazia sentido ficar postergando suas obrigações: casamento, filhos, família.

Ela passou pelo cafetã, mas colocou um suéter cinza e uma calça jeans azul. Suas três irmãs mais novas desejaram boa sorte, e ela sorriu para tranquilizá-las enquanto deixava o quarto e subia as escadas. Na primeira vez em que havia sido pedida em casamento, Deya havia implorado para que as irmãs estivessem com ela.

– Não é certo um homem ver quatro irmãs de uma vez só – Fareeda respondeu. – A mais velha deve se casar primeiro.

– Mas e se eu não quiser me casar? – Deya perguntou. – Por que minha vida tem que girar em torno de um homem?

Fareeda sequer tirou os olhos da xícara de café.

– Porque é assim que você vira mãe e tem seus próprios filhos. Pode reclamar o quanto quiser, mas o que será da sua vida se você não se casar? Se você não tiver uma família?

– Não estamos na Palestina, Teta. Estamos nos Estados Unidos. As mulheres aqui têm outras opções.

– Que bobagem. Fareeda apertou os olhos por causa do pó de café turco no fundo da xícara. – Não importa onde você mora. Preservar nossa cultura é o mais importante. Você só precisa se preocupar em arrumar um bom homem para te sustentar.

– Mas existem outras maneiras, Teta. Aliás, eu não precisaria de homem nenhum se você me deixasse ir para a faculdade. Eu poderia tomar conta de mim mesma.

Nesse ponto, Fareeda levantou a cabeça rapidamente e olhou para ela.

– *Majnoona*? Está louca? Não, não, não. – Ela balançou a cabeça com desgosto. – Faculdade está fora de questão. Aliás, ninguém quer se casar com uma menina que faz faculdade.

– E por que não? Por que os homens só querem uma idiota em quem possam mandar?

Fareeda deu um suspiro profundo.

– Porque as coisas são assim. É assim que sempre foram. Se perguntar para qualquer um, eles vão te dizer. O casamento é a coisa mais importante na vida da mulher.

Toda vez que Deya lembrava da conversa, imaginava que sua vida era só mais uma história, com uma trama, com um aumento progressivo da tensão e um conflito, o que levaria a uma resolução feliz que ela ainda não conseguia enxergar. Isso ela fazia com frequência. Era muito mais tolerável fingir que sua vida era uma peça de ficção do que aceitar que sua realidade era o que era: limitada. Na ficção, sua vida tinha possibilidades infinitas. Na ficção, ela estava no controle.

Deya ficou olhando muito tempo para o escuro das escadas, hesitando em subi-las, até que vagarosamente chegou ao primeiro andar, onde seus avós moravam. Na cozinha, fez um *ibrik* de chá. Verteu o chá de hortelã em cinco xícaras de vidro e as colocou sobre uma bandeja. Enquanto caminhava pelo corredor, escutou Fareeda, na sala, dizer em árabe: "Ela cozinha e limpa melhor que eu!". Houve uma torrente de sons de aprovação.

Sua avó dissera a mesma coisa para os outros pretendentes, mas não havia funcionado. Todos haviam retirado os pedidos de casamento depois de conhecer Deya. Toda vez que Fareeda se dava conta de que não haveria casamento, que não havia *nasseb*, que não havia destino, ela batia no seu próprio rosto com a palma da mão aberta e chorava intensamente, o tipo de atuação dramática que fazia para pressionar Deya e as irmãs a obedecê-la.

Deya levou a bandeja até a sala, evitando ver o próprio reflexo nos espelhos do corredor. Seu rosto era alvo, seus olhos negros como o carvão e seus lábios cor de figo. Uma longa mecha de cabelo preto jazia sobre seus ombros. Ultimamente, parecia que quanto mais tempo ela passava se olhando no espelho, menos ela se via no reflexo. Não havia sido sempre assim. Quando Fareeda falou pela primeira vez a ela sobre casamento, ainda criança, Deya achava que era normal, que fazia parte de crescer e "se tornar mulher". Ainda não havia entendido o que significa esse tornar-se mulher. Ainda não havia entendido que isso significava casar-se com um homem que mal conhecia, nem que o casamento era a totalidade do sentido da vida. Foi só mais velha que Deya compreendeu de verdade seu lugar na comunidade. Aprendera que precisava viver de uma determinada forma, que tinha que cumprir certas regras e que, enquanto mulher, nunca poderia reivindicar nada em relação à própria vida.

Colocou um sorriso no rosto e entrou na sala. A luz estava baixa, pois todas as janelas estavam cobertas por cortinas vermelhas, que Fareeda havia costurado para combinar com o conjunto de sofás cor de vinho. Seus avós estavam sentados em um sofá, e os convidados em outro. Deya colocou um açucareiro na mesa de centro. Seus olhos fincaram-se no chão, no tapete turco vermelho que seus avós tinham desde que haviam emigrado para os Estados Unidos. Havia um padrão em relevo nas margens: espirais douradas sem começo nem fim, unidas em ciclos infinitos. Deya não sabia se o padrão havia aumentado ou se ela havia diminuído de tamanho. Ela o seguiu com os olhos, e sua cabeça começou a girar.

O pretendente olhou para ela quando se aproximou, fitando-a através do vapor do chá de hortelã. Ela serviu o chá sem olhar em sua direção, ciente o tempo todo que era observada. Seus avós e os avós dele também olhavam fixamente para ela. Cinco pares de olhos cravados nela. O que eles enxergavam? A sombra de uma pessoa que rodeava o espaço? Talvez nem isso. Talvez não vissem nada, só uma bandeja flutuante, deslizando de pessoa a pessoa até que a chaleira estivesse vazia.

Ela pensou nos pais. Como estariam se sentindo se estivessem ali com ela naquele momento? Será que ficariam felizes em imaginá-la de véu branco? Será que apelariam, como seus avós, para que seguisse o mesmo caminho deles? Fechou os olhos e os buscou dentro de si, mas nada encontrou.

Seu avô virou-se rispidamente para ela e limpou a garganta.

– Por que vocês dois não vão para a cozinha? – disse Khaled. – Assim podem se conhecer melhor.

Fareeda, ao lado dele, mirava Deya, ansiosa. Seu rosto transparecia a mensagem: *Sorria. Haja naturalmente. Não assuste mais um homem.*

Deya lembrou-se do último pretendente que também havia retirado o pedido de casamento. Ele dissera aos seus avós que ela era muito insolente, muito questionadora, e que isso não era muito árabe. Mas o que os avós esperavam vindo para esse país? Que seus filhos fossem totalmente árabes também? Que sua cultura ficaria intocada? Não era sua culpa ela não "ser muito árabe". Ela vivera a vida toda entre duas culturas. Não era nem árabe nem americana. Não pertencia a lugar algum. Não sabia quem era.

Deya suspirou e seu olhar encontrou o do pretendente. "Vem comigo."

Ela o estudou, sentados cada um de um lado da mesa da cozinha. Ele era alto e meio gordinho, com uma barba bem-feita. Seu cabelo castanho estava partido ao lado e penteado para trás. *Ele é mais bonito que os outros*, Deya pensou. Ele abriu a boca como se fosse falar, mas acabou não dizendo nada. Então, depois de alguns momentos de silêncio, limpou a garganta e disse:

– Meu nome é Nasser.

Ela colocou os dedos entre as coxas e tentou agir naturalmente.

– Meu nome é Deya.

Houve um instante de silêncio.

– Eu, é... – ele hesitou. – Eu tenho 24 anos. Estou trabalhando em uma loja de conveniência com o meu pai enquanto termino a faculdade. Estou na faculdade de Medicina.

Ela deu um sorriso relutante e lento. Dado o olhar interessado que tinha no rosto, entendeu que ele esperava que ela fizesse o mesmo, ou seja, recitar uma representação vaga de si mesma, resumir sua essência em uma frase. Como não disse nada, ele falou de novo.

– E você, o que faz?

Era fácil entender que ele só estava querendo ser gentil. Ambos sabiam que meninas adolescentes árabes não *faziam* nada. Quer dizer, nada além de cozinhar, limpar a casa e assistir a novelas turcas. Talvez sua avó fosse mais permissiva com ela e as irmãs se morassem na Palestina, cercadas de pessoas como elas. Mas lá, no Brooklyn, Fareeda somente as abrigava em sua casa e rezava para que tudo desse certo e para que continuassem puras. E árabes.

– Não faço muita coisa – disse Deya.

– Você deve fazer alguma coisa. Você tem algum hobby?

– Eu gosto de ler.

– O que você lê?

– Qualquer coisa. Não importa o que seja, eu leio. Pode acreditar, eu tenho tempo pra isso.

– E por quê? – ele perguntou, franzindo a testa.

– Minha vó não nos deixa fazer muita coisa. Ela não gosta nem que eu leia.

– Por que não?

– Ela acha que os livros são má influência.

– Ah. – Seu rosto enrubesceu-se, como se finalmente tivesse compreendido. Após um instante, ele perguntou. – Minha mãe disse que você vai a uma escola muçulmana só para meninas. Você está em que série?

– Estou no último ano.

Mais uma pausa. Ele se ajeitou na cadeira. Tinha algo no nervosismo dele que a deixava mais tranquila, e ela se permitiu relaxar os ombros.

– Você quer ir para a faculdade? – Nasser perguntou.

Deya estudou seu rosto. Ninguém havia feito essa pergunta a ela dessa forma específica. Normalmente soava como ameaça, como se, no caso de uma resposta positiva, algum peso mudaria de lugar na balança da natureza. Como se fosse a pior coisa que uma garota pudesse fazer.

– Quero – disse. – Eu gosto de estudar.

Ele sorriu.

– Que inveja. Nunca fui bom aluno.

– Você se importa? – ela perguntou com o olhar fixo nele.

– Me importo com o quê?

– Se eu for para a faculdade.

– Não. Por que me importaria?

Deya estudou suas expressões cuidadosamente, incerta se deveria ou não acreditar nele. Ele poderia estar fingindo não se importar para fazer com que pensasse que era diferente dos outros pretendentes, mais progressista. Era possível que ele estivesse dizendo exatamente o que ele achava que ela queria ouvir.

Ela endireitou a coluna, evitando a pergunta. Em vez de respondê-la, perguntou:

– Por que não é bom aluno?

– Nunca gostei muito de estudar – disse. Mas meus pais insistem que eu faça Medicina. Querem que eu seja médico.

– E você quer ser médico?

Nasser riu.

– Nem um pouco. Preferia administrar o negócio da família, talvez até abrir um negócio próprio um dia.

– Você já disse isso a eles?

– Disse, mas eles responderam que eu tinha que ir para a faculdade. Se não Medicina, Engenharia ou Direito.

Deya olhou para ele. Ela não lembrava de sentir qualquer coisa além de raiva e irritação durante esse tipo de situação. Um dos homens passou a conversa inteira contando quanto dinheiro havia ganho com seu posto de gasolina; outro a interrogou sobre os estudos, sobre se queria ser dona de casa e criar os filhos, se usaria o *hijab* o tempo todo e não só como parte do uniforme da escola muçulmana.

Mas Deya também tinha perguntas. *O que faria comigo se nos casássemos? Você me deixaria correr atrás dos meus sonhos? Me obrigaria a ficar em casa e criar os filhos enquanto trabalha? Me amaria? Seria meu dono? Bateria em mim?* Ela poderia ter feito essas perguntas em voz alta, mas sabia que as pessoas só dizem o que os outros querem ouvir. Sabia que, para realmente entender alguém, era preciso escutar as palavras que não diziam e observá-los cuidadosamente.

– Por que está olhando para mim assim? – Nasser perguntou.

– Nada, é só que... – Ela olhou para seus próprios dedos. – Me surpreendeu o fato dos seus pais terem forçado você a ir para a faculdade. Eu presumia que deixassem você tomar suas próprias decisões.

– Por que você diz isso?

– Ah, você sabe. – Ela o olhou nos olhos. – Porque você é homem.

Nasser a olhou com curiosidade.

– Você acha isso mesmo? Que eu posso fazer qualquer coisa porque sou homem?

– O mundo em que nós vivemos é assim.

Ele se inclinou para a frente e pousou as mãos sobre a mesa. Deya nunca estivera tão próxima de um homem. Ela recostou-se na cadeira, colocando as mãos entre as coxas.

– Você é estranha – disse Nasser.

Ela sentiu-se corar, e olhou para o lado.

– Não deixe minha vó ouvir isso.

– Por que não? Era um elogio.

– Ela não vai entender assim.

Houve uma pausa, e Nasser pegou sua xícara de chá.

– Então – disse após tomar um gole –, como imagina que sua vida vai ser no futuro?

– Como assim?

– O que você quer, Deya Ra'ad?

Foi inevitável rir. Como se o que ela queria importasse. Como se fosse ela a decidir. Se pudesse decidir, adiaria o casamento por pelo menos uma década. Iria estudar no exterior, na Europa, talvez Oxford, passando os dias em cafés e bibliotecas com um livro em uma mão e uma caneta na outra. Seria escritora e ajudaria as pessoas a entender o mundo através de suas histórias. Mas a decisão não era sua. Seus avós a haviam proibido de ir para a faculdade antes do casamento, e ela não queria estragar sua reputação na comunidade, desafiando-os. Ou pior, ser renegada, impedida de ver as irmãs e o único lar e a única família que conhecia. Já se sentia abandonada e sozinha de tantas maneiras diferentes; perder suas únicas raízes seria demais. Ela tinha medo da vida que os avós haviam planejado para ela, porém mais ainda do desconhecido. Então, enterrava os sonhos e obedecia.

– Eu só quero ser feliz – disse a Nasser. – Só isso.

– É, isso é simples.

– É? – Ela o olhou nos olhos. – Então por que eu nunca vi a felicidade?

– Com certeza já viu. Seus avós devem ser felizes.

Deya tentou não rolar os olhos.

– *Tata* passa os dias reclamando da vida, de como seus filhos a abandonaram, e *seedo* quase não fica em casa. Pode confiar. Eles são infelizes.

Nasser balançou a cabeça.

– Talvez você esteja sendo muito dura com eles.

– Por quê? Seus pais são felizes?

– Claro que são.

– Eles amam um ao outro?

– Mas é claro que se amam! Estão casados há mais de trinta anos.

– Isso não quer dizer nada – Deya zombou. – Meus avós estão casados há mais de cinquenta anos e não se aturam.

Nasser ficou em silêncio. Dada sua expressão, Deya sabia que ele achava o pessimismo dela desagradável. Mas o que poderia dizer a ele? Deveria ter mentido? Já era demais ser forçada a viver uma vida que não queria. Será que também teria que começar um casamento com mentiras? Quando isso iria terminar?

Em algum momento Nasser limpou a garganta.

– Sabe – ele disse –, só porque você não consegue enxergar a felicidade na vida dos seus avós, não significa que eles sejam infelizes. O que faz uma pessoa feliz nem sempre funciona para outra. Minha mãe, por exemplo, coloca a família acima de tudo. Se ela tiver meu pai e os seus filhos, está feliz. Mas nem todo mundo precisa de família, claro. Alguns precisam de dinheiro, de companheirismo. Ninguém é igual a ninguém.

– E do que você precisa? – Deya perguntou.

– O quê?

– Do que você precisa para ser feliz?

Nasser mordeu o lábio.

– Segurança financeira.

– Dinheiro?

– Não, não é dinheiro. – Ele parou por um instante. – Quero ter uma carreira estável e viver confortavelmente, talvez até me aposentar ainda jovem.

Ela rolou os olhos.

– Trabalho, dinheiro, a mesma coisa.

– Talvez – ele disse, com vergonha. – Qual seria a sua resposta?

– Nada.

– Aí não é justo. Você tem que responder à pergunta. O que faria você feliz?

– Nada. Nada me faria feliz.

Ele piscou para ela.

– Como assim, nada? Com certeza alguma coisa deve deixar você feliz.

Ela parou e olhou pela janela sentindo os olhos de Nasser estudarem seu rosto.

– Não acredito em felicidade.

– Não é verdade. Talvez você só não a tenha encontrado ainda.

– É verdade.

– É porque... – Ele fez uma pausa. – Você acha que é por causa dos seus pais?

Ela percebeu que ele queria olhá-la nos seus olhos, mas Deya manteve os seus fixos na janela.

– Não – disse, mentindo. – Não é por causa deles.

– Então por que você não acredita na felicidade?

Ele nunca entenderia, mesmo se ela tentasse explicar. Deya virou-se para encará-lo.

– Eu simplesmente não acredito, só isso.

Ele olhou para ela com uma expressão de tristeza. Ela ficou imaginando o que ele via, se ele sabia que, se a abrisse, encontraria, atrás das costelas, um emaranhado de podridão e lama.

– Acho que você não acha isso de verdade – ele disse eventualmente, sorrindo para ela. – Sabe o que eu acho?

– O quê?

– Acho que você só está fingindo para ver como eu reagiria. Você quer ver se eu saio correndo.

– Teoria interessante.

– Acho que é verdade. Acho também que você faz isso sempre.

– Faço o quê?

– Afasta as pessoas para que elas não possam te machucar. – Ela desviou o olhar. – Tudo bem. Você não precisa admitir.

– Não tem nada para admitir.

– Tudo bem. Mas posso te dizer uma coisa? – Ela se virou novamente para ele. – Eu não vou te machucar. Prometo.

Ela forçou um sorriso, querendo acreditar nele. Mas ela achava que não sabia como.

Fareeda voltou correndo para a cozinha logo que Nasser saiu, com seus olhos castanhos e amendoados bem abertos e questionadores: A Deya gostou dele? Ela acha que ele gostou dela? Ela concordaria com o pedido de casamento? Deya havia dito não para alguns pedidos, sempre a resposta pronta na ponta da língua. Contudo, normalmente, o pretendente retirava o pedido primeiro. Quando isso acontecia, depois dos pais do pretendente dizerem a Fareeda que os dois não combinavam e ela já ter chorado e estapeado o próprio rosto, a avó só se engajava mais. Com alguns telefonemas, logo encontrava um pretendente novo antes do final da semana.

Dessa vez era diferente.

– Parece que esse aí você não assustou – Fareeda disse de pé no vão da porta da cozinha com um sorriso maroto no rosto. Estava com o vestido vermelho e dourado que usava quando vinham pretendentes, um lenço cor de creme sobre a cabeça. Ela se aproximou.

– Os pais dele disseram que gostariam de vir visitar de novo em breve. O que você acha? Gostou do Nasser? Digo 'sim' a eles?

– Não sei – disse Deya enquanto passava um pano úmido sobre a mesa da cozinha. – Preciso pensar um pouco.

– Pensar um pouco? Pensar no quê? Você deveria agradecer que pode escolher. Algumas garotas não têm essa sorte. Eu certamente não tive.

– Isso não é escolha – Deya murmurou.

– Claro que é! – Fareeda passou os dedos na mesa para certificar-se de que estava limpa. – Meus pais nunca perguntaram se eu queria me casar com seu avô. Só me disseram o que fazer, e eu fiz.

– Bom, eu não tenho pais – disse Deya. – Nem tios ou tias, ou qualquer outra pessoa além das minhas irmãs!

– Que bobagem. Você tem a nós – disse Fareeda, sem olhar Deya nos olhos.

Seus avós criavam Deya e as três irmãs desde que ela tinha oito anos. Durante anos, foram só os seis, não uma família estendida numerosa, o que é o normal nos lares árabes. Em sua infância e adolescência, Deya sempre sentiu a dor da solidão, mas doía mais durante o *eid*, a festa do sacrifício, quando ela e as irmãs ficavam em casa, sabendo que ninguém viria visitá-las na data festiva mais importante para os muçulmanos. Seus colegas de classe se gabavam das festas em que haviam ido, dos parentes que lhes davam presentes e dinheiro. Deya sorria, fingindo que ela e as irmãs também tinham isso. Que também tinham tios e tias e outras pessoas que os amavam. Que tinham uma família. Mas elas não sabiam o que significava ter uma família. Só tinham os avós que as criavam por obrigação, e umas às outras.

– Nasser daria um ótimo marido – disse Fareeda. – Ele vai ser médico um dia. Ele pode te dar tudo o que você precisa. Seria bobagem rejeitá-lo. Pedidos de casamento assim não aparecem todo dia.

– Mas eu só tenho dezoito anos, *teta*. Não estou pronta para me casar.

– Do jeito que você fala, parece que eu estou te vendendo como escrava! Toda mãe que conheço está preparando as filhas para casar. Me diga, você conhece alguém cuja mãe não está fazendo exatamente a mesma coisa?

Deya suspirou. Sua avó estava certa. A maior parte das suas colegas de classe recebia pedidos de vários homens todo mês, e nenhuma delas parecia se importar com isso. Elas se maquiavam e limpavam as sobrancelhas, como se estivessem esperando ansiosamente um homem que as levassem embora. Algumas já eram noivas, terminando o último ano do Ensino Médio como se por obrigação. Como se tivessem encontrado no casamento algo mais gratificante que qualquer forma de educação. Era comum Deya olhar para elas e pensar: *Não tem mais nada na vida que vocês também queiram fazer? Tem que ter mais!* Mas logo seus pensamentos mudavam, e ela começava a não ter tanta certeza. Achava que talvez elas estivessem certas. Talvez se casar fosse a resposta.

Fareeda se aproximou, balançando a cabeça.

– Por que você está tornando isso uma coisa tão difícil? O que mais você quer?

Deya a olhou nos olhos.

– Eu já disse! Quero ir para a faculdade!

– *Ya Alá* – ela continuou pausadamente. – Isso de novo, não. Quantas vezes eu tenho que dizer? Nessa casa você não vai para a faculdade. Se seu marido permitir que você estude *depois* do casamento, aí é decisão dele. Meu trabalho aqui é garantir o seu futuro, me certificando que você e suas irmãs se casem com bons homens.

– Mas por que você não pode garantir meu futuro me deixando ir para a faculdade? Por que vai deixar um estranho controlar a minha vida? E se ele for que nem o *baba*? E se...

– Fecha essa boca – disse Fareeda com o lábio superior tremendo. – Quantas vezes já disse para você não falar dos seus pais nesta casa?

Pela expressão que tinha no rosto, Deya entendeu que Fareeda queria lhe dar um tapa. Mas era verdade. Deya testemunhara o suficiente da vida de sua mãe para saber que aquela não era a vida que queria.

– Eu tenho medo, *teta* – Deya suspirou. – Não quero me casar com um homem que não conheço.

– Nós funcionamos com casamentos arranjados – disse Fareeda. – O fato de estarmos nos Estados Unidos não muda quem somos. – Ela balançou a cabeça enquanto procurava um bule de chá no armário. – Se continuar recusando pedidos, logo logo você ficará velha e ninguém vai querer casar com você, e aí terá que passar o resto da vida nesta casa comigo. – Ela olhou Deya nos olhos. – Você sabe o que acontece com as outras garotas que desobedeceram aos pais e se recusaram a casar, ou, pior, se divorciaram. Olha onde estão agora! Morando na casa dos pais, morrendo de vergonha! É isso que você quer?

Deya desviou o olhar.

– Olha, Deya – Fareeda suavizou a voz. – Não estou falando para você se casar com o Nasser amanhã. Só o encontre de novo para conhecê-lo melhor.

Deya odiava ter que concordar com Fareeda, mas estava reconsiderando sua posição. Talvez estivesse na hora de se casar. Talvez devesse aceitar o pedido de Nasser. De fato, ela não tinha futuro algum na casa de Fareeda. Ela mal podia ir ao supermercado sem supervisão. "Uma mulher não é um homem" Fareeda sempre dizia. Além disso, Nasser parecia ser legal. Melhor do que os outros homens que conhecera nos últimos meses. Se não ele, quem? Ela teria que aceitar alguém eventualmente. Não poderia ficar recusando pedidos por muito tempo. A não ser que quisesse arruinar sua reputação, e a reputação de suas irmãs com a dela. Até conseguia ouvir a voz dos vizinhos em sua cabeça. *Essa garota é ruim. Ela não é de respeito. Deve ter alguma coisa errada com ela.*

Deya concordava. Tinha algo de errado com ela: não conseguia parar de pensar, não conseguia se decidir.

– Ok – ela disse. – Tudo bem.

Os olhos de Fareeda se acenderam.

– Sério?

– Vou ver ele de novo. Mas com uma condição.

– Qual?

– Não quero sair do Brooklyn.

– Não se preocupe. – Fareeda forçou um sorriso, mas sem mostrar os dentes. – Ele mora aqui no Sunset Park. Sei que você quer ficar perto das suas irmãs.

– E, por favor, quando chegar a hora, você precisa garantir que elas também se casem no Brooklyn – ela falou com um tom macio, buscando produzir empatia. – Tem como garantir que nós ficaremos juntas? Por favor.

Fareeda fez que sim com a cabeça. Deya achou que os olhos dela estivessem molhados. Era estranho. Mas Fareeda logo desviou o olhar, enrolando a camisola com os dedos.

– Claro – disse. – É o mínimo que posso fazer.

✳ ✳ ✳

Fareeda tinha proibido Deya de falar dos pais, mas nunca poderia apagar suas memórias. Deya se lembrava claramente do dia em que ficou sabendo da morte de Adam e Isra. Tinha sete anos. Era um dia claro de outono, e Deya viu o céu ficar cinza pela janela do quarto. Fareeda já havia limpado a mesa depois do jantar, lavado a louça e colocado a camisola antes de descer para o porão, onde Deya morava com os pais. Deya soube que tinha algo de errado logo que a avó apareceu no vão da porta. Ela não lembrava de ter visto Fareeda no porão.

Fareeda verificou se Amal, a mais nova das quatro, estava dormindo no berço antes de sentar-se na ponta da cama de Deya e das irmãs.

– Seus pais – Fareeda respirou fundo e empurrou as palavras para fora. – Eles morreram. Morreram num acidente de carro ontem à noite.

Depois dessa frase, as memórias são confusas. Deya não lembrava o que Fareeda dissera depois, nem de como ficaram as irmãs. Ela só lembrava pedaços isolados. Pânico. Lamúrias. Um grito agudo. Ela havia enfiado as unhas nas coxas. Achou que ia vomitar. Lembrava de ter olhado pela janela e de ter percebido que começara a chover, como se o universo estivesse de luto com elas.

Fareeda então se levantou e, chorando, subiu novamente as escadas.

E isso era tudo o que Deya sabia sobre a morte dos pais, mesmo agora, dez anos depois. Talvez tenha sido por isso que passara a infância atrás dos livros, tentando entender a vida através das histórias. Os livros eram seu único consolo, sua única esperança. Eles diziam a verdade de uma maneira que o mundo nunca parecia fazer, e guiaram sua vida da maneira que ela imaginava que Isra o faria se estivesse viva. Tinha tanta coisa que ela precisava conhecer, sobre sua família, sobre o mundo, sobre si mesma.

Era comum que ficasse pensando em quantas pessoas se sentiam assim, fascinadas pelas palavras, querendo entrar dentro de um livro e serem esquecidas. Quantas pessoas gostariam de encontrar suas próprias histórias dentro de um livro, desesperadas para se entenderem? Mas, no fim das contas, Deya continuava se sentindo sozinha, não importa quantos livros lesse, quantas histórias contasse a si mesma. Por toda sua vida procurou uma história que a ajudasse a entender quem era e qual seria o seu lugar no mundo. Mas sua história estava aprisionada entre as paredes de sua casa, no porão de uma casa na esquina da Rua 72 e a Quinta Avenida, e ela já achava que nunca a compreenderia.

Naquela tarde, Deya e as irmãs jantaram sozinhas, como costumavam fazer, enquanto Fareeda assistia a um programa de televisão na sala. Não arrumaram a mesa com uma série de pratos nem colocavam fatias de limão, azeitonas verdes, pimentas e pão pita fresco como faziam quando seu avô estava em casa. Em vez disso, as quatro irmãs se amontoavam sobre a mesa da cozinha, concentradas na própria conversa. De quando em quando, baixavam o tom de voz, ouvindo os sons que vinham da sala para se certificarem de que Fareeda ainda estava lá e que não as escutaria. As irmãs mais novas de Deya eram suas únicas companhias. As quatro tinham idades similares, só com um ou dois anos de diferença entre elas, e complementavam umas às outras como matérias diferentes na escola. Se Deya fosse uma matéria da escola, ela achava que seria Artes – escura, bagunçada, emotiva. Nora, a segunda mais velha e sua companhia mais próxima, seria Matemática – sólida, precisa e honesta. Era com Nora que Deya se aconselhava, consolando-se com sua clareza de pensamento; era Nora que acalmava as emoções excessivas de Deya, que estruturava o caos da arte de Deya. Depois tinha Layla. Deya achava que Layla deveria ser Ciências, pois era sempre curiosa, sempre procurando respostas, sempre lógica. E tinha Amal, a mais nova de todas, que, em consonância com o nome, era a mais esperançosa de todas. Se Amal fosse uma matéria, seria Religião, sempre focando toda e qualquer conversa no *halal* e *haraam*, o bem e o mal. Era Amal que sempre as trazia de volta para Deus, entregando-lhes um punhado de fé.

– Então, o que achou do Nasser? – perguntou Nora enquanto tomava a sopa de lentilha. – Ele era maluco que nem o último? – disse, soprando a colher. – Sabe... que nem aquele que insistiu para você colocar o *hijab* imediatamente.

– Não acho que alguém seja tão maluco quanto aquele homem – disse Deya, rindo.

– Ele é legal, então? – Nora perguntou.

– Ele era OK – Deya respondeu, certificando-se de que estava sorrindo. Não queria deixá-las preocupadas. – Era mesmo.

Layla estudou seu rosto.

– Você não parece muito feliz.

Deya percebeu que suas irmãs a estavam olhando intensamente. Os olhos delas a estavam fazendo transpirar.

– Estou nervosa, só isso.

– Você vai encontrá-lo novamente? – disse Amal que, Deya percebeu, roía as unhas.

– Sim. Amanhã, acho.

Nora inclinou-se na sua direção, ajeitando uma mecha de cabelo para trás da orelha.

– Ele sabe sobre os nossos pais?

Deya fez que sim com a cabeça enquanto mexia a sopa.

Não era surpresa que Nasser soubesse o que havia acontecido com seus pais. As notícias corriam rápido nesse tipo de comunidade. Ali, os árabes ficavam grudados uns aos outros que nem massa de pão, com medo de se perderem entre os irlandeses, italianos, gregos e judeus hassídicos. Era como se todos os árabes do Brooklyn tivessem dado as mãos, desde Bay Ridge até a Atlantic Avenue, e contassem tudo uns aos outros, de ouvido em ouvido. Não havia segredos entre eles.

– O que você acha que vai acontecer agora? – Layla perguntou.

– Em relação ao quê?

– A quando você vai vê-lo. Sobre o que vão falar?

– O básico, tenho certeza – disse Deya, arqueando uma das sobrancelhas. – Quantos filhos eu quero ter, onde eu quero morar... Sabe, o básico.

Suas irmãs riram.

– Mas pelo menos vocês vão saber o que esperar se decidirem ir adiante – disse Nora. – Melhor do que serem pegos desprevenidos.

– Verdade. Ele parecia ser bem previsível. – Deya olhou para a sopa. Quando levantou os olhos de novo, franziu a testa. – Sabe o que ele disse que o faria feliz?

– Dinheiro? – disse Layla.

– Um bom emprego? – acrescentou Nora.

Deya riu.

– Exatamente. Muito previsível.

– O que você esperava que ele fosse dizer? – disse Nora. – Amor? Romance?

– Não. Mas eu esperava, pelo menos, que ele fosse *fingir* ter uma resposta mais interessante.

– Nem todo mundo sabe fingir como você – disse Nora com um sorriso maroto no rosto.

– Talvez ele estivesse nervoso – disse Layla. – Ele perguntou o que faria *você* feliz?

– Perguntou.

– E o que você disse?

– Que nada me faria feliz.

– Por que você disse isso? – perguntou Amal.

– Só de brincadeira.

– Sei – disse Nora, rolando os olhos para trás. – Mas é uma boa pergunta, difícil. Vejamos. O que me faria feliz? – Ela mexeu a sopa. – Liberdade – disse, por fim. – Poder fazer o que eu quiser.

– Sucesso me faria feliz – disse Layla. – Ser médica ou fazer algo grande.

– Acho que você vai precisar de muita sorte para ser médica aqui na casa da Fareeda – disse Nora, rindo.

Layla rolou os olhos.

– Disse a garota que quer liberdade.

Todas riram.

Deya olhou para Amal, que ainda roía as unhas. Ela ainda não havia tocado na sopa. – E você, *habibti*? – Deya perguntou, esticando-se para colocar a mão sobre seu ombro. – O que faria você feliz?

Amal olhou pela janela da cozinha.

– Estar com vocês três – disse.

Deya suspirou. Mesmo que Amal fosse jovem demais para lembrar – ela mal tinha um ano de idade quando o acidente de carro aconteceu –, Deya sabia que estava pensando nos pais. *Porém é mais fácil perder algo que não conseguimos lembrar,* pensou. Pelo menos não havia recordações ou algo doloroso para relembrar. Deya invejava as irmãs. Ela lembrava demais, frequentemente, mesmo que suas memórias fossem distorcidas e pontuais, como aqueles sonhos de que só lembramos de parte. Para tentar entendê-los, ela costurava fragmentos desconexos, formando uma narrativa completa com começo e fim, com um único objetivo e uma única verdade. Por vezes, ela se dava conta de que estava misturando memórias, perdendo a noção de tempo, acrescentando peças aqui e ali até que sentisse que sua infância estava completa, que tinha uma progressão lógica. Então se perguntava que pedaços eram memórias reais e que pedaços ela havia inventado.

Deya sentiu frio ali, à mesa da cozinha, apesar do vapor que subia da sopa sobre seu rosto. Ela viu que Amal olhava pela janela da cozinha, e colocou sua mão sobre a dela.

– Não consigo nem imaginar essa casa sem você – Amal sussurrou.

– Ah, pare com isso – disse Deya. – Assim parece que eu vou para outro país. Eu vou estar logo ali na esquina. Vocês podem ir me visitar a qualquer hora.

Nora e Layla sorriram, mas Amal só suspirou.

– Vou sentir sua falta.

– Vou sentir sua falta também. – A voz de Deya falhou enquanto dizia.

Lá fora, a luz perdia cada vez mais a cor, e o vento ficava mais forte. Deya ficou olhando alguns pássaros planando pelo céu.

– Queria que *mama* e *baba* estivessem aqui – Nora disse.

Layla suspirou.

– Queria poder lembrar deles.

– Eu também – disse Amal.

– Eu também não lembro muito – disse Nora. – Eu devia ter uns seis ou sete anos quando morreram.

– Mas pelo menos você já tinha idade suficiente para lembrar da cara deles – disse Layla. – Eu e Amal não lembramos de nada.

Nora se virou para Deya.

– Mama era linda, não era?

Deya se forçou a sorrir. Ela quase não lembrava do rosto da mãe, exceto os olhos, de como eram escuros. Às vezes ela queria poder olhar dentro do cérebro de Nora para ver o que ela lembrava dos pais e se suas memórias eram parecidas com as dela. Na verdade, queria mesmo não encontrar nada na cabeça de Nora, nenhuma memória. Seria mais fácil.

– Eu lembro de estarmos no parque. – A voz de Nora estava serena agora. – Estávamos todos em um piquenique. Lembra, Deya? Mama e *baba* compraram sorvete do Mister Softee. Ficamos lá sentados numa sombra, olhando os barcos passar por debaixo da Ponte Verrazano-Narrows como se fossem de brinquedo. Mama e *baba* faziam cafuné em mim e me davam beijos. Lembro que todos estávamos rindo.

Deya não disse nada. Aquele dia no parque era a última memória que tinha dos pais, só que ela lembrava de forma diferente. Lembrava dos pais sentados em lados opostos da toalha, ambos em silêncio. Nas memórias de Deya, eles raramente falavam um com o outro, e ela não lembrava de vê-los se tocarem. Ela costumava pensar que só estavam sendo discretos, que eles deveriam demonstrar amor um pelo outro quando estavam sozinhos. Mas mesmo quando espiava secretamente o que estavam fazendo, ela nunca viu demonstrações de afeto. Deya não lembrava o porquê, mas naquele dia no parque, olhando os pais cada um de um lado da toalha, sentiu que havia entendido o significado da palavra *melancolia*.

\* \* \*

As irmãs passaram o resto da tarde conversando sobre como passaram o dia até a hora de ir para a cama. Layla e Amal trocaram beijos de boa-noite com suas irmãs mais velhas antes de irem para o quarto que compartilhavam. Nora sentou-se na cama ao lado de Deya e enrolou o lençol com os dedos.

– Me diga uma coisa.

– Hm?

– Era verdade aquilo que você disse para o Nasser? Que nada faria você feliz?

Deya sentou-se e apoiou-se na cabeceira.

– Não, eu... Não sei.

– Por que você acha isso? Fico preocupada.

Deya não disse nada, e Nora se aproximou.

– Fala comigo. O que foi?

– Não sei, é que... Às vezes, fico achando que felicidade não é uma coisa real, pelo menos não para mim. Sei que soa meio dramático, mas... – Ela fez uma pausa, procurando as palavras certas. – Talvez se eu mantiver distância das pessoas, se não esperar nada do mundo, eu não venha a me decepcionar.

– Mas você sabe que viver com essa mentalidade não é muito saudável... – Nora disse.

– Claro que sei, mas não consigo não me sentir assim.

– Eu não entendo. Quando você ficou tão negativa?

Deya ficou em silêncio.

– É por causa da *mama* e do *baba*? É isso? Você sempre tem esse olhar nos olhos quando fala sobre eles, como se soubesse de algo que não sabemos. O que é?

– Não é nada – Deya disse.

– Claramente é alguma coisa. Tem que ser. Alguma coisa aconteceu.

Deya sentiu as palavras de Nora por debaixo de sua pele. Alguma coisa tinha acontecido, tudo tinha acontecido, nada tinha acontecido. Ela lembrava do dia em que ficou do lado de fora do quarto de Isra, batendo e socando a porta, chamando repetidamente pela mãe. *Mama. Abre a porta, mama. Por favor, mama. Você está me ouvindo? Você está aí? Você está vindo, mama? Por favor.* Mas Isra não abriu a porta. Deya ficava ali imaginando o que ela havia feito. O que ela tinha tanto de errado assim para sua mãe não a amar?

Mas Deya sabia que, não importa o quão claramente ela pudesse articular não só essa memória como infinitas outras, Nora nunca conseguiria entender como ela se sentia.

– Não se preocupe, por favor – disse. – Estou bem.
– Promete?
– Prometo.

Nora bocejou, esticando os braços no ar. – Então me conta uma dessas suas histórias – disse – para que eu tenha bons sonhos. Me conta sobre *mama* e *baba*.

O ritual de contar histórias para dormir havia começado quando os pais delas morreram e acabou continuando ao longo dos anos. Deya não se importava, mas o que ela conseguia, ou queria, lembrar tinha limite. Contar histórias não era tão simples quanto recordar memórias. Significava acrescentar camadas e decidir quais partes seria melhor omitir. Nora não precisava saber das noites que Deya passou esperando Adam chegar em casa, apertando o nariz tão forte contra a janela que ainda doía de manhã. Das raras noites em que chegava em casa antes da hora de dormir, ele a pegava nos braços e saia procurando Isra para vir cumprimentá-lo também. Mas Isra nunca vinha cumprimentá-lo. Ela nunca o olhava nos olhos quando chegava em casa, nunca sorria. Na melhor das hipóteses, ficava de pé no canto da sala, pálida e com a mandíbula contraída.

Às vezes, era pior: certas noites, Deya ficava na cama, escutando, no cômodo vizinho, Adam gritar, sua mãe chorar e outros sons piores. Uma pancada contra a parede. Um ganido alto. Adam gritando de novo. Ela cobria os ouvidos, fechava os olhos, entrava em posição fetal e narrava uma história na cabeça até os barulhos se dissiparem, até que não pudesse mais ouvir a mãe clamando, *Adam, por favor... Adam, pare...*

– Está pensando em quê? – Nora perguntou, estudando o rosto da irmã. – Do que você lembrou?

– Nada – Deya disse, apesar de saber que seu rosto deixava transparecer algo diferente. Às vezes, Deya ficava imaginando se era a tristeza da mãe que a deixava triste e se, talvez, quando Isra morreu, toda a sua tristeza teria deixado seu corpo e se instalado no dela.

– Por favor – disse Nora, levantando-se. – Dá para ver no seu rosto. Pode me contar.

– Não é nada. E está ficando tarde.

– Ah, por favor. Você vai se casar em breve, e aí... – sua voz minguou até um sussurro. – Tudo o que eu tenho deles são as suas memórias.

– Está bem – Deya suspirou. – Eu conto o que lembrar. – Ela empertigou-se e limpou a garganta. Mas não contou a verdade a Nora. Contou uma história.

# · ISRA ·

*Primavera de 1990*

Isra chegou a Nova York no dia seguinte à cerimônia de casamento após um voo de doze horas saindo de Tel Aviv. Sua primeira visão da cidade foi do avião, chegando ao Aeroporto John F. Kennedy. Seus olhos se abriram e ela apertou o nariz contra a janela. Achava que estava apaixonada. A cidade a cativou primeiro, aqueles prédios impecáveis e muito altos – centenas deles. Do alto, Manhattan parecia tão delgada, como se os prédios pudessem simplesmente quebrar-se ao meio, como se fossem pesados demais para aquela pequena lasca de terra. Conforme o avião se aproximava, Isra sentiu-se inchar. Não eram mais prédios de brinquedo, eram montanhas, torres e fortalezas explodindo no céu como fogos de artifício, arrebatadores em sua grandeza e força, fazendo Isra sentir-se pequena, mas, ao mesmo tempo, impressionada pela sua beleza, como se fosse coisa de conto de fadas. Mesmo que ela viesse a ler mil livros, nada se compararia à sensação que estava tendo naquele momento ali, absorvendo a vista.

Ela ainda via o skyline de Manhattan quando o avião pousou, apesar de ser só um contorno azulado no horizonte. Se Isra apertasse os olhos, quase parecia as montanhas da Palestina, os prédios nos montes pulverulentos ao longe. Ela imaginava o que mais veria nos dias seguintes.

– Aqui é o Queens – Adam disse na fila do táxi já do lado de fora do aeroporto.

Dentro da minivan, Isra sentou-se na janela no banco de trás na esperança de que Adam se sentasse ao seu lado, mas Sarah e Fareeda se juntaram a ela.

— Demora uns 45 minutos para chegarmos ao Brooklyn, onde moramos. — Adam continuou, já sentado ao lado dos irmãos no banco do meio: — Isso se não tiver muito trânsito.

Isra estudou o Queens através da janela do táxi, com os olhos bem abertos e lacrimejantes, naquele sol de março. Procurou a linha de prédios impecáveis que vira do avião, mas não encontrou. Só via infinitas ruas cinzas, que faziam curvas e voltavam para si mesmas, cheias de carros — centenas deles — zunindo sobre elas incansavelmente. Adam disse que estavam a uns três quilômetros da saída para o Brooklyn, e Isra observou que o motorista se manteve na pista esquerda após uma placa que dizia: BELT PARKWAY RAMP.

Deslizaram por uma estrada estreita tão próximos à água que Isra achou que o táxi podia derrapar e cair nela. Ela não sabia nadar.

— Como podemos estar tão próximos à água? — Isra conseguiu perguntar, olhando um barco ao longe e um conjunto de pássaros que o sobrevoava.

— Ah, isso não é nada — disse Adam. — Espere até ver a ponte.

Até que ela apareceu, bem na sua frente, longa, prateada e elegante, como um pássaro que abre as asas sobre águas. — Essa é a Ponte Verrazano-Narrows — disse Adam, vendo os olhos de Isra se arregalarem.

— Não é linda?

— É — disse ela, entrando em pânico. — Vamos passar por cima dela?

— Não — disse Adam. — Essa é a ponte que liga o Brooklyn a Staten Island.

— Ela já caiu alguma vez? — sussurrou com os olhos grudados na ponte enquanto se aproximavam dela.

— Não que eu saiba. — ela ouviu um sorriso em sua voz quando respondeu.

— Mas ela é muito fina, parece que vai quebrar a qualquer momento.

Adam riu.

— Fique tranquila — disse. — Estamos na melhor cidade da terra. Tudo aqui é feito pelos melhores arquitetos e engenheiros. Aproveite a vista.

Isra tentou relaxar. Dava para ouvir Khaled rir no banco do passageiro.

— Lembrei da primeira vez que Fareeda viu a ponte. — Ele se virou e olhou para a esposa. — Juro que ela quase chorou de medo.

— Com certeza — disse Fareeda, mas Isra percebeu que ela parecia nervosa durante a travessia da ponte. Ao chegarem do outro lado, Isra respirou fundo, aliviada pelo fato de a ponte não ter caído enquanto passavam.

Só depois de saírem da *parkway* que Isra viu o Brooklyn pela primeira vez. Não era o que esperava. Dava para chamar Manhattan de "grandiosa", mas, comparativamente, o Brooklyn parecia pequeno, como se não fizesse sentido estar lado a lado com a ilha. Ela só via prédios sem graça com fachadas de tijolos cobertas por grafite, muitos decadentes, e pessoas se arrastando pelas ruas abarrotadas de gente com o rosto fechado. Ela ficou confusa. Quando criança, era comum imaginar como seria o mundo fora da Palestina, se seria tão lindo quanto os lugares sobre os quais lia nos livros. Ela acabara de confirmar que sim, admirando o skyline de Manhattan e estava empolgada para morar ali. Mas agora, olhando o Brooklyn pela janela do carro, vendo os grafites espalhados pelas paredes e pelos prédios, imaginava se os livros estavam errados, se *mama* estava certa quando disse que, não importa onde estivesse, o mundo seria decepcionante.

– Moramos em Bay Ridge – Adam disse enquanto o taxista estacionava próximo a uma fileira de casas de tijolo.

Isra, Fareeda e Sarah ficaram na calçada enquanto os homens descarregavam as malas. Com a mala de Isra em uma das mãos, Adam fez um gesto circular com a outra.

– Muitos árabes de Nova York moram nesse bairro – disse. – Você vai se sentir em casa.

Isra estudou o quarteirão. A família de Adam morava em uma rua longa e arborizada, com casas geminadas enfileiradas uma ao lado da outra como se fossem livros em uma prateleira. A maioria das casas eram de tijolos vermelhos e tinham a fachada côncava. A casa tinha dois andares e um porão. Uma escada pequena e estreita conduzia à porta da frente, no primeiro andar. Portões de ferro separavam as casas da calçada. O bairro era bem cuidado, não havia valas abertas ou lixo nas ruas, e as ruas eram pavimentadas, e não de terra. Quase não havia vegetação, só uma fileira de plátanos comuns nas calçadas. Não havia frutas para apanhar, não havia varanda nem pátio dianteiro. Ela esperava que ao menos houvesse um jardim ao fundo.

– E aqui estamos – Adam disse enquanto se aproximavam do portão da casa de número 545. Adam abriu a porta e fez com a mão para que entrasse. – As casas aqui são um tanto apertadas – disse enquanto atravessavam o hall de entrada. Isra concordou em silêncio.

Do hall, via-se o primeiro andar inteiro. Havia uma sala à esquerda e, mais à frente, a cozinha. À direita, a escada que levava ao segundo andar e, atrás dela, quase escondido, um quarto. Isra observou a sala de estar. Apesar de ser bem menor que a sala da casa dos seus pais, tinha a decoração de uma mansão. O piso estava coberto por um tapete turco carmesim com um padrão dourado no centro. Havia o mesmo padrão nos sofás cor de vinho, nas almofadas vermelhas, e nas cortinas longas e grossas que cobriam as janelas. Havia também um sofá de couro desgastado no canto da sala, como se esquecido, com um vaso dourado lustroso ao lado.

– Você gostou? – Adam perguntou.

– É linda.

– Sei que não é tão arejada e iluminada como as casas na Palestina. – Seus olhos se fixaram nas janelas, escondidas atrás das cortinas. – Mas as coisas são assim aqui. Fazer o quê?

Havia algo em sua voz, e Isra se pegou pensando no dia em que estavam na varanda, em como ele ficou olhando as vinhas, como se bebendo a paisagem aberta. Ela ficou se perguntando se ele gostaria de voltar à Palestina, se ele queria voltar um dia.

– Você sente falta de casa? – O som da sua própria voz a assustou, e ela virou o olhar para o chão.

– Sim. – Adam disse. – Sinto.

Isra levantou os olhos e viu que ainda olhava para as cortinas.

– Você vai voltar um dia? – ela perguntou.

– Talvez um dia – disse. – Se as coisas melhorarem. – Ele se virou e atravessou o hall. Isra foi atrás.

– Meus pais ficam aqui no primeiro piso – Adam falou, apontando o quarto. – Sarah e meus irmãos dormem no andar de cima.

– E onde vamos ficar? – perguntou na esperança do quarto ter janela.

Ele apontou para uma porta fechada no fim do corretor.

– Lá embaixo.

Adam abriu a porta fez com a mão para que descesse. Ela desceu, imaginando o tempo todo como poderiam viver em um porão. *Se quase não havia luz no andar de cima, como seria o porão?* Ela olhou para o fim da escada de degraus baixos. Imediatamente ficou perplexa com a escuridão. Apontou as mãos para a frente enquanto descia. A luz que vinha do vão da porta minguava a cada degrau. Chegou ao final das escadas e tateou a parede em busca de um interruptor. Sentiu o frio da parede com a ponta dos dedos até que encontrou um e o ligou.

Havia um espelho dourado grande na parede diretamente em sua frente. Parecia estranho colocar um espelho em um lugar tão sombrio e desabitado. *De que serviria um espelho, no escuro, sem luz alguma para refletir?*

Ela entrou no primeiro cômodo do porão, estudando o espaço mal iluminado com os olhos. Era estreito e vazio, quatro paredes cinzas e vazias, à exceção de uma janela à esquerda e, no centro, uma porta fechada. Isra a abriu e encontrou mais um cômodo, um pouco maior que o primeiro e mobiliado com uma cama queen, uma cômoda pequena e um espelho grande. Ao lado do espelho havia um pequeno armário e, ao lado dele, uma porta que levava ao banheiro. Esse seria o quarto deles, Isra concluiu. Não tinha janelas.

Ela estudou o próprio reflexo no espelho. Seu rosto parecia sem cor, cinza, sob a luz fluorescente. Ela observou seu corpo pequeno e frágil. Viu a garota que deveria ter lutado enquanto sua mãe ajustava seu vestido de casamento, que deveria ter implorado e gritado enquanto seu pai a prendia no táxi para o aeroporto. Mas ela era covarde. Virou o rosto. *Esse é o único rosto familiar que verei*, Isra pensou. Ela não suportava se olhar.

No andar de cima, o aroma terroso de sálvia enchia a cozinha. Fareeda estava fazendo um bule de chá. Ela estava de pé na frente do fogão, as costas encurvadas, olhando sem expressão para o vapor. Olhando para ela, Isra pegou-se pensando na *maramiya*, uma planta que havia no jardim de sua mãe, de onde *mama* colhia algumas folhas todas as manhãs para colocar no chá porque ajudava com o problema de indigestão de Yacob. Isra ficou imaginando se Fareeda teria *maramiya* no jardim ou se usava sálvia seca comprada no mercado.

– Posso ajudar com alguma coisa, *hamati*? – Isra perguntou aproximando-se do fogão. Era a primeira vez que chamava Fareeda de sogra.

– Não, não, não – Fareeda disse, balançando a cabeça. – Não me chame de *hamati*. Prefiro Fareeda.

Quando era criança e adolescente, Isra nunca ouvira uma mulher casada sendo chamada pelo primeiro nome. Sempre se referiam a sua mãe como "Umm Waleed", mãe de Waleed, seu filho mais velho, mas nunca Sawsan. Nem tia Widad, que nunca teve filho, então era chamada pelo primeiro nome. As pessoas a chamavam de "Mart Jamal", esposa de Jamal.

– Não gosto dessa palavra – disse Fareeda, lendo a expressão confusa no rosto de Isra. – Faz com que eu me sinta velha.

Isra sorriu, e pousou os olhos no chá fervente.

– Por que você não faz a mesa? – perguntou Fareeda. – Estou fazendo algo para comermos.

– Onde está o Adam?

– Saiu para trabalhar.

– Ah. – Isra esperava que fosse ficar em casa naquele dia e levá-la para passear pelo bairro, talvez apresentar o Brooklyn a ela. Quem trabalha no dia seguinte ao casamento?

– Ele teve que fazer algo para o pai – disse Fareeda. – Ele volta logo.

*Por que os irmãos não podiam ajudar o pai?* Isra queria perguntar, mas tinha medo de dizer algo errado. Ela limpou a garganta e disse:

– Omar e Ali foram com ele?

– Não faço a menor ideia de onde eles estão – disse Fareeda. – Os homens são impossíveis. Eles fazem o que querem. Não são como as mulheres. Não dá para controlar. – Ela deu uma pilha de pratos a Isra. – Você sabe como é, você tem irmãos.

Isra deu um sorriso tímido.

– Sei.

– Sarah! – Fareeda chamou.

Sarah estava em seu quarto, no andar de cima.

– O que foi, *mama*? – gritou de volta.

– Desça aqui e ajude a Isra a fazer a mesa! – disse Fareeda. Ela se virou para Isra. – Não quero que ela ache que não precisa mais cumprir suas obrigações só porque agora você está aqui. É aí que começa a confusão.

– Ela tem muitas tarefas na casa? – Isra perguntou.

– Claro – disse Fareeda, vendo Sarah no vão da porta. – Ela já tem onze anos, é praticamente uma mulher. Quando eu tinha a idade dela, minha mãe não levantava um dedo. Eu já fazia toneladas de charutos de folha de uva e trabalhava massa de pão para a família toda.

– Isso era porque você não foi à escola, *mama* – disse Sarah. – Você tinha tempo para isso tudo. Eu tenho que pôr o dever de casa em dia.

– Seu dever de casa pode esperar – disse Fareeda, entregando a ela um *ibrik* de chá. – Encha as xícaras, rápido.

Sarah serviu o chá em quatro xícaras de vidro. Isra notou que não foi rápida como Fareeda pediu.

– O chá está pronto? – Uma voz de homem.

Isra se virou e viu Khaled no vão da porta. Ela o olhou atentamente. Seu cabelo era grosso e prateado, a pele, amarela e enrugada. Ela não o olhava nos olhos e ficou pensando se ele não estaria se sentindo desconfortável pelo fato de ela não estar usando o *hijab*. Mas ela não precisava usá-lo na frente dele. Era seu sogro, o que, de acordo com a Lei Islâmica, fazia dele seu *mahram*, ou seja, igual a seu pai.

– Gostou do bairro, Isra? – indagou Khaled, examinando a mesa. Apesar da idade e dos pelos cor de ferro na barba, era fácil enxergar que fora muito bonito quando jovem.

– É lindo, *ami* – disse Isra, perguntando-se se chamá-lo de "sogro" o irritaria como havia irritado Fareeda.

Fareeda olhou para o marido e sorriu.

– Agora você é um "*ami*", seu velho!

– Você também não é nenhuma jovem donzela – disse ele sorrindo. – Vamos lá. – Ele fez com a mão para que todos se sentassem. – Vamos comer.

Isra nunca vira tanta comida em uma só mesa. Homus com carne moída e pinhão. Queijo halloumi frito. Ovos mexidos. Falafel. Azeitonas verdes e pretas. *Labne* e *za'atar*. Pão pita fresco. Mesmo durante o Ramadã, quando *mama* fazia todos os pratos favoritos deles e Yacob esbanjava comprando carne, a comida não era tão farta. O aroma de um prato se misturava ao do vizinho até que juntos faziam o cheiro de sua casa.

Fareeda se virou para Khaled e fixou os olhos em seu rosto.

– O que você vai fazer hoje?

– Não sei – disse enquanto molhava o pão no azeite e o *za'atar*. – Por quê?

– Preciso que me leve à cidade.

– Do que você precisa?

– Carne e outras coisas.

Isra tentou não ficar olhando para Fareeda. Apesar de não ser muito mais velha que *mama*, não eram nada parecidas. Não havia um medo implícito na voz de Fareeda, nem ela abaixava a cabeça na presença de Khaled. Isra ficou se perguntando se Khaled batia nela.

– Eu preciso ir também, *baba*? – Sarah perguntou do lado oposto da mesa. – Estou cansada.

– Você pode ficar em casa com Isra – ele disse sem tirar os olhos da comida.

Sarah deu um suspiro aliviado.

– Graças a Deus. Odeio fazer compras – Isra observou enquanto Khaled bebia o chá, intocado pela audácia de Sarah.

Se Isra falasse com Yacob assim, teria recebido um tapa. Talvez os pais não batessem nos filhos nos Estados Unidos. Ela imaginou como seria ser criada nos EUA por Khaled e Fareeda e como sua vida teria sido.

Um pouco depois, Khaled pediu licença para ir se aprontar. Isra e Sarah também se levantaram, levando os pratos e xícaras vazias para a pia. Fareeda ficou sentada, bebendo chá.

– Fareeda! – Khaled a chamou do hall.

– *Shu*? O que foi?

– Sirva mais chá para mim.

Fareeda colocou uma bola de falafel na boca, claramente sem pressa de obedecer a ordem do marido. Isra ficou olhando, confusa e ansiosa, enquanto Fareeda bebia o chá. Quando ela serviria o chá de Khaled? Será que ela deveria oferecer-se para fazê-lo? Ela olhou para Sarah, mas a menina parecia não estar preocupada. Isra se forçou a relaxar. Talvez as mulheres falassem assim com seus maridos nos Estados Unidos. Talvez as coisas fossem mesmo diferentes lá.

* * *

Adam chegou em casa com o sol se pondo.

– Coloque uma roupa – ele disse a ela. – Vamos sair.

Isra tentou segurar a empolgação. Ela estava defronte à janela da sala de estar, onde havia ficado durante um bom tempo, observando as árvores do lado de fora, imaginando se tinham cheiro de madeira, doce, ou algum aroma que ela nunca havia sentido. Ela continuou de frente para o vidro para que Adam não visse que ela havia se enrubescido.

– Digo para Fareeda se arrumar também? – perguntou.

– Não, não. – Adam riu. – Ela já conhece o Brooklyn.

No porão, defronte ao espelho quadrado que havia pendurado na parede do banheiro, Isra não conseguia decidir o que vestir. Caminhava de um lado para o outro do quarto, experimentando uma cor de *hijab* depois da outra. Em casa, ela usaria a cor de lavanda com contas prateadas. Mas agora ela estava nos Estados Unidos. Talvez ela devesse usar o preto ou o marrom para não aparecer demais. Ou talvez não. Talvez uma cor mais leve funcionasse melhor e a fizesse parecer mais vivaz e feliz.

Ela avaliava como ficava a cor do próprio rosto contra um *hijab* verde musgo quando Adam entrou no quarto. Ele olhou nervoso para o *hijab*. Pelo espelho, Isra o viu contrair a mandíbula. Ele se aproximou sem tirar os olhos de sua cabeça. Enquanto ele se aproximava, ela sentiu o coração inchar dentro do peito, subindo-lhe a garganta. Ele olhava seu *hijab* como o havia olhado aquele dia na varanda, e só agora Isra entendeu o porquê: ele não gostava.

– Você sabe que não precisa mais usar isso, não é? – Adam finalmente disse. Ela piscou para ele, chocada. – É verdade – disse, fazendo uma pausa. – Sabe, as pessoas aqui não se importam se o seu cabelo está aparecendo. Não precisa cobrir.

Isra não sabia o que dizer. Quando era criança, aprendera que a coisa mais importante que meninas muçulmanas tinham que fazer era usar o *hijab*. Que a modéstia era a maior virtude da mulher.

– Mas e a nossa religião? – ela sussurrou. – E Deus?

Adam a olhou com pena.

– Aqui nós temos que ter cuidado, Isra. As pessoas fogem para os Estados Unidos porque os países estão em guerra. Algumas dessas pessoas são árabes. Algumas são muçulmanas. Algumas são os dois, como nós. Poderíamos viver aqui pelo resto das nossas vidas e nunca sermos "americanos". Para você, usar o *hijab* é a coisa certa a fazer, mas não é o que os americanos vão pensar quando a virem. Eles não vão enxergar a sua modéstia ou a sua bondade. Eles só vão ver uma pessoa marginalizada, alguém que não pertence àquele lugar. – Ele suspirou, levantando os olhos para olhá-la nos olhos. – É difícil. Mas a única coisa que podemos fazer é tentar nos adaptar.

Isra desenrolou o *hijab* e o colocou sobre a cama. Ela nunca havia considerado não o usar em público. Mas lá, defronte ao espelho, olhando as longas mechas de cabelo preto que repousavam sobre seu ombro, voltou a ter esperança. Talvez sentiria o gosto da liberdade pela primeira vez. Não havia porque recusar sem experimentar.

Logo depois, deixaram a casa, Isra mexia nervosamente em uma mecha de cabelo enquanto saía pela porta da frente. Adam parecia não notar. Ele disse que a melhor maneira de ver o Brooklyn não era de carro nem de trem, mas a pé. Então caminharam. A lua brilhava sobre eles num céu sem estrelas, iluminando as árvores cheias de brotos. Andaram por um quarteirão comprido e estreito com a placa Rua 22 até chegarem à esquina, e logo Isra sentiu como se tivesse sido transportada para um outro mundo.

– Essa é a Quinta Avenida – Adam disse. – O coração de Bay Ridge.

Para onde Isra olhasse, havia luzes piscando. Havia uma variedade grande de lojas: padarias, restaurantes, farmácias, escritórios de advocacia.

– Bay Ridge é um dos bairros mais diversificados do Brooklyn – Adam disse enquanto caminhavam. – Imigrantes do mundo todo moram aqui.

Dá para ver pela comida: bolinhos de carne, *kofta*, cozido de peixe, pão *challah*. Está vendo aquele quarteirão? – Adam apontou para longe. – Os donos de todas as lojas daquele quarteirão são árabes. Há um açougue *hallal* na esquina, Alsalam, onde meu pai vai todo domingo para comprar carne, uma confeitaria libanesa que faz pão *saj* todo dia de manhã. Durante o Ramadã, eles recheiam os pães com queijo derretido, calda e gergelim, como na Palestina.

Isra estudou as lojas, hipnotizada. Reconheceu o cheiro de quibe de carne, de *shawarma* de cordeiro, o aroma almiscarado do baclava, e até um cheiro distante de narguilé de duas maçãs. Outros aromas também flutuavam no ar. Manjericão fresco. Caixa de gordura. Esgoto, suor. Os cheiros se misturavam uns aos outros e se tornavam um só. Por um instante, Isra achou que tinha caído por uma fenda no cimento da calçada e voltado para casa.

À sua volta, as pessoas caminhavam para lá e para cá, empurrando carrinhos de bebê ou carregando sacolas de compras, rodopiando para dentro e fora das lojas como se fossem bolinhas de gude. Essas pessoas não se pareciam em nada com o que imaginava serem os americanos: mulheres de batom vermelho brilhante, homens de ternos pretos elegantes. Pelo contrário, as mulheres não pareciam diferentes dela, vestidas de forma simples e modesta, algumas, inclusive, usavam o *hijab*. Os homens pareciam Adam, tinham a pele bronzeada e a barba grossa e usavam roupas feitas para trabalho pesado.

Isra não sabia o que pensar enquanto olhava aqueles rostos familiares que flutuavam pela Quinta Avenida. Aquelas pessoas eram como eles, viviam nos Estados Unidos e estavam tentando se adaptar. Mas mesmo assim usavam seus *hijabs*; não haviam mudado por dentro. Por que Adam insistia que ela mudasse?

Depois de um longo tempo observando as pessoas, Isra já não pensava no *hijab*. Em vez disso, pensou em todas aquelas pessoas que passavam ali sob a luz dos postes, pessoas que moravam nos Estados Unidos, mas não eram nem um pouco americanas, mulheres como ela, que estavam longe de suas casas, divididas entre duas culturas, tentando começar de novo. Ela tentou imaginar como seria sua vida ali.

Naquela noite, Isra se deitou cedo. Adam foi tomar banho e ela achou que o melhor seria que ele voltasse para a cama e a encontrasse dormindo. Aquela seria a primeira noite que passaria sozinha com ele, e ela sabia o que aconteceria se ficasse acordada. Ela sabia que ele iria se colocar dentro dela. Ela sabia que iria doer. Ela também sabia – apesar de que não estava tão certa de que acreditava nisso – que ela viria a gostar daquilo. Foi o que *mama* dissera a ela. Mesmo assim, Isra não estava pronta. Na cama, ela fechou os olhos e tentou silenciar os pensamentos. Era como se estivesse correndo freneticamente, rodando em círculos.

No banheiro, ela ouviu Adam desligar a água, abrir e depois fechar a cortina do chuveiro e procurar algo no armário. Ela puxou os lençóis por sobre si como um escudo. Deitada embaixo das cobertas frias, com olhos semiabertos, ela o viu entrar no quarto. Só estava coberto pela toalha de banho. Ela viu seu torso magro e bronzeado, e o cabelo preto e encaracolado que tinha no peito. Por um momento, ele ficou ali parado, olhando para ela, como se na esperança de que ela também olhasse para ele, mas ela não conseguiu se convencer a abrir os olhos de todo. Ele tirou a toalha e se aproximou dela. Ela fechou os olhos, inspirando e expirando, tentando relaxar. Mas seu corpo só se tensionava mais conforme ele chegava mais perto. Ele deitou-se na cama, cobriu-se com os lençóis e esticou a mão para tocá-la. Ela se afastou lentamente até que achou que cairia da cama. Mas ele a segurou e a trouxe mais para o meio do colchão. Então, subiu nela. Ela sentia seu hálito de cigarro quando expirava no seu rosto. Suas mãos tremiam violentamente, e ela enfiou as unhas na sua camisola cor de marfim. Ele pegou suas mãos, puxando a camisola e a roupa íntima – um conjunto branco que *mama* dera a ela de presente especialmente para essa noite, para que Adam soubesse que era pura. Mas Isra não se sentia pura. Ela se sentia suja e com medo.

Adam a pegou pelos quadris, imobilizando seu corpo, que resistia. Ela manteve os olhos fechados enquanto ele a forçava a abrir as pernas e cerrou os dentes quando ele se enfiou dentro dela. Ele ouviu um grito. Era dela? Ela estava com medo de abrir os olhos. Havia algo no escuro que fazia com que se sentisse segura, em um lugar familiar. Ali, deitada de olhos fechados, lembranças de casa tomaram conta de seus pensamentos. Ela se viu correndo em um campo aberto, colhendo figos das árvores e guardando os melhores para *mama*, que a aguardava no topo da colina com um cesto vazio. Ela se viu brincando com bolinhas de gude no jardim, correndo atrás delas enquanto desciam montanha abaixo. Viu-se soprando dentes-de-leão no cemitério e fazendo uma oração em cada lápide.

Isra sentiu algo escorrendo pela coxa, e sabia que deveria ser sangue. Ela tentou ignorar a sensação de queimação que sentia entre as pernas, como se o punho de alguém a estivesse atravessando com um soco, e tentou esquecer que estava em um quarto estranho com um homem desconhecido, que a abria a força. Ela queria que *mama* a tivesse avisado da sensação de impotência que as mulheres sentem quando os homens se colocam dentro delas, sobre a vergonha que sentem quando são forçadas a se entregarem, forçadas a ficarem imóveis. *Mas isso deve ser normal*, Isra disse a si mesma. *Deve ser.*

Ela, então, ficou ali deitada enquanto Adam continuava a entrar e sair dela rapidamente até expirar longamente e cair sobre ela. Depois, levantou-se e se arrastou para fora da cama. Isra rolou para o outro lado e enfiou o rosto nos lençóis. O quarto estava escuro e frio, e ela puxou o cobertor por sobre sua pele eriçada. Para onde ele fora? Um tempo depois, ela o ouviu no banheiro. Ele acendeu a luz, e ela o escutou abrir o armário. Depois, ele apagou as luzes e voltou para o quarto.

Isra não sabia por que, mas, naquele momento, achava que fosse morrer. Ela imaginou Adam cortando sua garganta com uma faca, dando um tiro em seu peito, ou colocando fogo nela. O que estava fazendo com que pensasse essas coisas horríveis, ela não sabia. Contudo, pelo colchão, só via escuridão e sangue.

Sentiu que ele se aproximava e ficou com o coração na garganta. Não conseguia ver seu rosto, mas sentiu quando colocou as mãos em seus joelhos. Suas pernas se contraíram, afastando-se, instintivamente. Ele se inclinou, chegando mais perto. Devagar, ele abriu suas pernas. Depois, colocou um pano sobre a pele que havia se rompido.

Ele limpou a garganta.

– Desculpe – disse. – Mas eu preciso fazer isso.

Ali deitada, tremendo, Isra pensou em Fareeda. Ela a imaginou mais cedo descendo até o banheiro, sorrindo maliciosamente e colocando um pedaço de pano limpo no armário para o filho usar. Isra já havia entendido o que Adam estava fazendo: coletando provas.

## · DEYA ·

*Inverno de 2008*

– Nós vamos nos casar no verão – disse Naeema enquanto Deya e as colegas de classe almoçavam.

Como já estavam no último ano, todas as 27 meninas se sentavam em uma única mesa no fundo da lanchonete. Deya ficava na ponta, apoiada na parede como sempre, com a cabeça baixa. Suas colegas de classe conversavam animadamente ao seu redor, cada uma concentrada nas próprias alegrias e tristezas. Ela as ouvia em silêncio.

– O casamento vai ser no Iêmen, onde Sufyan mora – Naeema continuou. – Parte da minha família também mora lá, então faz sentido.

– Você vai se mudar para o Iêmen? – disse Lubna. Ela também se casaria no verão, com seu primo de segundo grau que morava em Nova Jersey.

– Vou – disse Naeema com orgulho. – Sufyan tem uma casa lá.

– Mas e a sua família? – perguntou Lubna. – Vai ficar sozinha lá?

– Não, vou estar com Sufyan.

Deya ouvia há meses, em silêncio, Naeema explicar todos os pormenores da sua relação com Sufyan: que seus pais a haviam levado para o Iêmen no verão anterior para que encontrasse um pretendente, que ela havia encontrado Sufyan, um fabricante de tapetes, e que havia se apaixonado instantaneamente. Suas famílias haviam rezado a *fatiha* depois da primeira visita e, antes do fim do mês, já haviam chamado um *sheikh* e assinado o contrato nupcial. Quando uma das colegas perguntou como sabia que Sufyan era o seu *naseeb*, Naeema disse que havia rezado o *Salat al-Istikhara* pedindo que Deus lhe mostrasse o caminho e que, depois, Sufyan havia aparecido para ela em um sonho, sorrindo, e sua mãe dissera que era um sinal de que deveriam levar o casamento adiante. Eles estavam apaixonados, Naeema dizia repetidamente, tonta de empolgação.

– Mas você mal o conhece – as palavras escaparam da boca de Deya. Naeema olhou para ela, surpresa.

– Claro que o conheço! – disse. – Nós nos falamos pelo telefone já há uns quatro meses. Eu juro, eu gasto quase cem dólares por semana em cartões telefônicos.

– Mas isso não quer dizer que você o conhece – disse Deya. – Já é difícil conhecer alguém que vemos todos os dias, quanto mais um homem que vive em outro país. – As colegas olharam para ela, mas Deya fincou os olhos em Naeema. – Você não tem medo?

– De quê?

– De estar tomando a decisão errada. Como você pode se mudar para outro país com um estranho e achar que vai dar tudo certo? Como é que... – Ela parou, sentindo que seu coração estava ficando acelerado.

– É assim que todo mundo se casa – disse Naeema. – Casais se mudam de um lugar para o outro o tempo todo. Se eles se amam, não tem problema.

Deya balançou a cabeça.

– Não é possível amar alguém que não se conhece.

– Como é que você sabe? Você já se apaixonou alguma vez?

– Não.

– Então não me venha falar de uma coisa sobre a qual você não sabe nada.

Deya ficou calada. Era verdade. Ela nunca havia se apaixonado por ninguém. Na verdade, para além do que tinha pelas irmãs, nunca havia experimentado o amor. Mas ela aprendera sobre o amor através dos livros, sabia o suficiente para reconhecer sua ausência em sua vida. Onde quer que olhasse, era ofuscada por outras formas de amor, como se Deus estivesse zombando dela. Da janela do quarto, olhava mães empurrando carrinhos, ou crianças nos ombros dos pais, ou namorados de mãos dadas. Nos consultórios médicos, folheava revistas e via famílias sorrindo amplamente, casais abraçados e até mulheres sozinhas, mas com os rostos brilhando de amor-próprio. Quando via novelas com a avó, o amor era sempre a âncora, a cola que, aparentemente, unia o mundo. Quando zapeava pelos canais americanos, quando os avós não estavam olhando, de novo, o amor era o foco de todo programa. Mas ela, Deya, estava ali, suspensa, sozinha, esperando algo além das irmãs para se segurar. Por mais que ela as amasse, não parecia ser o suficiente.

Mas qual era o sentido do amor? Era Isra olhando melancolicamente pela janela e se recusando a olhar para ela? Era Adam que quase nunca estava em casa? Era a busca infindável de Fareeda por pretendentes para ela, para se livrar de um fardo? Era uma família que nunca vinha visitá-la, nem nos feriados? Talvez esse fosse o problema. Talvez por isso sempre tivesse se sentido distante das colegas, não conseguisse enxergar o mundo como enxergavam, não acreditava na versão de amor delas. Era porque elas tinham mães e pais que as queriam, porque estavam aninhadas em uma manta de amor familiar, porque nunca haviam comemorado um aniversário sequer sozinhas. Era porque puderam chorar nos braços de alguém depois de um dia ruim e entendiam o conforto de ouvir um "eu te amo" quando eram crianças. Era porque haviam sido amadas durante a vida que acreditavam no amor, que tinham a certeza de que o teriam no futuro, mesmo em situações em que não deveriam.

– Mudei de ideia – Deya disse aos avós de noite na sala.

Nevava do lado de fora, e Khaled havia dispensado seu ritual noturno de ir jogar cartas no bar de narguilé porque o frio piorava sua artrite. Em noites como essa, Khaled jogava com elas, embaralhando as cartas com um raro sorriso no rosto, mostrando as rugas nos cantos dos olhos. Deya gostava dessas noites em que Khaled contava histórias sobre a Palestina, mesmo que muitas delas fossem tristes. Isso a ajudava a manter um vínculo com a própria história que, na maior parte do tempo, parecia algo muito distante. Há muito tempo, a família de Khaled teve uma casa linda em Ramla, com um telhado de telhas vermelhas e árvores de folhas laranjas. Um dia, quando ele tinha doze anos, soldados israelenses chegaram armados e invadiram suas terras e os realocaram em um campo de refugiados. Khaled contou a elas que seu pai fora forçado a se ajoelhar com um fuzil enfiado nas costas, que mais de 700 mil árabes palestinos foram expulsos de suas casas e obrigados a fugir. Era o *Nakba*, disse, com os olhos sombrios, o dia da catástrofe.

Estavam jogando Hand, um jogo de cartas palestino, e Khaled juntou dois decks de cartas embaralhadas antes de distribuí-las. Deya pegou suas cartas e, olhando todas as catorze, disse:

– Mudei de ideia.

Ela sabia que suas irmãs estavam se entreolhando. No sofá, ao lado delas, Fareeda ligou a televisão na Al Jazeera.

– Mudou de ideia em relação o quê?

Deya abriu a boca, mas não saiu nada. Apesar de falar árabe a vida toda, apesar de ser sua língua materna, às vezes, brigava para encontrar as palavras. Falar árabe deveria ser tão natural para ela como falar inglês, e era comum que fosse, mas vez em quando sentia o peso da língua na boca e precisava de um instante para ver se estava tudo certo antes de falar. Depois que os pais morreram, era só com os avós que ela falava árabe. Deya falava inglês com as irmãs e na escola. Além disso, todos os seus livros eram em inglês.

Ela pousou as cartas na mesa e limpou a garganta.

— Não quero encontrar Nasser de novo.

— Como é? — Fareeda olhou para ela. — Por que não? — Ela viu que Khaled a fitava, e o mirou com olhos suplicantes.

— Por favor, *seedo*. Não quero me casar com alguém que não conheço.

— Você vai conhecê-lo logo logo — disse Khaled, voltando os olhos para as cartas.

— Talvez se eu pudesse ir para a faculdade durante alguns semestres... Fareeda bateu com o controle no sofá.

— Faculdade de novo? Quantas vezes já falamos disso?

Khaled tinha um olhar severo no rosto. Deya tinha a esperança de que ele não batesse nela.

— Isso é por causa daqueles livros — Fareeda continuou. — Esses livros estão colocando ideias bobas na sua cabeça! — Ela se levantou e balançou as mãos. — Me diga uma coisa, para que você está lendo?

Deya cruzou os braços.

— Para aprender.

— Aprender o quê?

— Tudo.

Fareeda balançou a cabeça.

— Certas coisas você precisa aprender sozinha, coisas que nenhum livro vai te ensinar.

— Mas...

— *Bikafi*! — exclamou Khaled. — Chega! — Deya e suas irmãs olharam nervosas umas para as outras. — A faculdade pode esperar até depois do casamento. — Khaled embaralhou as cartas de um novo deck e virou os olhos para Deya novamente. — *Fahmeh*? Entendeu?

Ela suspirou.

— Sim, *seedo*.

— Tendo dito isso... — Voltou os olhos para o baralho. — Não entendo o que há de errado com a leitura.

— Você sabe, *sim*, o que tem de errado — disse Fareeda, mirando-o com os olhos esbugalhados. Mas Khaled não queria olhar para ela. Fareeda contraía e relaxava a mandíbula.

– Não acho que seja ruim ler – disse Khaled, estudando as cartas. – Acho que o que tem de errado aqui é você as proibir. – Seus olhos se viraram para Fareeda. – Não acha que *isso* é o que pode causar problemas?

– A única coisa que pode causar problemas é sermos muito frouxos com elas.

– Frouxos? – Ele paralisou Fareeda com o olhar. – Você não acha que as protegemos demais? Elas vêm direto da escola para casa todo dia, ajudam você com as tarefas da casa, nunca saem de casa sem nós. Elas não têm celulares nem computadores, não falam com meninos e quase não têm amigos. São boas meninas, Fareeda, e logo logo vão estar casadas. Você precisa relaxar.

– Relaxar? – Ela colocou as mãos nos quadris. – Para você é muito fácil falar. Sou eu que tenho que garantir que elas não vão se meter em confusão, que tenho que me certificar de que tenham uma boa reputação até que consigamos maridos para elas. Me diga, então? Quem vai ser a culpada se algo der errado? Hein? Quem você vai culpar por esses livros terem colocado ideias na cabeça dela?

A atmosfera havia mudado. Khaled balançou a cabeça.

– Esse é o preço de termos nos mudado para este país – disse. – Abandonado nossa terra e fugido. Não passa um momento sequer em que eu não pense no que fizemos. Talvez devêssemos ter ficado e lutado pela nossa terra. E daí que os soldados teriam nos matado? E daí que teríamos morrido de fome? Melhor do que virmos para cá e nos perdermos, perdermos nossa cultura... – as palavras minguaram.

– Calma – disse Fareeda. – Você sabe que não adianta pensar assim. O passado ficou para trás, esse arrependimento não vai trazer nada de bom. Só podemos seguir em frente da melhor forma possível, e isso significa cuidar das nossas netas.

Khaled não respondeu. Ele suspirou e pediu licença para ir tomar banho.

\* \* \*

Deya e as irmãs estavam arrumando a sala quando Fareeda apareceu no vão da porta.

– Venha aqui – disse a Deya.

Deya seguiu a avó pelo hall até o quarto dela. Lá, Fareeda abriu o armário e pegou algo bem no fundo. Ela pegou um livro e o entregou a Deya. Uma onda de familiaridade a envolveu depois que Deya tirou a poeira da lombada. Era uma edição de capa dura, em árabe, de *As mil e uma noites*. Ela o reconheceu: era de sua mãe.

– Abra – disse Fareeda.

Deya obedeceu, e um envelope caiu. Ela levantou a aba lentamente. Dentro, uma carta, em árabe. Na escuridão do quarto, ela apertou os olhos para ler:

*12 de agosto de 1998*

*Cara mama,*
*Estou muito deprimida hoje. Não sei o que está acontecendo comigo. Todo dia de manhã acordo com uma sensação estranha. Fico debaixo das cobertas e não quero me levantar. Não quero ver ninguém. Só penso em morrer. Sei que Deus não permite tirar nenhuma vida, seja a minha ou de qualquer pessoa, mas não consigo tirar esse pensamento da minha cabeça. Meu cérebro fica girando por conta própria, não consigo controlá-lo. O que está havendo comigo, mama? Tenho medo do que está acontecendo dentro de mim.*

*Sua filha,*
*Isra*

Deya leu a carta de novo. Depois leu mais uma vez, e depois de novo. Ela imaginou a mãe, com seu rosto sombrio e fechado, e sentiu uma ponta de medo. Seria possível? Ela teria se suicidado?

– Por que nunca me mostrou isso? – disse Deya, saltando da cama e gesticulando com a carta na mão, próxima ao rosto de Fareeda. – Todos esses anos, você se recusou a conversar comigo a respeito dela, e você tinha isso o tempo todo?

– Eu não queria que você lembrasse dela assim – disse Fareeda, direcionando um olhar calmo para a neta.

– Por que está me mostrando isso agora, então?

– Porque quero que entenda. – Olhou fundo nos olhos de Deya. – Sei que está com medo de repetir a vida de sua mãe, mas Isra, que Deus tenha piedade de sua alma, era uma mulher atormentada.

– Atormentada como?

– Você não leu a carta? Sua mãe estava possuída por um *jinn*[3].

– Possuída? – Deya disse, incrédula. Contudo, no fundo, ela se questionava. – Ela só devia estar deprimida. Talvez ela precisasse de um médico. – Olhou Fareeda nos olhos. – Não existe esse negócio de *jinn*, *teta*.

Fareeda franziu a testa e balançou a cabeça.

– Por que você acha que exorcismos são realizados no mundo todo há milhares de anos, hein? – Ela se aproximou e arrancou a carta das mãos de Deya. – Se não acredita em mim, vá ler um dos seus livros. Você vai ver.

Deya ficou em silêncio. Será que sua mãe estava possuída? Uma das memórias que ela tentava esquecer emergiu em sua mente. Ela havia voltado da escola para casa e encontrou a mãe se jogando da escada do porão no chão. Não só uma vez, mas repetidamente. Ela pulava sem parar, com ambas as mãos semicerradas sobre o peito e a boca aberta, até se dar conta que Deya estava ali.

– Deya – Isra disse, surpresa por ver que estava ali vendo o que fazia. Ela se levantou rapidamente, e atravessou o porão caminhando lentamente. – Sua irmã está doente. Suba lá e pegue um remédio para ela na cozinha.

O que Deya sentiu aquele dia, aquele embrulho no estômago, ela nunca esqueceria. Ela queria dizer a Isra que também estava doente. Não de uma gripe ou com febre, mas com outra coisa, algo que ela não conseguia descrever com palavras. Ter sintomas físicos, era isso que significava estar doente? E o que acontece por dentro? E o que estava acontecendo com ela, Deya, o que vinha acontecendo com ela desde que era criança?

Deya limpou a garganta. E se Isra estava mesmo possuída? Isso explicaria suas memórias, a carta, o porquê de sua mãe pensar em suicídio. Ela levantou a cabeça e virou-se para Fareeda em um movimento brusco.

– A carta – disse. – Quando foi escrita?

Fareeda olhou para ela, nervosa.

– Por quê?

– Preciso saber quando minha mãe a escreveu.

– Não importa – Fareeda disse, balançando a mão. – Você não vai ganhar nada se ficar obcecada pela carta. Só quero que entenda que a infelicidade da sua mãe não tem a ver com o casamento. Você precisa colocar isso para trás.

---

3 *Jinn* indica, na religião pré-islâmica e muçulmana, uma entidade sobrenatural do mundo intermediário entre o angélico e o humano, associada ao bem ou ao mal, que rege o destino de alguém ou de um lugar. [N.E.]

– Me diz quando ela escreveu a carta – Deya exigiu. – Não saio daqui até você dizer.

Fareeda suspirou, irritada.

– Está bem. – Ela pegou o envelope de dentro da cópia de *As mil e uma noites* e abriu a carta.

Deya apertou os olhos para enxergar: 1998. Ficou consternada. O ano em que seus pais morreram. Seria coincidência? E se a mãe não tivesse morrido em um acidente de carro?

Levantou a cabeça e olhou para Fareeda.

– Me diz a verdade.

– Sobre o quê?

– Minha mãe se suicidou?

Fareeda deu um passo para trás.

– O quê?

– Ela se suicidou? É por isso que você se recusa a falar sobre ela comigo todo esse tempo?

– Claro que não! – disse Fareeda, procurando algum ponto no chão para fixar os olhos. – Que coisa ridícula.

Mas Deya sentiu que Fareeda havia ficado nervosa, sabia que a avó escondia algo.

– E como é que eu sei que você não está mentindo? Afinal, você não me deixou ver essa carta todos esses anos! – Deya fixou os olhos na avó, mas Fareeda não olhava para ela.

– Ela se suicidou?

Fareeda suspirou.

– Você não vai acreditar em mim, não importa o que eu diga.

Deya olhou para ela, incrédula.

– O que isso quer dizer?

– A verdade é que você é muito parecida com a sua mãe. Muito sensível para o mundo. – Ela levantou a cabeça e olhou Deya nos olhos. – Não importa o que eu diga agora, você não vai acreditar em mim.

Deya olhou para o lado. Era verdade? Os medos dela eram justificáveis? Será que a mãe havia plantado nela uma semente de tristeza da qual era impossível escapar?

– Olha – disse Fareeda –, eu posso não saber muito sobre a vida, mas disso eu tenho certeza. Você precisa deixar o passado para poder seguir adiante. Pode acreditar, disso eu sei.

# · ISRA ·

*Primavera de 1990*

Isra acordou se sentindo um pouco desorientada e enjoada. Ela se perguntou por que não havia acordado no nascer do sol pelo distante chamado para o *azan*. Ela então se lembrou: estava no Brooklyn, a quase 20 mil quilômetros de distância de sua casa, na cama de seu marido. Ficou de pé, mas a cama estava vazia. Adam não estava lá. Uma onda de vergonha emergiu em seu peito quando lembrou da noite anterior. Ela engoliu, forçando aquele sentimento para baixo. Mas não havia como lutar contra. Não tinha como mudar.

Isra caminhou de um lado para o outro do seu novo quarto, passando as mãos pela estrutura de madeira da cama e pela cômoda que ocupavam aquele espaço estreito. *Por que não tinha nenhuma janela?* Pensou, nostálgica, em todas as noites que havia passado lendo próxima à janela do quarto em sua casa, olhando a luz da lua sobre Birzeit, ouvindo os suspiros do cemitério, e vendo as estrelas que, de tão brilhantes naquele céu de meia-noite, a deixavam arrepiada. Recuou para o outro cômodo do porão, o que tinha uma única janela. A janela era no nível do chão, e, dela, via-se a escadaria da entrada da casa, as casas geminadas coladas umas às outras e, para além delas, só um filete de céu. Se os Estados Unidos eram a terra dos livres, por que tudo parecia tão apertado e comprimido?

Pouco tempo depois, ela se sentiu cansada e voltou para a cama. Fareeda disse que demoraria alguns dias até que o seu corpo se ajustasse ao fuso horário. Quando finalmente acordou, com o pôr do sol, Adam ainda não havia chegado, e Isra ficou imaginando se ele não queria estar com ela. Talvez ela tivesse feito algo que o desagradara na noite anterior, quando ele se colocou dentro dela. Talvez ela não tenha parecido empolgada. Mas como saberia o que fazer? Adam é que deveria tê-la ensinado. Ela imaginava que ele devia ter dormido com outras mulheres antes do casamento. Mesmo que o Corão proibisse o ato para ambos os gêneros, *mama* dizia que os homens cometiam *zina* o tempo todo, que eles não conseguiam se controlar.

Já era quase meia-noite quando Adam chegou em casa. Isra estava sentada próxima à janela quando o ouviu descendo as escadas e o viu acendendo a luz do porão. Ele ficou surpreso de vê-la ali com as mãos cobrindo os joelhos como se fosse uma criança.

– Por que está aqui no escuro?
– Estava olhando para fora.
– Achei que estaria dormindo.
– Dormi o dia todo.
– Ah – disse, desviando o olhar. – Bom, nesse caso, por que não faz algo para eu comer enquanto tomo banho? Estou morrendo de fome...

Fareeda havia arrumado porções de arroz e frango na geladeira cobertas com filme plástico, cada uma marcada com o nome de um dos filhos. Isra procurou o prato de Adam e o esquentou no micro-ondas. Fez a mesa como *mama* havia ensinado. Um copo de água do lado direito, uma colher do esquerdo. Dois pães pita quentes. Uma tigela pequena de azeitonas verdes e algumas fatias de tomate. Um *ibrik* de chá de hortelã feito no fogão. Quando a chaleira apitou, Adam apareceu no vão da porta.

– O cheiro está delicioso – disse. – Foi você que fez?
– Não – disse Isra, com vergonha. – Dormi a maior parte do dia. Sua mãe que preparou para você.
– Ah, entendi.

Isra não entendeu o tom de Adam, mas a possibilidade de estar decepcionado a deixou apreensiva.

– Amanhã certamente vou cozinhar para você.
– Com certeza. Seu pai mencionou que você cozinhava bem quando fomos conhecê-la.

Ela cozinhava bem mesmo? Isra nunca havia parado para pensar nisso, nem sabia que isso podia ser uma habilidade.

– Ele também disse que você era uma mulher de poucas palavras.

Se o rosto de Isra estava roseado antes, agora ela tinha certeza que estava vermelho. Abriu a boca para responder, mas as palavras não saíram.

– Não quero constranger você – disse Adam. – Não é vergonha nenhuma falar pouco. Na verdade, acho uma boa qualidade. Não tem nada pior do que chegar em casa e a mulher não parar de falar.

Isra fez que sim com a cabeça, mas pensou que não sabia com o que estava concordando. Ela estudou o rosto de Adam enquanto ele comia, imaginando se ele seria capaz de dar a ela o amor pelo qual ansiava. Fitou seu rosto profundamente, tentando encontrar ali algum calor. Mas seus olhos marrom-escuros estavam fixos em algo atrás dela, perdidos em algum lugar distante, como se ele tivesse esquecido que ela estava ali. Adam só olhou para ela novamente quando já estavam na cama e, quando o fez, ela sorriu para ele.

O sorriso surpreendeu a ela tanto quanto a ele. Isra estava desesperada para agradá-lo. Na noite anterior, o corpo de Adam a havia pego de surpresa, mas agora ela já sabia o que esperar. Ela disse a si mesma que talvez se ela sorrisse e fingisse gostar, algum prazer viria daquilo. Talvez fosse isso que ela tivesse que fazer para que Adam a amasse: apagar todo e qualquer traço de resistência do rosto. Tinha que dar a ele o que ele queria, e gostar. E ela faria isso. Ela se daria a ele se isso significasse amor em troca.

Não demorou muito até Isra entender como seria sua vida nos Estados Unidos. Apesar da esperança de que seria diferente, lá a vida das mulheres era, na maioria dos aspectos, convencional. E nos aspectos que não era convencional, era pior. Na maior parte dos dias, ela quase não via Adam. Ele saia de casa todo dia às seis horas da manhã para pegar o trem para Manhattan e só voltava à meia-noite. Ela esperava por ele na cama, aguardando o som da porta e dos seus passos descendo as escadas. Ele tinha sempre alguma desculpa para estar ausente. "Eu trabalhei até tarde na loja de conveniência", dizia. "Estava renovando a deli do meu pai." "Não consegui pegar o trem R na hora do rush." "Fui encontrar amigos em um bar de narguilé." "Perdi a hora jogando cartas." Mesmo quando chegava cedo em casa, não lhe ocorria levá-la a algum lugar. Ele ficava horas na frente da televisão com uma xícara de chá na mão e ambos os pés apoiados na mesa de centro enquanto Isra e Fareeda preparavam o jantar na cozinha.

Quando Isra não estava ajudando Fareeda com as tarefas da casa, ela passava a maior parte do tempo olhando pela janela. Outra decepção. Do lado de fora, tudo o que ela via era casas retangulares. Tijolo sobre tijolo, espremidas uma contra as outras em ambos os lados da rua. As árvores formavam fileiras retas na calçada, as raízes brotando pelas rachaduras do cimento. Bandos de pombos planavam sob um céu cinza e encoberto. Ao fim da monótona fileira de casas de tijolos e blocos de cimento desgastados, além das árvores e dos pombos cinza-escuros, a Quinta Avenida, com suas lojinhas e seus carros que passavam zunindo.

Isra logo se deu conta que Fareeda era bem parecida com *mama*. Ela passava o dia inteiro cozinhando e limpando a casa vestindo camisolas largas de algodão. Bebia chá ou *kahwah* o dia todo. Quando os filhos estavam em casa, ela os mimava como se fossem bonequinhas de porcelana, e não homens adultos. Fareeda preparava o jantar ao gosto deles, fazia suas sobremesas prediletas e dava Tupperwares com arroz temperado com carne assada para levarem para o trabalho. Assim como *mama*, Fareeda só tinha uma filha, Sarah, que era para Fareeda o que Isra era para a mãe: uma posse temporária, que se notava só quando era preciso cozinhar ou limpar a casa.

A única diferença entre *mama* e Fareeda era em relação às cinco orações diárias. Isra nunca vira Fareeda fazer todas. Fareeda acordava todos os dias com o nascer do sol e ia direto para a cozinha fazer chá, murmurando uma oração rápida enquanto a chaleira apitava: "Deus, por favor, afaste a desonra e a desgraça da minha família". Isra ficava de pé em silêncio no vão da porta, ouvindo admirada Fareeda murmurar a oração na frente do fogão. Certa vez, ela perguntou a Fareeda por que não ajoelhava perante Deus para orar, mas Fareeda só riu e disse:

– Que diferença faz o modo como faço minhas orações? Esse é o problema das pessoas religiosas hoje em dia. Elas ficam se atendo a coisinhas pequenas. Pois oração é oração, não é?

Isra concordava com Fareeda para não a desagradar. Ela fazia as cinco orações em seu quarto, no andar de baixo, para Fareeda não a ver. Às vezes, depois que Isra já havia terminado as tarefas domésticas da tarde, descia para o porão e fazia a *zuhr* e a *asr* juntas antes de voltar, sem ninguém perceber, à cozinha. Fareeda nunca a proibira de rezar, mas Isra queria garantir que teria o seu amor. Mama nunca dera muito carinho a ela, só um pouquinho aqui e ali, quando temperava corretamente a sopa de lentilhas ou esfregava o piso de cimento com tanta força que ele quase brilhava. Mas Fareeda era muito mais forte que *mama*. E, talvez, junto com a força, ela talvez também tivesse mais espaço para o amor.

Depois de varrerem o piso, limparem as janelas, descongelarem a carne e deixarem o arroz de molho, sentavam-se à mesa da cozinha com xícaras de chá na frente do rosto e conversavam. Ou pelo menos Fareeda falava, quando parecia que o mundo inteiro lhe passava pelos lábios. Fareeda contava histórias sobre a vida nos Estados Unidos, as coisas que fazia para passar o tempo quando não estava cozinhando ou limpando a casa, como visitar sua amiga Umm Ahmed, que morava há alguns quarteirões dali, ou ir com Khaled ao mercado aos domingos, ou, quando estava com vontade, ia à mesquita às sextas-feiras para colocar a fofoca em dia. Isra se inclinava para a frente, inalando as palavras. Ela havia começado a gostar de Fareeda, até admirá-la, desde que chegara aos Estados Unidos poucas semanas antes. Fareeda e suas opiniões estrondosas e barulhentas. Fareeda e sua força incomum.

Isra e Fareeda estavam dobrando roupa, a última tarefa do dia. O ar estava úmido e tinha cheiro de água sanitária. Fareeda estava sentada, recostada na máquina de lavar, as pernas cruzadas, juntando os pares de meias pretas. Ao seu lado, Isra estava sentada da mesma forma como sempre fazia, as pernas bem cruzadas e os braços sobre o colo, como se para ficar ainda menor do que já era. Ela pegou uma cueca branca da pilha de roupa limpa que não reconheceu. *Deve ser de um dos irmãos de Adam*, ela pensou. Enrubesceu-se sentindo o tecido com os dedos, e virou-se de lado para Fareeda. Não queria parecer imatura, ficando vermelha só por ver uma cueca.

– É bom finalmente ter alguém para me ajudar – disse Fareeda, dobrando uma calça jeans desbotada.

Isra deu um sorriso largo.

– Estou feliz em ajudar.

– Vida de mulher é assim, sabe? Correndo por aí atendendo a pedidos.

Isra colocou uma cueca verde-menta de lado e se inclinou na direção de Fareeda.

– É isso que você faz o dia inteiro?

– Que nem um reloginho – disse Fareeda, balançando a caneca. – Às vezes, eu queria ter nascido homem, só para saber como é. Teria me poupado muita dor na vida. – Ela pegou outro par de meias, parou e olhou para Isra. – Os homens sempre reclamam do trabalho que têm para sustentar a família. Mas eles não sabem... – disse e parou por um instante. – Não fazem a menor ideia do que significa ser mulher neste mundo.

– Parece o que *mama* dizia.

– Ela é mulher, não é? Então ela sabe.

Após uma pausa, Isra pegou uma peça de roupa. Ficou imaginando como Mama e Fareeda haviam acabado igualmente solitárias, como haviam vivido sem amor. Onde haviam errado?

– Achei que aqui seria diferente – Isra confessou.

Fareeda levantou a cabeça e olhou para ela.

– Diferente como?

– Achei que talvez a vida das mulheres só fosse difícil na Palestina, sabe, por causa dos velhos costumes e tradições.

– Há! – exclamou Fareeda. – Você acha que a vida das mulheres nos Estados Unidos é mais fácil por causa do que você vê na televisão e nas capas de revistas? – Seus olhos amendoados se apertaram até virarem duas pequenas fendas. – Deixa eu te contar uma coisa. O único jeito de subir na vida neste mundo é através de um homem, mesmo que ele suba nas costas de uma mulher para ele mesmo chegar lá. Não deixe que ninguém te diga que não é assim.

– Mas Khaled parece te amar tanto – Isra disse.

– Me amar? – Fareeda riu. – Olhe tudo o que faço por aquele homem! Eu preparo um banquete para ele todos os dias, lavo e passo suas roupas, esfrego cada centímetro desta casa para que ele possa ficar tranquilo. Eu criei nossos filhos, os homens e a menina, enquanto ele estava fora. E você diz que ele me ama? – Fareeda olhou para Isra. – Aprenda isso de uma vez, querida. Se viver a vida esperando que um homem a ame, vai se decepcionar.

Isra sentiu pena de Fareeda. Ela devia ficar muito cansada cuidando das crianças em casa sozinha em um país diferente, esperando Khaled voltar para casa e lhe dar um pouco de amor. Ela imaginava se esse também seria o seu destino.

– Todos os homens trabalham tanto assim nos Estados Unidos? – perguntou, dobrando uma camiseta branca.

– Eu me perguntava a mesma coisa quando vim para cá – disse Fareeda. – Khaled trabalhava muitas horas por dia e me deixava sozinha em casa com as crianças, às vezes até meia-noite! No começo, eu ficava com raiva dele, mas logo percebi que não era sua culpa. A maioria dos imigrantes trabalham que nem cachorros neste país, especialmente os homens. Eles não têm escolha. O que mais podem fazer para sobreviver?

Isra ficou olhando fixamente para ela. Com certeza Adam era diferente dos homens da geração de Khaled e Yacob. As coisas estavam difíceis agora, sim, mas logo iriam mudar.

– Adam vai sempre trabalhar tanto assim?

– Você se acostuma – disse Fareeda. – Em breve você vai ter filhos e outras coisas com que se preocupar. – Os olhos de Isra ficavam cada vez mais arregalados. Fareeda acrescentou: – Pode acreditar, você vai dar graças a Deus que ele está no trabalho e não em casa dizendo a você o que fazer. Eu fico arrancando os cabelos quando Khaled tem um dia de folga. *Faz isso, faz aquilo.* É um pesadelo.

Isra não queria esse tipo de relacionamento, ela não queria ser como *mama* ou Fareeda. Sabia que as coisas estavam difíceis agora porque eles mal se conheciam. Mas certamente tudo iria mudar quando tivessem filhos. Adam teria motivos para estar em casa. Ele iria querer ver os filhos, abraçá-los, criá-los. Teria um motivo para amá-la. Ela se virou para Fareeda.

– Mas Adam vai ficar mais em casa quando eu tiver filhos, não é?

– Pelo amor de Deus – disse Fareeda, descruzando e cruzando novamente as pernas. – Não seja boba. Você já viu algum homem ficar em casa para ajudar a criar os filhos? Esse trabalho é seu, querida.

Por um instante, Isra escutou a voz de *mama* em sua cabeça, zombando dela enquanto se encurvava sobre o fogão. *Na Palestina ou nos Estados Unidos, as mulheres estarão sempre sozinhas. Será que mama estava certa o tempo todo? Não*, Isra disse a si mesma. Não podia ser verdade. Ela precisava conquistar o amor de Adam.

## · DEYA ·

*Inverno de 2008*

Depois de ler a carta da mãe, Deya ficou desnorteada. Ela não conseguia parar de pensar. Será que havia julgado mal a mãe? Estava se lembrando dela incorretamente? Era possível. E se sua mãe estivesse mesmo possuída por um *jinn*? Isso explicaria por que ela estava sempre tão triste, não pela infelicidade no casamento ou porque não queria ser mãe, ou pior, porque não a amava. Mesmo assim, Deya não estava convencida. Os *jinns* eram coisa de romance de fantasia, não havia maldições e exorcismos na vida real. Mas sua mente voava por conta própria. Será que a mãe tinha tirado a própria vida? Se tivesse, como o pai morrera? Em casa, Deya quase não vinha conversando com as irmãs. Na escola, ela se arrastava de uma aula para a outra, incapaz de prestar atenção inclusive no seminário de literatura da Irmã Buthayna, a aula que ela normalmente mais gostava e na qual se sentava sempre na primeira fileira com o nariz enfiado no livro que estivessem lendo. Agora, enquanto Irmã Buthayna lia um trecho de *O senhor das moscas*, Deya olhava pela janela da sala de aula e imaginava se sua avó estaria certa. Talvez se não tivesse passado os dias enfiada nos livros de costas para o mundo, entenderia sua vida melhor. Talvez aí soubesse como esquecer o passado e seguir em frente. Talvez devesse ter expectativas mais realistas em relação ao futuro.

Depois da escola, pegou o ônibus em silêncio, tirando os olhos da janela somente quando chegaram ao ponto. Ela e as irmãs desceram a Rua 79 a caminho de casa. Deya ia rápido, como se conseguisse andar mais rápido que seus pensamentos. As irmãs a seguiam, arrastando os pés na calçada coberta de neve. O dia estava frio e nublado, e o ar tinha cheiro de árvore molhada com um leve toque de alguma outra coisa. Fumaça de automóvel. Ou gato de rua talvez. Era um tempero do Brooklyn que era comum sentir durante a caminhada de sete quarteirões indo ou voltando do ponto de ônibus. Na calçada da esquina, havia um copo de café de papel cartonado, amassado e sujo de lama. Ela conseguiu ler a impressão dourada – *Prazer em atendê-lo!* – e deu um suspiro. Ela não conseguia imaginar um homem criando essa frase. Não, só podia ter sido uma mulher.

Alguma coisa chamou a atenção de Deya quando virou na Rua 72. Mais à frente no quarteirão, uma mulher estava na frente da sua casa. Deya parou e ficou observando. A mulher era alta e magra, vestia roupas americanas, e tinha o cabelo amarrado em um rabo de cavalo. De onde Deya estava, não conseguia precisar sua idade; trinta, talvez, ou quem sabe quarenta. Era jovem demais para ser uma das amigas de Fareeda, e nova demais pra ser uma de suas irmãs. Deya chegou mais perto, olhando.

A mulher se aproximou da escada de forma lenta e cuidadosa, olhando em volta, como se não quisesse ser vista. Deya estudou seu rosto. Não conseguiu mapear seus traços, mas sentiu que já a havia visto antes. Algo nela parecia familiar. Mas quem seria?

A mulher tinha algo nas mãos: Deya não conseguiu entender o que era da distância em que estava. A mulher colocou essa coisa com cuidado na escadaria da frente. Depois, virou-se rapidamente e correu em direção a um táxi que a aguardava e desapareceu dentro dele.

Deya olhou para trás e viu que as irmãs haviam parado e estavam conversando entre si. Algo a respeito dos casamentos que Fareeda arranjaria para elas, uma depois da outra, que nem dominós. *Melhor assim*, Deya pensou. *Elas nem se deram conta*. Ela continuou caminhando, escaneando a rua: o pavimento rachado, a grama alta, as latas de lixo verdes na esquina. Tudo parecia normal. Tudo exceto o envelope branco na porta.

Era quase certo que não fosse nada. Seus avós recebiam cartas o tempo todo. Mesmo assim, ela pegou o envelope do concreto. Enquanto apertava os olhos para ler, deu-se conta do porquê a mulher estava sendo tão cuidadosa. O envelope não continha os nomes dos seus avós. Em vez disso, o seu próprio nome estava escrito à mão na parte da frente em letras em negrito. Uma carta. Para ela. Aquilo era estranho. Ela guardou o envelope antes que as irmãs vissem.

Esperou até que ficasse escuro para abri-la, fingindo que lia um livro até que as irmãs estivessem dormindo. Então, ela trancou a porta do quarto e pegou o envelope. As letras do seu nome – *Deya* – ainda estavam lá. Não era um sonho. Ela abriu o envelope e olhou para dentro. Não havia uma carta, somente um cartão de visita.

Pegou o cartão e o estudou sob a luz da luminária. Não havia nada de diferente nele. Era pequeno e retangular, com os cantos bem recortados. Havia três palavras em negrito – **books and beans** – que tomavam a maior parte da frente, deixando espaço somente para algumas linhas na parte de baixo:

800 Broadway New York, NY 10003
212-READMOR
BOOKSANDBEANS.COM

Ela virou o cartão. Havia uma nota escrita a caneta na parte de trás: *fale com a gerente*. Ela passou os dedos pelo cartão e imaginou a mulher misteriosa fazendo o mesmo. Quem seria?

Deya fechou os olhos e imaginou o rosto da mulher, esperando ver algo que não havia percebido antes, mas, em vez disso, só via sua mãe. Subitamente, pensou algo absurdo, fantasioso, mas que grudou em sua mente, deixando-a mesmerizada. *Será? Seria Isra aquela mulher?* Era possível. Afinal, Deya não testemunhara o acidente, não fora ao funeral que, segundo Fareeda, foi realizado na Palestina. Mas e se Fareeda tivesse inventado toda aquela história? E se Isra ainda estivesse viva?

Deya levantou-se e sentou-se na cama. Com certeza era impossível. Os pais estavam mortos – os dois, não só Isra. Fareeda não conseguiria forjar a morte de duas pessoas. E para quê? Sua mãe tinha de estar morta. Se não por um acidente de carro, por suicídio. E mesmo que estivesse viva, por que voltaria depois de todos esses anos? Ela não faria isso. Quase não tinha afeto por Deya dez anos antes. Por que teria agora?

Deya balançou a cabeça e tentou forçar sua mãe para fora de sua cabeça. Só que não conseguia. As lembranças voltavam sufocantes, como sempre: Isra sentada na cozinha de costas para Deya, enrolando folhas de uva sobre a mesa. Hipnotizada, Deya ficava olhando a mãe rechear folha por folha com arroz, enrolá-las em um formato de charuto e depois colocá-las em uma panela grande de metal.

– Você é muito boa nisso, *mama* – sussurrou.

Isra não respondeu. Só pegou um punhado do arroz com os dedos e provou para se certificar de que estava bem temperado. Aí recheou mais uma folha.

– Posso enrolar uma? – Deya perguntou. Sem resposta. – Mama, você me mostra como fazer?

Sem tirar os olhos do que estava fazendo, Isra passou-lhe uma folha. Deya esperou instruções, mas Isra não disse nada. Então Deya a imitou. Cortou o talo da folha, colocou um punhado de arroz ao comprido e passou a folha por cima até cobrir todo o arroz. Quando terminou, pôs a folha na panela e olhou para a mãe como se perguntando se havia ido bem. Isra não disse nada.

Deya agora apertava forte o cartão, dobrando-o entre os dedos. Ela odiava aquela lembrança, odiava todas as suas lembranças. Tremendo, amassou o cartão com a mão. Quem era aquela mulher, e o que ela queria? Seria sua mãe? Deya inspirava e expirava, tentando se acalmar. Ela sabia o que fazer. Ligaria para o número no dia seguinte e descobriria.

\* \* \*

O dia seguinte começou devagar. Na escola, Deya caminhava de um lado para o outro aturdida, imaginando quando teria a oportunidade de ligar para o número. Durante a aula de Estudos Islâmicos, a última aula antes do almoço, ela esperou impacientemente até que o Irmão Hakeem terminasse sua exposição. Ficou olhando para ele sem atenção enquanto ele caminhava pelo recinto, observando sua boca se abrir e se fechar. Era seu professor de Estudos Islâmicos desde que era criança, e havia ensinado a ela tudo o que sabia sobre o islamismo.

– A palavra *Islam* significa *tawwakul* – disse o Irmão Hakeem à classe. – Submissão a Deus. O islamismo tem a ver com paz, pureza e bondade. Combate à injustiça e à opressão. É o coração da coisa.

Deya rolou os olhos. Se islamismo era isso, eles não poderiam ser muçulmanos. Mas como ela poderia saber? Religião não era algo que ela aprendia em casa já que eles não eram uma família devota de verdade. Certa vez, Deya considerou usar o *hijab* o tempo todo, não só como parte do uniforme da escola, mas Fareeda a havia proibido dizendo: "Ninguém vai querer se casar com você se ficar com essa coisa na cabeça!". Deya ficara confusa. Achava que Fareeda ficaria orgulhosa dela por querer ser uma muçulmana melhor. Mas depois de pensar um pouco mais, entendeu que as regras que Fareeda mais considerava não estavam ligadas à religião, mas à etiqueta árabe.

Estava na hora do almoço, a única oportunidade que Deya teria de ligar para o número. Ela havia decidido pedir a Meriem, uma menina reservada e de pele bem clara para usar seu telefone. Era uma das poucas garotas da sala cujos pais a deixavam ter um celular. Deya pensou que era porque Meriem era muito ingênua. Seus pais não precisavam se preocupar com ela falando com meninos ou se metendo em confusão. Na verdade, Meriem nunca fizera absolutamente nada de errado em todos os anos que passaram juntas na escola. A maior parte das garotas da turma, em algum momento da vida, haviam arrumado uma forma de quebrar as regras, até mesmo Deya. No caso dela, foi numa tarde de sexta-feira depois da oração do *jumaah*[4], ocasião na qual ela jogou uma cadeira de metal pela escada de incêndio. Até hoje, Deya não entendia por que fez aquilo. Ela só se lembrava das colegas de turma olhando para ela com sorrisos endiabrados, dizendo a ela que não teria coragem de fazê-lo, e de andar até a beirada da escada e se deleitar em jogar a cadeira do sexto piso. O diretor havia ligado para Fareeda dizendo que Deya estava suspensa. Mas, quando chegou em casa com a cabeça baixa, Fareeda riu e disse: "Não importa. Escola não vai te levar a lugar nenhum nessa vida".

Não foi a única vez em que Deya desrespeitou as regras. Ela havia também pedido a uma de suas colegas de turma, Yursa, que comprasse um CD do Eminem exatamente por saber que Fareeda nunca permitiria. A família de Yursa não era tão rigorosa quanto os avós de Deya, que só a deixavam ouvir música árabe. Yursa levou o CD às escondidas para a escola, e Deya o escutou sem parar. Ela se identificava com a tensão do rapper e admirava sua atitude desafiadora e sua voz corajosa.

Se ao menos Deya tivesse aquela voz. Às vezes, de noite, quando o dia havia sido ruim na escola ou Fareeda a tinha aborrecido, Deya colocava os fones de ouvido e dormia ouvindo as palavras de Eminem, sabendo que, em algum lugar do mundo, havia outra pessoa que também se sentia presa em seu mundo, consolada pelo fato de que não era preciso ser mulher nem imigrante para entender a sensação de não pertencimento.

Pensando melhor, essa havia sido a única vez que Deya lembrava de ter pedido a alguém que fizesse algo por ela. Ela não era de pedir favores;

---

4 *Jumaah* é a Oração da Sexta-feira ou Oração Congregacional, feita pelos muçulmanos toda sexta-feira, logo após o meio-dia. [N.E.]

nunca quis ser inconveniente, um incômodo. Mas era a única chance. No refeitório, rangeu os dentes e se aproximou de Meriem, que sorriu e entregou-lhe o telefone. Deya tentou não corar de vergonha quando saiu rápido para o banheiro. Lá, não quis ver seu reflexo no espelho. O rosto de uma pessoa covarde. O rosto de um idiota. Entrou em uma das cabines do banheiro e fechou a porta. Sentiu o coração batendo forte no peito enquanto discava o número. Depois de quatro toques, alguém atendeu.

– Alô – disse a voz de uma mulher.

Deya tossiu. Sua boca ficara seca.

– Uhm, oi. – Ela tentou evitar que a voz falhasse. – É da Books and Beans?

– Sim. – Houve uma pequena pausa. – Posso ajudar?

– Uhm... posso falar com a gerente? Meu nome é Deya.

– Deya?

– Sim.

Silêncio. E então:

– Não acredito que é você. – Dava para ouvir a tensão na voz da mulher.

Ela se deu conta de que suas mãos estavam tremendo, e apertou o celular contra o *hijab*.

– Quem está falando?

– Aqui é...

A mulher parou. Deya transbordava de adrenalina.

– Quem está falando? – Deya perguntou de novo.

– Não sei por onde começar – disse a mulher. – Sei que vai parecer estranho, mas não posso dizer quem sou pelo telefone.

– Como? Por que não?

– Não posso.

O coração de Deya batia tão forte que ela achava que podia escutá-lo ecoar na cabine. Aquilo era coisa de romance de mistério, não da vida real.

– Deya – a mulher disse. – Ainda está aí?

– Estou.

– Escuta... – A voz agora falava baixo, e Deya escutou os sons de uma caixa registradora ao fundo. – Podemos nos encontrar pessoalmente?

– Pessoalmente?

– Sim. Você poderia vir até a livraria?

Deya parou para pensar. Ela só saía de casa sozinha quando Fareeda precisava de algo com urgência, como bebidas para servir para visitas inesperadas. Ela dava o valor exato para Deya e pedia que corresse até a *deli* na esquina da Rua 73 e comprasse uma caixa de chá Lipton, ou ir à padaria italiana na Rua 78 e comprar uma caixa de biscoitos. Deya pensou no vento que lhe tocava o cabelo enquanto corria pela calçada nessas raras ocasiões. O cheiro de pizza, o tintilar distante do caminhão de sorvete. Ela se sentia bem andando sozinha pelas ruas, poderosa. Normalmente, Khaled e Fareeda iam com Deya e as irmãs para todo lugar, a pizzaria favorita, a Elegante, na Rua 69, ou à Bagel Boy, na Terceira Avenida, às vezes até a mesquita às sextas-feiras, todos espremidos no Chevrolet 1976 de Khaled, grudando os olhos no chão toda vez que passavam por um homem. Mas nessas raras ocasiões em que andava sozinha, descendo a Quinta Avenida, ela passava por homens e mulheres sem se preocupar em baixar a cabeça; ninguém estava olhando. Mas ela o fazia por instinto. Seus olhos não conseguiam ficar para cima nem que ela quisesse.

– Não posso – Deya disse, finalmente. – Meus avós não me deixam sair de casa sozinha.

Houve uma pausa longa.

– Eu sei.

– Como você sabe como meus avós são? E como sabe onde eu moro?

– Não posso falar pelo telefone. Temos que nos encontrar. – Ela fez uma pausa. – Talvez você possa matar aula. É possível?

– Nunca matei aula antes – disse Deya. – E mesmo que pudesse, como eu posso saber que é seguro? Eu não te conheço.

– Eu nunca machucaria você – disse a mulher em um tom ameno, e Deya pensou que a voz lhe era familiar. – Pode acreditar, eu nunca machucaria você.

Ela conhecia aquela voz. Mas era a voz de sua mãe? Deya pensou de novo que a ideia era absurda, mas ponderou. Ela lembrava claramente da última vez em que ouvira a voz de Isra. "Desculpe", Isra sussurrava repetidamente. "Desculpe". Dez anos depois Deya ainda não sabia do que sua mãe estava se desculpando.

– Mama? – As palavras saíram apressadamente de seus lábios.

– O quê?

– É você, *mama*? É você?

Deya se encolheu na cabine do banheiro. Ela podia ser sua mãe. Podia. Talvez ela tivesse voltado. Talvez tivesse mudado. Talvez estivesse arrependida.

– Ah, Deya! Não sou sua mãe. – A voz da mulher estava trêmula. – Me desculpe, eu não queria mexer tanto assim com você.

Deya se ouviu soluçar antes de se dar conta que estava chorando. Logo as lágrimas rolavam pelo seu rosto. Como estava fraca e desesperada, como queria a mãe, só se deu conta disso naquele momento. Engoliu as lágrimas.

– Desculpe – disse. – Eu sei que a minha mãe morreu. Sei que os dois morreram.

Silêncio do outro lado.

– Quem é você? – Deya disse, finalmente.

– Escute, Deya – disse a mulher. – Tem uma coisa que eu preciso te dizer. Arrume um jeito de vir à livraria. É importante.

Deya não disse nada, então a mulher falou de novo.

– E, por favor – concluiu –, por favor, não importa o que faça, não conte nada disso aos seus avós. Explico tudo quando nos vermos, mas não conte nada a ninguém, ok?

– Ok.

– Obrigada – disse a mulher. – Tenha um bom dia.

Deya não respondeu.

– O que foi?

– Quando nos encontramos?

– A qualquer hora. Estarei esperando.

## · ISRA ·

*Primavera de 1990*

Uma manhã fria de abril, quatro semanas depois de chegar aos Estados Unidos, Isra acordou e viu que seu rosto estava mais pálido que argila. Estudou seu reflexo no espelho do banheiro. Havia uma suavidade mórbida em sua pele. Ela trouxe as mãos ao rosto e esfregou as olheiras, e prendeu uma mecha de cabelo que estava solta. O que estava acontecendo com ela?

Os dias se passaram até que ela sentiu um novelo de lã se desenrolando dentro de sua barriga. Depois uma rigidez no centro do seu corpo. Depois uma sensação quente de borbulhar no fundo da garganta. Ela fez um bochecho esperando limpar o gosto metálico na língua, mas não havia água que fosse suficiente.

Havia um punhado de palitos brancos na gaveta do banheiro, testes de gravidez que Fareeda colocara ali para ela fazer uma vez por mês. Isra tremia quando abriu a embalagem. Ainda se lembrava da cara de Fareeda no mês anterior quando Isra pediu absorventes a ela. Sem dizer uma palavra, Fareeda mandou Khaled ir à loja de conveniência, mas um tique em seu olho direito e a mudança de clima no ambiente a informaram de que ela não estava feliz.

– Estou grávida – Isra sussurrou quando encontrou Fareeda na cozinha, segurando um dos palitos brancos, como se fosse um copo de cristal.

Fareeda levantou os olhos de uma tigela de massa e deu um sorriso tão grande que Isra viu um dente de ouro no fundo de sua boca.

– *Mabrouk* – disse com os olhos molhados. – Que notícia maravilhosa.

Isra sentiu-se profundamente feliz vendo Fareeda sorrir. Ela não se sentia assim há tanto tempo que quase não reconheceu o sentimento.

– Venha, venha – disse Fareeda. – Sente aqui comigo enquanto faço o pão.

Isra sentou-se. Observou Fareeda enfarinhar a massa, enrolá-la em um pano e deixá-la para descansar em um canto. Fareeda pegou outra bola de massa debaixo de uma toalha grossa e a apertou com o dedo indicador.

– Está pronta – disse, esticando a massa grudenta de farinha de trigo entre os dedos. – Poderia me passar o tabuleiro?

Fareeda cortou a massa e fez nós com os pedaços, colocando-os no tabuleiro. Passou azeite neles e os colocou no forno. Isra ficou olhando o pão assar em silêncio, sem saber o que falar ou fazer. Fareeda estava cantarolando sozinha, tirando os pães do forno antes que queimassem. Isra queria poder guardar a alegria que sentia em uma garrafa. A última vez em que Fareeda havia sorrido ao ponto de Isra ver seu dente de ouro havia sido quando Adam dera um maço de notas, cinco mil dólares, a ela. Era o lucro extra que a *deli* tivera naquele mês, e ele dissera a Fareeda que queria que ficasse com ele. Isra ainda lembrava os olhos esbugalhados de Fareeda ao ver o dinheiro, como o apertou junto ao peito antes de desaparecer no quarto. Mas Isra agora entendia, por conta da aura de aprovação nos olhos de Fareeda, que sua gravidez era muito mais importante que o dinheiro. Ela ficou olhando para o fogão, sentindo o estômago subir e descer cada vez que o pão pita expandia e caia. Era felicidade o que sentia? Achou que devia ser.

Adam chegou em casa cedo aquele dia. Da cozinha, Isra ouviu quando tirou os sapatos e entrou na sala onde Fareeda assistia a algum programa de televisão.

– *Salaam, mama* – disse.

Isra ouviu Fareeda beijá-lo em ambas as bochechas e parabenizá-lo.

Ele estava feliz? Isra não tinha como dizer. Ela havia passado a tarde preocupada com sua reação à novidade, imaginando se ele queria ter um filho logo, ou se teria preferido esperar mais alguns anos até que tivessem mais dinheiro. Fareeda havia mencionado mais de uma vez que Adam os estava ajudando a pagar a faculdade de Ali, então como poderiam cobrir os custos de um recém-nascido? Quando ela perguntava, Fareeda simplesmente sorria e dizia: "Não se preocupe com isso. Com o Programa de Assistência Nutricional e o plano de saúde do governo, você pode ter quantos filhos quiser".

Adam cantarolava a melodia de uma música de Abdel Halim quando entrou na cozinha, e sorria quando olhou Isra nos olhos.

– Não acredito que vou ser pai – disse.

Isra respirou aliviada.

– *Mabrouk* – sussurrou. – Parabéns.

Ele a puxou para perto de si, colocando um dos braços ao redor de sua cintura e a outra mão sobre sua barriga. Ela tentou não reagir. Ainda não se acostumara a ser tocada por ele. Às vezes, achava que era estranho ser uma garota como ela, de nunca ter sido tocada antes por um homem a ter sido invadida pela força total do marido dentro de si. Era uma transição repentina, e ela imaginava quando se acostumaria com aquilo, ou se viria a desejá-lo como as mulheres deveriam desejar.

– Agora você precisa ter cuidado – disse Adam, acariciando sua barriga magra. – Não quero que nada aconteça com o bebê.

Isra estudou suas expressões, chocada pela suavidade de sua voz, por como as linhas de expressão ao redor dos olhos se multiplicavam quando ele sorria. Talvez ele viesse a passar mais tempo com ela agora. Talvez só precisasse de um filho, afinal.

– A vida agora vai mudar – disse Adam, olhando de cima. – Ter um filho, uma família... – Ele fez uma pausa, passando o dedo pela barriga de Isra como se estivesse nela escrevendo. – Isso muda tudo.

Isra olhou-o nos olhos.

– Como?

– Bom, para começar, você vai ter ainda mais trabalho. Mais roupa para lavar e mais comida para fazer, mais tarefas. É difícil. – Isra ficou olhando-o nos olhos sem dizer nada. Ele continuou: – Mas as crianças são o prazer da vida, claro, como diz o Corão.

– Claro – disse Isra, lembrando que ainda não havia terminado a oração do *maghreb*. – Mas você irá me ajudar?

– Como?

– Você vai me ajudar? – disse, de novo, com a voz vacilante. – Com a criança?

Adam deu um pequeno passo para trás.

– Criar os filhos é trabalho da mulher. Você sabe disso.

– Eu só achei que você chegaria em casa mais cedo alguns dias – sussurrou Isra. – Que talvez eu fosse ver mais você.

Ele suspirou.

– Você sabe que eu preciso trabalhar. Meus pais dependem de mim para sustentar a família. Você acha que eu quero trabalhar dia e noite? Claro que não. Mas eu não tenho escolha. – Ele acariciou o rosto de Isra com as costas da mão. – Você entende, não?

Ela fez que sim com a cabeça.

– Que bom. – Ele virou os olhos para o fogão, distraído por uma nuvem de vapor. – O que tem pro jantar?

– Torta de carne com espinafre – disse Isra, sentindo-se um pouco envergonhada.

Era absurdo esperar que Adam saísse do trabalho para ajudá-la. Algum homem em algum momento já havia ajudado a mulher com os filhos? Ela lembrou de um verso do Corão que havia aprendido na escola: "A mulher tem os filhos vulnerável e em privação". Era verdade. A maternidade era sua responsabilidade, seu dever.

Ela se aproximou de Adam na esperança de que ele diria algo mais. Mas sem dizer mais nada, ele foi até o fogão, pegou uma das tortas do prato e começou a mastigar.

* * *

– Não, não, não – disse Fareeda certa noite depois de provar o chá feito por Isra durante o comercial da novela. – O que é isso?

– O que há de errado? – disse Isra.

– O chá está amargo.

Isra deu um passo para trás.

– Eu fiz do modo que você gosta, com três brotos de sálvia e duas colheres de açúcar.

– Bom, está horrível. – Devolveu a xícara a Isra. – Jogue fora.

*Você deveria agradecer*, era isso que Isra queria dizer. *Agradecer que uma grávida está fazendo chá, cozinhando e limpando a casa enquanto você fica aí sentada assistindo televisão.*

– Desculpe – disse. – Deixe-me fazer um novo.

Fareeda deu um sorriso forçado.

– Não precisa.

– Não, não, eu quero – disse Isra. – Eu quero.

Na cozinha, Isra pegou os brotos mais verdes de sálvia do pequeno arbusto que tinham na sacada da janela. Colocou um saquinho de chá na água da chaleira depois de ter fervido, certificando-se de que os cristais de açúcar haviam se dissolvido. Ela queria que o chá ficasse perfeito. Mas mesmo fazendo de tudo para agradar, lembrava de todas as vezes em que colocava tempero demais dos sanduíches de falafel dos irmãos quando eles gritavam com ela por não ter passado os uniformes deles da escola corretamente e murmurou baixinho "eu te odeio" enquanto Yacob batia nela. Mas Isra passaria a vida toda com Fareeda. Precisava do amor dela, e faria tudo que precisasse para merecê-lo.

– Onde está Sarah? – Fareeda perguntou quando Isra entregou a ela uma xícara nova de chá. – Ela está no quarto?

– Acho que sim – respondeu Isra.

– *La hawlillah* – Fareeda reclamou entre os dentes. – O que vou fazer com essa garota?

Isra ficou em silêncio. Ela havia aprendido a reconhecer quando Fareeda estava falando consigo mesma. Sarah era um tema delicado para Fareeda. Quando Isra acordava cedo para fazer a oração do *fajr*, Fareeda estava lá de pé no hall de braços cruzados, conferindo se a roupa de Sarah estava adequada para a escola.

– Comporte-se, ouviu? – Fareeda dizia, quase cuspindo. – E nada de falar com garotos, entendido?

– Eu sei, *mama* – Sarah sempre respondia.

Mais tarde, depois da escola, Fareeda garantia que todo e qualquer segundo do tempo de Sarah fosse gasto compensando o tempo que passava na escola. Isra sabia como era ser a única menina em uma casa de homens, um capacho sob seus pés, mas ela se perguntava como Sarah se sentiria. Dada a expressão rebelde no rosto de Sarah toda vez que Fareeda falava alguma coisa, Isra sentia seu rancor.

– Sarah! – Fareeda gritou do pé da escada. – Desça aqui!

– Já estou indo! – Sarah respondeu.

– Vá lá ver por que ela está demorando tanto – Fareeda pediu a Isra depois que Sarah ainda não havia descido um minuto depois. Isra fez o que lhe pediram. No topo da escada, viu Sarah no quarto. Ela estava lendo, segurando o livro próximo ao rosto como se fosse um escudo, respirando as palavras, como se elas a estivessem alimentando. Isra ficou hipnotizada com a visão.

– O que ela está fazendo? – Fareeda gritou do andar de baixo.

– Não sei – Isra mentiu.

– Claro que não sabe. – Fareeda subiu pisando forte.

– Sarah... – Isra sussurrou tentando avisá-la. Mas era tarde demais. Fareeda já havia subido.

– Eu sabia! – Ela invadiu o quarto e arrancou o livro das mãos de Sarah. – Por que não desceu quando eu mandei?

– Eu queria terminar o capítulo.

– Terminar o capítulo? – Fareeda colocou a mão nos quadris. – E por que você acha que um livro qualquer é mais importante do que aprender a cozinhar?

Sarah soltou um suspiro, e Isra sentiu um nó no estômago. Ela podia ouvir a voz de *mama* dizendo que os livros não serviam para nada, que a mulher só precisava aprender a ser paciente, e que nenhum livro ensinava isso.

– Me diga uma coisa – disse Fareeda aproximando-se de Sarah. – Os livros vão te ensinar a cozinhar e limpar a casa? Vão te ajudar a encontrar um marido? Vão te ajudar a criar os filhos?

– Tem mais coisas na vida do que maridos e filhos – disse Sarah. – Nunca ouvi você dizer para o Ali parar de estudar ou largar os livros. Por que ele pode ir para a faculdade? Por que você nunca insiste para que ele se case também?

– Porque para meninas o mais importante é se casar – Fareeda estourou. – Não é faculdade. Você já é quase adolescente. Está na hora de crescer e aprender uma coisa: você não pode se comparar com um homem.

– Mas não é justo! – Sarah gritou.

– Não responda para mim – disse Fareeda, levantando a mão aberta. – Mais uma palavra e eu te bato.

Sarah recuou.

– Mas, *mama* – disse, com o tom ameno. – Não é justo mesmo.

– Justo ou não, o mundo é assim. – Ela se virou para sair. – Agora desça e ajude Isra na cozinha.

Sarah suspirou, arrastando-se para fora da cama.

– Vamos! – disse Fareeda. – Não tenho o dia todo.

Na cozinha, Isra e Sarah estavam de costas uma para a outra, cada uma com um pedaço de pano na mão. Sarah era baixinha e magra, com a pele dourada e um cabelo solto e encaracolado que passava dos ombros. Normalmente, ela falava muito pouco quando estavam fazendo faxina juntas, mas, às vezes, mirava os olhos de Isra e suspirava.

Nos meses em que Isra vivera ali, ela e Sarah quase não haviam se falado. Sarah chegou da escola e foi logo para o quarto deixar a mochila. Isra se deu conta de que era provável que ela estaria escondendo os livros. Depois, Sarah a encontrava na cozinha e ajudava a fazer a mesa, ou a lavar a louça, ou a dobrar qualquer roupa que Isra ainda não tivesse dobrado.

De noite, elas ficavam juntas na sala com Fareeda e assistiam a suas novelas turcas preferidas. Sarah bebia chá de hortelã e comia biscoitos de chá e, quando Fareeda não estava olhando, quebrava sementes de melancia assadas com os dentes da frente, um hábito que Fareeda proibia para que Sarah não estragasse seus dentes brancos e perfeitos.

Isra sentia pena de Sarah, vendo-a apressada andando pela cozinha, limpando as bancadas, lavando louça e arrumando as xícaras no guarda-louça. Será que ela mesma era assim em casa, na casa de *mama*? Será que ficava andando em círculos até terminar todas as tarefas domésticas?

– Então, como está se sentindo? – Fareeda perguntou a Isra, agachando-se na frente do forno para ver os biscoitos de gergelim que assava. Era a terceira fornada da semana.

– *Alhamdulillah* – disse Isra. – Estou me sentindo bem.

Fareeda tirou a fornada de biscoitos.

– Você tem ficado enjoada de manhã?

– Não – respondeu Isra sem muita certeza.

– Bom sinal. – Isra percebeu que Sarah havia parado o que estava fazendo para escutar a mãe. – E desejos? – perguntou Fareeda. – Você tem tido vontade de comer doces?

Isra parou para pensar.

– Não mais do que o normal.

Fareeda quebrou a ponta de um biscoito e jogou para dentro da boca. Arregalou os olhos quando sentiu o sabor na língua.

– Isso também é bom sinal.

– Bom sinal de quê? – Sarah interrompeu.

O rosto dela estava quase amarelo naquela luz morna de fim de tarde que entrava pela janela. Naquele instante, Isra não conseguiu evitar pensar na mão aberta de Fareeda tocando o rosto de Sarah. Ela se perguntou se seria comum ela apanhar.

– Bom – disse Fareeda – a crença popular é que, se a mulher fica enjoada de manhã e tem vontade de comer doces, é porque o bebê é uma menina.

Sarah não disse nada, mas franziu a testa para a mãe.

– Como você não está tendo nenhum dos dois – Fareeda disse a Isra com um sorriso maroto no rosto. – Então deve ser um menino!

Isra não sabia o que dizer. Ela sentiu um embrulho no estômago. Talvez ela estivesse ficando enjoada, afinal.

– Por que a cara de insatisfação? – disse Fareeda, pegando mais um biscoito. – Não quer um menino?

– Não, eu...

– Menino é melhor, pode acreditar. Vão cuidar de você quando estiver velha, levam o nome da família adiante...

– Você está dizendo que não ficou feliz quando eu nasci? – Sarah perguntou, alfinetando. – Por que eu não era um precioso menino?

– Não foi isso que eu disse – Fareeda respondeu. – Mas todo mundo quer ter menino. Se perguntar a qualquer um, eles vão te dizer.

Sarah balançou a cabeça.

– Eu não entendo. São as meninas que ajudam as mães. Omar e Ali não fazem *nada* por você.

– Que bobagem. Seus irmãos me dariam um braço e uma perna se eu precisasse.

– Com certeza – disse Sarah rolando os olhos.

Ouvindo Sarah, Isra se perguntou se ser americano era isso: ter voz. Ela gostaria de saber como falar o que pensava, queria que pudesse ter dito essas mesmas coisas para *mama*: que as meninas tinham o mesmo valor que os meninos, que a cultura era injusta e que *mama*, sendo mulher, deveria saber disso. Ela queria ter dito a *mama* que estava cansada de ser sempre colocada em segundo lugar, de sentir vergonha, e de só não ser desrespeitada, abusada e ignorada caso houvesse algo para limpar ou uma refeição para fazer. Que ela estava indignada por terem feito com que acreditasse que não tinha valor, coisa que qualquer homem podia falar a hora que quisesse.

– Não liga para a *mama* – Sarah sussurrou para Isra quando Fareeda saiu da cozinha.

Isra levantou os olhos, surpresa de ouvir Sarah falar diretamente com ela.

– Como assim?

– Seu bebê será uma bênção, não importa se é menino ou menina.

Isra puxou a ponta da camisola com a mão e desviou o olhar. Ela lembrava de dizer as mesmas palavras a *mama* quando estava grávida: *É uma bênção, não importa o quê.* Ela não queria ser uma daquelas mulheres que não queriam ter filhas, não queria ser como sua *mama*, que dissera a ela que havia chorado dias quando Isra nasceu.

– Claro que é uma bênção – disse Isra. – Claro.

– Não sei o que há de tão especial em ter filhos homens – disse Sarah. – Sua mãe é assim também?

– É – Isra admitiu. – Eu achava que as coisas seriam diferentes aqui.

Sarah deu de ombros.

– A maioria dos meus amigos americanos da escola dizem que os pais não se importam com isso. Mas você tinha que ouvir as amigas da minha mãe falando. Elas são impossíveis. Se dependesse delas, ainda estaríamos vivendo na Arábia e enterraríamos as filhas mulheres vivas.

Sarah olhou para ela enfastiada, e Isra não conseguiu evitar pensar que estava olhando para uma versão mais jovem de si mesma. Ela nunca imaginaria que teriam algo em comum: Sarah havia crescido nos Estados Unidos, frequentado uma escola mista e vivido uma vida muito diferente da sua. Isra tentou sorrir e foi recompensada quando Sarah retornou o sorriso.

– Então, você sabe falar inglês?

– Eu leio e escrevo – disse Isra com orgulho.

– Sério? Eu achava que ninguém falava inglês na Palestina.

– A gente aprende na escola.

– Mas você sabe falar?

– Falo mal – disse Isra com vergonha. – Eu tenho muito sotaque.

– Tenho certeza que não deve ser tão ruim assim. Meu irmão disse que você ia a uma escola só de meninas e que eu deveria agradecer aos meus pais por me colocarem em uma escola pública.

– Não consigo nem imaginar como deve ser – disse Isra. – Sabe, ir a uma escola com meninos. Meus pais nunca deixariam.

– Bom, meus pais não tiveram muita escolha. Eles não têm como pagar a escola só de meninas daqui. Tecnicamente, não era para eu falar com os meninos da minha turma, mas eu vou fazer o quê? Andar por aí com uma placa na minha cabeça escrito "Por favor, se você for menino, não fale comigo"? – Sarah rolou os olhos.

– Mas e se os seus pais descobrirem que você os desobedeceu? – Isra perguntou. – Fareeda quase bateu em você hoje. Eles não bateriam em você?

– Provavelmente – disse Sarah, desviando o olhar.

– Você... Eles batem muito em você?

– Só se eu responder ou não escutar o que dizem. Baba me bateu uma vez de cinto quando encontrou um bilhete de um amigo da escola na minha mochila, mas eu tento garantir que nunca vão me pegar fazendo algo de que eles não gostariam.

– É por isso que você traz livros escondida para casa?

Sarah olhou para Isra.

– Como você sabe?

Isra deu outro sorriso discreto.

– Porque eu fazia a mesma coisa.

– Não sabia que você gostava de ler.

– Eu gosto – disse Isra. – Mas não leio há um tempo. Eu só trouxe um livro comigo.

– Qual?

– *As mil e uma noites*. É o meu preferido.

– *As mil e uma noites*? – Sarah parou um instante para pensar. – Não é aquele do rei que vai se casar e mata uma mulher toda noite porque a esposa o trai?

– Isso! – disse Isra, animada por Sarah já tê-lo lido. – Mas ele é enganado pela Sheherazade, que conta uma história nova toda noite por mil e uma noites até que ele finalmente poupa sua vida. Eu já devo ter lido o livro um milhão de vezes.

– Sério? – disse Sarah. – Não é *tãooo* bom assim.

– Mas é. Eu adoro as narrativas, como muitas histórias acontecem ao mesmo tempo, a ideia de uma mulher contar histórias para salvar a própria vida. É lindo.

Sarah deu de ombros.

– Não sou muito fã de histórias de fantasia.

Isra arregalou os olhos.

– Não é fantasia!

– É sobre gênios e vizires, que não existem. Prefiro histórias reais.

– Mas é uma história sobre a vida real – disse Isra. – É sobre a força e a resiliência da mulher. Ninguém pede a Sheherazade para se casar com o rei. Ela se oferece em nome de todas as mulheres para salvar as filhas dos muçulmanos de todos os lugares. Durante mil e uma noites, as histórias da Sheherazade foram uma forma de resistência. Sua voz era uma arma, um lembrete do poder extraordinário das histórias. E mais, da força que pode ter uma só mulher.

– Alguém leu a história com um certo excesso de profundidade, hein? – Sarah disse, sorrindo. – Não enxerguei força ou resiliência quando li. Só vi uma história inventada cujo personagem principal é um cara que mata um monte de mulheres inocentes.

– Alguém está sendo um pouco cínica – Isra comentou.

– Talvez um pouquinho.

– E qual é o *seu* livro preferido?

– *A redoma de vidro* – disse Sarah. – Ou talvez *Fahrenheit 451*. Depende do dia.

– São histórias de amor? – Isra perguntou.

Sarah deu uma risada sarcástica.

– Não. Eu prefiro ficção realista.

– O amor é realista!

– Para nós, não.

Foi como se as palavras de Sarah a tivessem acertado em cheio no rosto. Isra olhou para baixo para recuperar a compostura.

– Se você quiser – disse Sarah –, posso trazer alguns livros para você amanhã. Não se preocupe, vou trazer só histórias de amor.

Isra deu um sorriso breve e vacilante. Ela lembrou de quando Fareeda a havia pego lendo um romance inglês, uma história de amor. Não, ela não queria aborrecê-la. Ela engoliu.

– Não precisa. Eu prefiro romances árabes.

– Tem certeza? Tem alguns romances ingleses que eu acho que você iria gostar.

– Mas é sério – disse Isra. – Não vou ter tempo de ler quando o bebê nascer de qualquer forma.

– O que você achar melhor...

Isra estava falando sério quando disse que não teria tempo para ler. Na verdade, mais recentemente, ela vinha se perguntando se estaria pronta para ser mãe. Não era por Fareeda já a ocupar muito. Ela estava preocupada em não ter nada a oferecer à criança. Como ela poderia ensinar à criança sobre o mundo se ela mesma não sabia nada? Seria uma boa mãe? E o que significava ser boa mãe? Pela primeira vez na vida, Isra havia parado para pensar se queria ser como *mama*. Não sabia. Ela se ressentia do quão fácil havia sido para *mama* a abandonar em prol de uma família de estranhos em outro país. No fundo, Isra sabia que *mama* só havia feito o que Yacob queria – e que ela não tivera escolha. Ou tivera? Será que sua mãe teve escolha o tempo todo? Isra não tinha certeza, mas naquela mesma noite, ela se pegou sentada próxima à janela pensando nas escolhas que em breve teria de fazer como mãe. Esperava fazer as escolhas certas.

Naquele dia, Adam chegara em casa antes do sol se pôr. Apareceu no vão da porta da cozinha usando calças pretas desbotadas e uma camisa de botão azul. Num primeiro momento, Isra não percebera que ele estava ali e que continuara observando distraidamente pela janela o céu laranja do lado de fora. Mas ele pigarreou e disse:

– Vamos sair.

Isra tentou esconder a empolgação. As únicas vezes que saía de casa eram, ocasionalmente, aos domingos, quando Khaled e Fareeda saíam para ir ao supermercado e levavam Sarah e Isra com eles. Quando não levavam Sarah, Fareeda pedia a Isra para ficar e cuidar dela, com medo de deixá-la em casa sem supervisão. Adam não levava Isra para sair desde sua primeira noite no Brooklyn.

Do lado de fora, o ar estava frio e seco, e as luzes dos postes já haviam se acendido. Os dois caminharam pela Quinta Avenida, passando pelos açougues, os supermercados, as padarias e as lojas de U$1,99. As ruas estavam tão cheias quanto estavam na primeira vez em que Isra caminhara por elas. O trânsito travava as ruas, e multidões de pedestres entravam e saíam das lojas e dos restaurantes. As calçadas estavam malconservadas e sujas, e, no ar, sentia-se um cheiro distante de peixe cru, que Adam dizia que vinha do mercado de peixes chinês na esquina. De vez em quando, havia portões verde-escuros que, fechando largas escadas, desciam para o subsolo.

– São as estações de metrô – disse Adam, prometendo levá-la em breve para andar de trem. Isra caminhava bem próxima ao seu lado, com uma mão sobre a barriga saliente e a outra balançando livremente. Ela gostaria que ele segurasse sua mão, mas ele tragou o cigarro e seguiu adiante.

Atravessaram a rua e chegaram a um restaurante chamado Elegante's, onde Adam comprou uma fatia de pizza para Isra. Ele disse que era a melhor pizzaria da cidade. Isra nunca tinha provado nada assim. Ela mordeu a massa quente e fina coberta de queijo e lambeu o saboroso molho das pontas dos dedos. Ficou maravilhada com a rica mistura de sabores, e a sensação de bem-estar que ofereciam a ela, mesmo sendo absolutamente novos.

– Gostou? – Adam perguntou quando terminou.

– Sim – disse, lambendo a última gota de molho que havia sobrado no canto da boca.

Adam riu.

– Tem espaço para a sobremesa?

Ela fez que sim com a cabeça, empolgada.

Adam comprou uma casquinha de sorvete de um caminhão da Mister Softee. Baunilha com granulado arco-íris. Isra o devorou. O sorvete que vendia no *dukan* de sua vila – sorbet de morango ou amoras no palito sem mais nada – nem se comparava. Esse era cremoso e um sabor bem complexo.

Adam ficou olhando-a comer com um sorriso de orgulho, como se ela fosse criança.

– Quer mais um?

Ela colocou ambas as mãos sobre a barriga.

– *Alhamdullilah*. Estou cheia.

– Que bom. – Ele pegou um cigarro de dentro do bolso. – Fico satisfeito. – Isra enrubesceu-se.

Viraram-se para voltar para casa. Isra prendia a respiração quando Adam soltava fumaça de cigarro no ar. Ele não tinha nada dos homens sobre os quais havia lido nos livros. Não era um *faris*, um príncipe encantado. Estava sempre inquieto, mesmo depois de um longo dia de trabalho, brincando com a comida no prato ou roendo as unhas. Costumava se perder nos pensamentos com um olhar distante nos olhos. Rangia os dentes quando estava irritado. Sempre tinha cheiro de fumaça. Mesmo assim, pensava, ela gostava do seu sorriso, de como uma dúzia de rugas apareciam ao redor dos seus olhos e davam vida ao seu rosto. Ela também gostava do som da sua voz, ligeiramente melodiosa, perfeita para o *azan*, ou pelo menos ela imaginava que seria, pois ela nunca o vira rezar.

Do lado de fora da casa, ele se virou para ela.

– Gostou do passeio?

– Gostei.

Ele deu uma tragada longa no cigarro, jogou-o na calçada e o amassou.

– Eu sei que deveria levá-la mais para sair – disse. – Mas eu fico tão ocupado com o trabalho. Não sobra muito tempo entre o trabalho na deli e na minha loja na cidade.

– Entendo – disse Isra.

– Tem dias em que eu sinto que o tempo escorre pelas mãos como água, como se um dia eu fosse acordar e me dar conta de que não tenho mais tempo. – Ele parou e acariciou sua barriga. – Mas vai valer a pena, sabe. Nossos filhos não vão ter que lutar tanto quanto nós. Vamos dar a eles uma vida boa.

Isra ficou olhando para ele por um instante, sentindo-se, pela primeira vez, grata pelo trabalho duro que fazia. Ela sorriu e colocou ambas as mãos sobre sua barriga, os dedos tocando levemente os dele.

– Obrigada por tudo que faz – disse. – Nossos filhos terão orgulho.

## · DEYA ·

*Inverno de 2008*

– Acabei de falar ao telefone com a mãe do Nasser – Fareeda disse a Deya quando voltou da escola aquele dia à tarde. Seus olhos transbordavam de satisfação. – Ele vai vir amanhã para ver você.

Deya serviu uma xícara de chá para Fareeda na sala, escutando o que a avó dizia parcialmente. Não conseguia parar de pensar na mulher da Books and Beans. Será que deveria matar aula para ir vê-la? E se o professor ligasse para Fareeda e dissesse que ela não foi à aula? E se ela se perdesse tentando encontrar a livraria? E se acontecesse algo com ela no metrô? Ela sempre ouvia que era muito perigoso, que era comum as mulheres serem roubadas, estupradas e até mortas em algum canto escuro das estações. Não havia como pagar um táxi com o parco dinheiro que Fareeda dava a elas para comprarem comida nas máquinas da escola. Ela precisava tentar, precisava saber por que a mulher havia entrado em contato. Ela não conseguiria viver sem saber.

– Fiquei surpresa do Nasser querer ver você de novo – Fareeda continuou, esticando o braço para pegar o controle remoto. – Dado que você conseguiu espantar todos os pretendentes que eu consegui para você este ano. Pelo visto, de alguma forma, o rapaz conseguiu enxergar para além das suas bobagens.

– Você deve estar feliz – disse Deya.

– Claro que estou – disse Fareeda, passando pelos canais. – Toda mãe quer um bom pretendente para a filha.

– É o que você queria para a sua filha também? Mesmo significando que você nunca a veria de novo? – Fareeda havia arranjado para Sarah se casar com um palestino quando Deya ainda era pequena e, desde então, Deya nunca mais a vira.

– Isso é diferente – disse Fareeda. Suas mãos tremiam, e ela pousou o controle no sofá. Sarah sempre fora um tema sensível. – Você vai se casar aqui no Brooklyn. Não vai a lugar algum.

– Mesmo assim – disse Deya. – Você não sente falta dela?

– Qual a importância disso? Ela foi embora, e é assim que as coisas são. Já disse a você mais de mil vezes para não falar dos meus filhos nesta casa. Por que você é tão difícil?

Deya desviou o olhar. Queria bater os pés, chutar as portas e paredes, quebrar as janelas. Queria gritar com Fareeda. *Eu me recuso a escutar o que você diz*, ela diria. *Até você me contar a verdade sobre os meus pais!* Mas quando puxou o ar para falar, as palavras se dissiparam. Ela conhecia a avó bem o suficiente para saber que ela nunca admitiria a verdade. Se Deya queria respostas, ela teria que encontrá-las sozinha.

\* \* \*

No dia seguinte, de manhã, no ponto de ônibus, Deya decidiu: iria à livraria.

– Escutem – disse às irmãs enquanto esperavam o ônibus. – Eu não vou para a escola hoje.

– Para onde você vai? – perguntou Nora, fincando os olhos nela. Deya viu que Layla e Amal olhavam incrédulas.

– Eu preciso fazer uma coisa. – Ela sentiu o cartão da livraria com os dedos no bolso do seu *jilbab*. – Uma coisa importante.

– Tipo o quê? – Nora perguntou.

Deya lutou para sair com uma mentira convincente.

– Vou até a biblioteca preencher os formulários de algumas faculdades.

– Sem a permissão da Fareeda?

– E se descobrirem? – disse Layla. – A Fareeda vai te matar.

– É mesmo – acrescentou Amal. – Não acho boa ideia, não.

Deya desviou o olhar, quando o ônibus se aproximou.

– Não se preocupem comigo – disse. – Eu sei o que estou fazendo.

Depois que o ônibus virou a esquina, Deya pegou o cartão do bolso e leu o endereço de novo: 800 Broadway, New York, NY 10003.

Apertou os olhos para enxergar as letras pequenas e se deu conta, pela primeira vez, que a livraria não era no Brooklyn, mas em Manhattan. Uma mistura de pânico e náusea emergiram nela. Ela só fora a Manhattan um punhado de vezes, e sempre no banco de trás do carro de Khaled.

Como ela faria para chegar até lá sozinha? Respirou fundo. Como havia planejado, teria de pedir informações. Nada havia mudado. Caminhou até a estação de metrô mais próxima, na Avenida Bay Ridge, e desceu as escuras escadas com o coração batendo furiosamente, *tum-tum-tum*. A estação estava cheia de rostos pouco familiares, e, por um instante, Deya quis dar as costas e voltar para casa. Ficou ali paralisada, olhando as pessoas passarem por ela e ouvindo os bipes que seus cartões faziam quando passavam pelas catracas. Havia uma cabine de vidro no fundo da estação, com um homem afundado em uma cadeira. Deya se aproximou.

– Desculpe, senhor. – Ela colocou o cartão contra o vidro. – O Senhor poderia me dizer como chegar a esse endereço?

– Broadway? – Ele rolou os olhos. – Pegue o R, direção Manhattan.

Ela piscou os olhos, confusa.

– Pegue o trem R – disse ele, mais devagar. – Direção norte para Forest Hills-Avenida 71. Saia na Estação Rua 14–Union Square.

*Trem R. Norte. Estação Union Square.* Ela memorizou as palavras.

– Obrigada – disse, colocando a mão no bolso e pegando um amontoado de notas de um dólar. – Quanto é a passagem?

– Duplo?

Ela tentou entender o sentido da palavra.

– Duplo?

– Isso.

– Não sei se eu sei o que isso quer dizer.

– Duplo. Para ir e voltar.

– Ah.

Sentiu o rosto queimar. O homem devia achar que ela era uma idiota. Mas não era culpa sua. Como ela ia entender o jargão dos americanos? Seus avós só a deixavam assistir os canais árabes.

– Isso – disse. – Duplo, por favor.

– Quatro dólares e cinquenta centavos.

Quase metade da sua semanada! Ela passou as notas aquecidas por sua mão pelo vidro. Por sorte, ela economizava a maior parte do dinheiro que tinha para gastar nas máquinas de comida. Ela só comprava livros, e de sebos, de catálogos da escola e das suas colegas de turma, que depois de alguns anos já haviam se acostumado a vender-lhe romances usados. Ela sabia que tinham pena dela porque não tinha uma família normal.

Ela escutou um barulho alto e distante. Surpresa, pegou o cartão amarelo-mostarda do metrô e passou pelos portões de metal. Outro barulho, mas forte desta vez. Dado o movimento repentino que houve ao seu redor, ela se deu conta que o barulho devia vir dos trens, e que as pessoas estavam se apressando para pegá-los. Caminhou junto com elas, fingindo ter a mesma calma e colocando o cartão pela fenda de metal com um movimento suave. O cartão não registrou, mas ela o passou de novo, com mais cuidado dessa vez. *Bip*. Funcionou! Empurrou a catraca.

No escuro da plataforma, Deya roeu as unhas e ficou olhando em volta de si. Ela pulava com o barulho de cada trem que passava. Um homem que caminhava até o final da plataforma chamou sua atenção. Ele abriu o zíper da calça, e um jato de água começou a cair nos trilhos em sua frente. Demorou alguns instantes até perceber que ele estava urinando. Inspirou em espasmos curtos e se virou, focando a atenção no rato que andava pelos trilhos. Ouviu um chacoalhar e um assobio distante. Levantou os olhos e viu uma luz vindo do túnel ao fim da plataforma. Era o trem R. Respirou fundo quando o trem passou zunindo por ela e tremeu até parar.

O interior do trem era barulhento e cheio da crueza da vida cotidiana. Todos olhavam inexpressivamente para os telefones, hipnotizados. Eram italianos, chineses, coreanos, mexicanos, jamaicanos – todo e qualquer grupo étnico que Deya pudesse imaginar, mas tinha algo de tão americano em relação a eles. O que seria? Deya achava que era o jeito de falarem: a voz alta, ou pelo menos mais alta que a dela. Era a maneira como se portavam no trem, confiantes, sem pedir desculpa por ocupar o espaço.

Olhando para eles, ela compreendeu mais uma vez o que significava ser estrangeira. Ela imaginava que a estavam olhando de cima, como um júri. *O que é você?*, imaginou que pensavam. *Por que está vestida assim?* Via que seus olhos a julgavam. Sentia que enxergavam que estava assustada, já que parecia insegura de si, pois usava a roupa que usava, e, assim, instantaneamente, já sabiam tudo sobre ela. Com certeza, ou era vítima de uma cultura opressiva ou defensora de uma tradição bárbara. Provavelmente não tinha educação formal, era incivilizada, uma pessoa sem expressão. Talvez até extremista, uma terrorista. Toda a cultura e vivências de um povo inteiro diluídas em uma única narrativa. O problema era que, independentemente do que viam, ou do pouco que pensavam dela, Deya não pensava muito mais de si própria. Era uma alma rasgada ao meio, quebrada em dois. Separada em dois, limitada. Aqui ou ali, não importava. Ela não pertencia a lugar algum.

Demorou quase cinco minutos se esgueirando no vagão até encontrar um lugar vazio. Uma mulher finalmente decidira tirar a pasta de couro do assento para que pudesse se sentar. Deya a estudou. Pele clara. Cabelos cor de mel. Óculos casco de tartaruga perfeitamente redondos. Ela parecia muito confiante ali sentada com aquele vestido preto curto. Suas pernas eram delgadas e finas, e Deya sentiu seu perfume no ar. Flores. Deya pensou que deveria ser alguém importante. Se ao menos ela, Deya, pudesse ser alguém importante. Tinha tanto que ela queria fazer, tantos lugares que queria visitar, mas lá estava ela, uma ninguém, brigando pra andar de metrô, coisa que tanta gente fazia todo dia sem nem pensar.

A mulher agora estava olhando para ela também. Deya fez o máximo para sorrir. Já era difícil para pessoas como ela andar por aí de calça jeans e camiseta, imagine com *hijab* e *jilbab*[5]. Não era justo que vivesse assim, sempre com medo do que as pessoas enxergavam quando olhavam para ela. Ela, finalmente, entendera por que Fareeda a havia proibido de usar o *hijab* fora da escola e que o medo pode nos forçar a mudar quem somos.

Ela respirou fundo algumas vezes e olhou em volta de si no vagão. Todos a observavam. Lá estava aquela sensação de novo emergindo no peito. Ela engoliu, tentando suprimi-la, mas ficou presa na garganta. Virou-se para a janela escura. Por que tinha de ser tão medrosa, tão sensível, tão afetada pelo mundo? Ela queria ser mais forte, uma daquelas pessoas que conseguiam ouvir uma música triste sem começar a chorar, ler algo horrível no jornal sem adoecer por dentro, não sentir as coisas tão profundamente. Se não fosse assim, não seria ela.

O trem R parecia infinito, parando em inúmeras estações. Deya olhou pela janela, olhando as placas de cada estação três vezes para garantir que não perderia a sua. *Rua 14-Union Square*. Em Court Street, o condutor anunciou que seria a última parada no Brooklyn, e Deya se deu conta de que passariam por um túnel debaixo do Rio Hudson. A ideia de passar por baixo da água a assustava e fascinava ao mesmo tempo. Imaginou como seria possível construir um túnel debaixo d'água, e como o projetista devia ser extraordinário. Tentou se imaginar criando algo belo, mudando o mundo de alguma forma, mas não conseguia. Em breve se casaria, e depois o quê? Que tipo de vida viveria? Uma vida previsível de serviço.

---

5 *Hijab* refere-se ao véu enquanto jilbab ao robe. [N.E.]

Ela segurou forte o cartão. Mas talvez Fareeda estivesse certa. Talvez sua vida fosse completamente diferente da de Isra. Talvez Nasser a deixasse ser quem queria ser. Talvez, uma vez casada, pudesse finalmente ser livre.

# · ISRA ·

*Inverno de 1990*

Uma manhã nublada de novembro, três semanas antes da data prevista para o bebê nascer, Isra entrou em trabalho de parto. Adam e Fareeda a levaram ao hospital, mas se recusaram a entrar na sala de parto. Disseram que não gostavam de ver sangue. Isra sentiu um terror profundo quando a levaram em uma cadeira de rodas. Havia visto *mama* dar à luz uma vez. Seus gritos de dor rondavam permanentemente seus pensamentos. Mas era muito pior do que imaginara. Conforme as contrações ficavam mais intensas e menos espaçadas, a sensação era de que crimes estavam sendo cometidos dentro dela. Queria gritar como sua mãe, mas, por algum motivo, não conseguia abrir a boca. Não queria mostrar sua dor, mesmo que por meio de sons. Em vez disso, mordeu o lábio e chorou.

Era menina. Isra segurou a filha nos braços pela primeira vez, acariciou sua pele macia e colocou-a contra o peito. Seu coração inflou. *Agora sou mãe*, pensou. *Sou mãe.*

Fareeda e Adam finalmente entraram no quarto olhando para o chão e murmuraram um discreto *Mabrouk*. Isra queria que Adam dissesse algo para confortá-la, ou pelo menos demonstrar empolgação.

– Era só o que me faltava – disse Fareeda, balançando a cabeça. – Uma menina.

– Agora, não, mãe – disse Adam, pedindo desculpas a Isra com o olhar.
– O que foi? – disse Fareeda. – É verdade. Como se precisássemos de mais uma *balwa*, como se não tivéssemos problemas demais.

Isra sentiu um choque com a palavra. Quase ouviu a voz de *mama*. Era comum *mama* chamar Isra de *balwa* – um dilema, um fardo. Todo o resto de esperança que tinha de que os Estados Unidos seriam melhores que a Palestina se esvaíram naquele momento. Mulheres sempre seriam mulheres. Mama estava certa. Era verdade para ela, e seria também para sua filha. A solidão inscrita nessa realidade parecia saltar do piso e paredes brancos do hospital sobre ela.

– Por favor, mãe – disse Adam. – Não podemos fazer nada a respeito disso agora.

– Para você é fácil falar. Você sabe como é difícil criar uma menina neste país? Sabe? Logo logo estará arrancando os cabelos! Você precisa de um filho para te ajudar. Para levar seu nome. – Ela agora estava chorando, sugando o ar pela boca, e a enfermeira deu a ela uma caixa de lenços.

– Parabéns – disse a enfermeira, pensando que as lágrimas de Fareeda eram de felicidade. – Que bênção.

Fareeda balançou a cabeça. Olhou Isra nos olhos e sussurrou:

– Fique com essas palavras próximas ao ouvido, como se fossem um brinco: se você não conseguir dar um filho homem para o seu marido, ele vai acabar encontrando uma mulher que consiga.

– Já chega, mãe! – exclamou Adam. – Anda, vamos. Isra precisa descansar. – Ele se levantou para ir embora, virando os olhos para Isra ao sair. – Não se preocupe – disse. – Logo vamos ter um menino, *inshallah*. Você é jovem. Temos muito tempo.

Isra sorriu discretamente, segurando as lágrimas. Ela queria muito agradá-los. Como queria o amor deles. Uma música tocava no ambiente, uma melodia suave que a enfermeira havia colocado durante o parto. Isra parou para escutá-la pela primeira vez, e isso a acalmou. Perguntou à enfermeira se poderia tocá-la novamente, perguntando o nome. *Sonata ao luar*. Isra fechou os olhos, concentrou-se naquela melodia lenta e flutuante e disse a si mesma que tudo ia ficar bem.

– *Bint* – Isra ouvia Fareeda dizer toda vez que alguém ligava para dar os parabéns. "Uma menina".

Isra fingia não escutar. Sua filha era linda. Tinha os cabelos da cor de café, pele clara e olhos profundos como a meia-noite. Era um bom bebê. Calmo, mas alerta. Isra cantava para ela quando estava acordada, e a ninava para dormir, pele contra pele, os corações se tocando. Nesses momentos, sentia um calor novo em si, como a sensação do sol em seu rosto quando saía para pegar frutas na Palestina. Deu o nome de Deya à filha. *Luz.*

O nascimento de Deya de fato trouxe luz à vida de Isra. Dias depois de voltar do hospital para casa, o amor por Deya se espalhou em Isra como um incêndio. Tudo parecia mais claro. Deya era o seu *naseeb*. A maternidade era o seu propósito de vida. Era por isso que havia se casado com Adam, o porquê de ter se mudado para os Estados Unidos. Deya era o motivo. Isra sentiu paz. Ela sempre imaginara que o amor era o dos livros que lia, como o que Rumi e Hafiz descreviam em seus poemas. Nunca achara que o amor maternal fosse o seu *nasseb*. Talvez fosse por conta do seu relacionamento com *mama*, os grânulos de amor pelos quais lutava tanto e dos quais sentia tanta falta. Ou talvez fosse porque Isra passara a vida toda achando que amor era algo que só um homem poderia dar a ela, assim como todo o resto.

*Que vergonha*, ela disse a si mesma. Como fora egoísta de não perceber, durante todo esse tempo, a bondade de Alá. E não confiar em Seus planos. Ela tinha sorte. Sorte de ser mãe, e sorte – lembrou-se – de ter um lugar onde morar. Muitas famílias da Palestina ainda moravam em campos de refugiados, e cada abrigo ficava só a 60 cm de distância um do outro. Aquele porão era sua casa agora. O lar de Deya. Elas tinham sorte.

Isra colocou a filha no berço, e seu coração se encheu de esperança. Pôs o tapete de oração no chão e rezou dois *rak-ats* agradecendo Alá por tudo que lhe dera.

· PARTE II ·

## · FAREEDA ·

*Primavera de 1991*

Foi Fareeda que tivera a ideia de Isra não amamentar Deya. A amamentação impede a gravidez, e Adam queria um menino. Isra obedeceu sem resistir, misturando fórmula infantil nas mamadeiras sobre a pia da cozinha na esperança de reconquistar Fareeda. Fareeda olhou para os seios inchados de Isra com uma certa culpa a corroendo por debaixo das costelas. Uma certa lembrança de uma cena familiar. Ela ignorou. *Não há por que viver no passado*, disse a si mesma.

E funcionou. Quatro meses depois, Isra estava grávida de novo.

No carro, voltando da consulta com o Dr. Jaber, Fareeda estava no banco do passageiro. Ao seu lado, Khaled batia com os dedos no volante, entoando a melodia de uma música do cantor egípcio Umm Kulthum. Fareeda via Isra pelo retrovisor. Isra estava no banco traseiro do carro com Deya no colo, olhando pela janela um bando de pombos comendo migalhas de pão na calçada. Fareeda se virou e olhou para ela.

– Não falei? – disse Fareeda. – Eu sabia que você iria engravidar logo se não amamentasse.

Isra sorriu.

– Espero que Adam fique feliz.

– Claro que vai ficar.

– Mas e se ele não quiser outra criança agora?

– Que bobagem. Os filhos são a cola que mantém o marido e a mulher juntos.

– Mas e se... – Isra parou, respirando. – E se for outra menina?

– Não, não, não – disse Fareeda, ajeitando-se no assento do carro. – Vai ser menino dessa vez. Dá para sentir.

Khaled levantou uma das sobrancelhas, incrédulo.

– Dá?

– Eu consigo! É instinto de mulher.

– Com certeza – disse, rindo. – Não sei por que continua obcecada com filhos. *Alhamdulillah*, já temos muitos.

– Ah, é mesmo? – Fareeda se virou para ele. – E onde estava toda essa gentileza quando *eu* estava grávida, ou você se esqueceu de como você me torturou?

Ele se virou para o outro lado, enrubescido.

– Agora você não tem nada para dizer, não é?

– *Bikafi* – Khaled fixou o olhar nela. – Já chega.

Fareeda balançou a cabeça. Como podia ser tão insensível depois de todos esses anos, depois de tudo o que fizera com ela? Depois de tudo que ela fizera por ele? Por *causa* dele. Ela respirou fundo e tentou esquecer. Fareeda entendia seu lugar no mundo. As feridas de sua infância – pobreza, fome, abuso – haviam lhe ensinado que os traumas do mundo estão inseparavelmente conectados. Não era surpresa para ela que seu pai chegasse em casa e batesse neles sem misericórdia, com a tragédia do *Nakba* ainda lhe pulsando nas veias. Nem que ele viesse a arrumar para ela um marido que também nela batia. Como não o fazer quando eram tão pobres que suas vidas eram continuamente repletas de vergonha? Ela sabia que o sofrimento das mulheres começava com o sofrimento dos homens, que a escravidão de um se tornava a escravidão do outro. Será que os homens de sua vida a teriam agredido se não tivessem sido agredidos? Fareeda achava que não, e era essa consciência da dor que há atrás da dor que lhe permitia enxergar além da violência de Khaled e que impedia que essa violência a abatesse. De nada adiantava ficar triste. Logo no começo do casamento ela decidira focar no que ela podia controlar.

Ela desviou os olhos de Khaled num ímpeto e voltou a olhar para o espelho retrovisor.

– Não escute o que ele diz – disse a Isra. – *Inshallah*, você vai ter um menino desta vez.

Mas, mesmo assim, Isra estava preocupada.

Fareeda suspirou.

– E, se *for mesmo* uma menina, mas não vai ser, mas *se for*, Deus nos livre, não vai ser o fim do mundo.

Isra olhou para si mesma no reflexo do vidro.

– Não?

– Não – disse Fareeda. – É só você engravidar de novo.

Isra tinha sorte. Ninguém nunca fora tão generoso assim com ela.

* * *

– Vamos – disse Fareeda, de pé, no vão da porta para Isra, de joelhos, no chão, vestindo uma camisola rosa desbotada e se esticando para tirar uma teia de aranha de baixo da geladeira. Haviam acabado de esfregar o chão, preparado a massa do pão, e colocado quiabo para cozinhar no fogão.

– Para onde vamos? – Isra perguntou.

Fareeda ajustou a bainha do *thobe* azul-marinho, puxando-o para baixo de sua barriga rechonchuda.

– Vamos visitar minha amiga Umm Ahmed – disse. – A nora dela acabou de ter um menino. É o primeiro neto.

Isra levou as mãos até a barriga, mas se forçou mudá-las de lugar. Fareeda sabia que o assunto a incomodava. Olhando Isra ali puxando a ponta da camisola, quase teve pena da garota. Talvez não devesse pressioná-la tanto, mas de que outra forma garantiriam a continuidade da sua linhagem naquele país? Como garantiriam uma renda no futuro? Além do mais, Isra não era a única mulher do mundo a sofrer com a vergonha de ter tido uma filha mulher. *As coisas foram sempre assim,* Fareeda pensava. Podem até não ser justas, mas ela não havia criado as regras. As coisas eram assim. E Isra não era exceção.

* * *

Do lado de fora, o ar estava frio, e a ponta do nariz das duas formigava com o vento ainda gelado. Fareeda ia na frente, e Isra a seguia, com Deya no carrinho. As duas não haviam se dado conta até aquele momento que nenhuma delas saíra de casa desde a visita ao Dr. Jaber. O tempo estava muito frio. Khaled havia saído sozinho para fazer as compras da semana, indo de carro até a Quinta Avenida aos domingos pela manhã para comprar carne *hallal* do açougue Alsalam e, às sextas, depois da oração do *jumaa*, para o Three Guys do Brooklyn para comprar as abobrinhas e berinjelas que Fareeda gostava. Ela mal podia esperar para voltar a ir com ele agora que o tempo estava esquentando. Fareeda não gostava de admitir, e nunca dissera isso a ninguém, mas nos quinze anos em que morava nos Estados Unidos, podia contar nos dedos as vezes em que saíra de casa sem Khaled. Não dirigia nem falava inglês, então mesmo quando ela de fato saía de casa, colocando a cara para fora antes de se aventurar, era só para ir até a esquina visitar uma de suas amigas árabes. Mesmo agora, caminhando só alguns quarteirões até a casa de Umm Ahmed, Fareeda andava olhando para trás, querendo voltar. Em casa, sabia onde ficava sua cama, quantos puxões precisava dar no aquecedor para ligar, quantos passos tinha que dar para atravessar o hall e chegar à cozinha. Lá, sabia onde estavam os panos limpos, quanto tempo demorava para pré-aquecer o forno, quantas pitadas de cominho precisava colocar na sopa de lentilha. Mas ali, na rua, ela não sabia nada. E se ela se perdesse? E se alguém a atacasse? O que ela faria? Ela já estava no país há quinze anos e mesmo assim ainda não se sentia segura.

*Mas é melhor que viver em um campo de refugiados*, Fareeda lembrou a si mesma enquanto olhava os carros passando nervosamente ao seu lado, se concentrando para cruzar a rua. Melhor do que os anos que ela e Khaled perderam naqueles abrigos. Ela pensou nas ruas esburacadas de sua infância, dos dias que passava agachada ao lado da mãe, com as mangas dobradas até os cotovelos, lavando roupas em um barril enferrujado. Dias em que ficava horas em uma fila na estação da ONU, esperando para pegar sacos de arroz e farinha, ou uma trouxa de lençóis para não congelarem no inverno, e voltando tremendo de volta para a tenda. Dias em que os esgotos a céu aberto tinham um cheiro tão forte que ela andava pelo acampamento com um pregador de roupa no nariz. Naquela época, no campo de refugiados, a angústia habitava seu corpo como um membro extra. Pelo menos lá, nos Estados Unidos, estavam aquecidos e tinha comida na mesa, tinham um teto sobre suas cabeças, e a casa era deles.

Chegaram ao quarteirão de Umm Ahmed. Todas as casas pareciam iguais, e as pessoas nas calçadas também. Não na maneira de vestir, que Fareeda achava de mau gosto, com calças rasgadas e blusas decotadas, mas em como andavam com pressa pelas ruas como se fossem insetos. Ela pensou como seria ser americano, saber exatamente onde ir toda vez que saísse de casa e o que fazer quando chegar. Ela havia passado a vida inteira sendo empurrada e puxada para lá e para cá, de cozinha para cozinha, de filho para filho. Mas era melhor assim, pensou. Melhor ficar presa e saber seu lugar do que viver como os americanos, correndo de um dia para o outro sem valores que deem suporte. Não é de se admirar que acabassem sozinhos – alcoólatras, viciados, divorciados.

– *Ahlan wasahlan* – Umm Ahmed disse enquanto levava Fareeda e Isra para a sala.

Lá já havia outras mulheres sentadas. Fareeda conhecia todas, que se levantaram para cumprimentá-la, trocando beijos na bochecha, e sorrindo quando olhavam para Deya. Fareeda viu Isra corar de vergonha. A maior parte daquelas mulheres as havia visitado para parabenizá-las pelo nascimento de Deya, e fizeram comentários grosseiros sobre Isra não ter tido um menino. Fareeda teve de olhar para Isra mais de uma vez, limpando a garganta e fazendo um sinal para que relaxasse. Ela queria que Isra entendesse que esses comentários eram normais, que ela não deveria interpretar tudo como crítica pessoal. Mas Isra era muito sensível, Fareeda pensou, balançando a cabeça. Sensível demais. Não vira o mundo o suficiente para não o ser.

– Obrigado por virem – Umm Ahmed disse enquanto colocava chá nas xícaras de Fareeda e Isra. Depois serviu uma caixa roxa de chocolates Mackintosh e esperou até que cada uma das mulheres pegasse uma das embalagens de papel brilhante antes de voltar ao seu lugar.

– *Alf mabrouk* – disse Fareeda, desembrulhando o papel amarelo de um pequeno bastão de caramelo. – Mil parabéns.

– Obrigada. – Umm Ahmed virou-se para Isra, pousando os olhos em sua barriga inchada. – *Inshallah* logo será a sua vez, querida.

Isra fez que sim com a cabeça, rangendo os dentes. Fareeda queria que ela dissesse algo agradável para Umm Ahmed, ou para qualquer uma das outras mulheres ali, aliás. Elas deviam pensar que era uma idiota, sempre tão quieta e distraída. Fareeda sempre quisera uma nora da qual pudesse se gabar para as amigas, como se fosse uma pulseira de 24 quilates. Isra de fato sabia cozinhar e limpar a casa, mas a garota não sabia nada sobre entreter visitas e socializar. Ela era muito sem graça, e não tinha nada que Fareeda pudesse fazer. Ela teria que escolher mais cuidadosamente a esposa de Omar.

– Mas me diga – disse Fareeda para Umm Ahmed, que estava sentada no meio da sala. – Ahmed deve estar muito empolgado por estar dando o primeiro neto para os pais.

– Ah, sim – disse Umm Ahmed com o cuidado de não olhar Isra nos olhos. – *Alham dulillah*. Estamos todos muito felizes.

– Não há bênção maior do que um menino saudável – disse uma das mulheres. – Claro, amamos nossas filhas, mas nada se compara a ter um filho homem.

– Sim, sim – Fareeda concordou. Ela podia sentir os olhos de Isra apontados para ela, mas não queria transparecer inveja não participando da conversa.

– Adam faz tudo por nós – administrando o negócio da família, ajudando com as contas. Não sei o que faríamos se ele fosse mulher.

As mulheres concordaram com a cabeça.

– Especialmente neste país – disse uma delas.

– Os meninos são duas vezes mais necessários, e é duas vezes mais difícil criar meninas – Fareeda riu. – Exatamente! Eu só tenho Sarah, e criá-la neste país é um pesadelo. Deus ajude as mulheres que precisam criar filhas nos Estados Unidos.

As mulheres concordaram com a cabeça. Olhando para Isra, cujos olhos estavam fixos no rosto de Deya. Fareeda sentiu pena por ela ter que ouvir essas palavras. Mas era verdade. Era melhor que aprendesse agora, pensou Fareeda. Além do mais, talvez ela não ficasse pensando que era só Fareeda que pensava assim. Não era só ela! *Todas* as mulheres ali sabiam que era verdade, e não só elas, mas seus pais e os pais de seus pais e todas as gerações antes deles. Talvez se Isra se desse conta de como era importante ter um filho homem, não seria tão sensível sobre o assunto.

Umm Ahmed serviu mais uma rodada de chá para as mulheres.

– Mesmo assim – disse por detrás do vapor. – O que faríamos sem nossas filhas? Fatima e Hannah fazem tudo por mim. Não trocaria elas nem por mil filhos.

– Hmm – disse Fareeda pegando mais um pedaço de chocolate da caixa roxa de chocolates Mackintosh e metendo-o na boca. Ficou feliz por Sarah não estar ali ouvindo aquilo.

– Estou presumindo que Ahmed deu o nome do pai ao bebê – disse Fareeda.

– Sim – Umm Ahmed disse, pousando o bule de chá na mesa de centro e se recostando no assento. – Noah.

– E onde está o pequeno Noah? – uma das mulheres perguntou, investigando a sala com os olhos. – E onde está a esposa de Ahmed?

– Ah, sim – disse Fareeda. – Onde está sua nora?

Umm Ahmed se ajeitou na cadeira.

– Ela está no andar de cima, dormindo.

As mulheres olharam surpresas para ela. Fareeda franziu a testa. Ela viu que Isra estava olhando para Umm Ahmed de olhos arregalados, talvez querendo que ela fosse sua sogra.

– Ora, por favor – Umm Ahmed disse. – Se esqueceram como é passar a noite acordada por causa do bebê? A garota está exausta.

– Eu certamente não me lembro de dormir – disse Fareeda. As mulheres riram, e Umm Ahmed escondeu as mãos entre as coxas.

– Eu só lembro de cozinhar, limpar e arrumar a bagunça dos outros – disse Fareeda. – E Khaled esperando que eu o servisse logo que chegava em casa.

As palavras de Fareeda incendiaram o recinto. As mulheres começaram a conversar entre si, sobre como estavam exaustas, como suas vidas não iam pouco além de andar apressada pela casa que nem baratas.

– Eu com certeza me lembro – Umm Ahmed disse. – Mas as coisas são diferentes agora.

– São? – Fareeda perguntou.

– Se minha nora precisa dormir, por que não? Por que não posso ajudá-la um pouco?

– Ajudá-la? – O olhar de Fareeda se encontrou rapidamente com o de Isra, mas ela logo o virou, na esperança de que ela não quisesse o mesmo dela. – Não era *ela* que deveria estar ajudando *você*?

– A Fareeda está certa – disse uma das mulheres sentadas no sofá oposto. – Qual o sentido de casar os filhos se vamos ficar ajudando as esposas deles? O objetivo é diminuir nosso trabalho, não aumentar.

Umm Ahmed riu em silêncio, puxando a ponta da blusa.

– Garotas, vejam só – disse. – Vocês se lembram como foi vir morar nos Estados Unidos? Viemos sem mãe nem pai. Só maridos e um punhado de filhos. Vocês se lembram como era quando nossos maridos saíam para trabalhar de manhã e nos deixavam sozinhas com as crianças em um lugar onde sequer falávamos a língua? Lembram como aqueles anos foram horríveis?

Fareeda não disse nada. As mulheres bebericaram chá, olhando para Umm Ahmed por cima das xícaras.

– Minha nora está aqui sozinha – Umm Ahmed disse. – Tal como eu estava. O mínimo que eu posso fazer é ajudá-la.

Fareeda preferia que Umm Ahmed não tivesse dito aquilo. A última coisa que queria era que Isra esperasse o mesmo tratamento por parte dela. Era uma das coisas que ela odiava nas mulheres: elas logo se comparam a outras quando é conveniente. E imagine se ela ainda lembrasse Isra de que pelo menos a nora de Umm Ahmed dera a ela um neto homem. Não outra menina. Como se Fareeda precisasse de outra menina. Um borrão de memória lhe veio à cabeça, mas ela reprimiu. Ela odiava pensar naquilo. Odiava pensar neles. Tremendo, desembrulhou mais um chocolate e, com o ruído branco do farfalhar da embalagem, o engoliu.

# · DEYA ·

*Inverno de 2008*

Deya deu o primeiro passo na Rua 14 e foi devorada pelo medo. A cidade era barulhenta, como um guincho, como se todo o barulho do mundo fosse produzido de uma vez só. Táxis que freavam repentinamente, buzinas e pessoas que serpenteavam as calçadas como centenas de bolas de pingue-pongue voando caoticamente pelo ar. Uma coisa era olhar a cidade do banco de trás do carro do avô, e outra completamente diferente era estar ali, paralisada, no coração dela, e sentir o cheiro de cada sopro de lixo ou gordura. É como se alguém a tivesse colocado em um labirinto gigante, só que ela estava travada entre milhares de pessoas que sabiam exatamente onde estavam indo, e se acotovelavam ao seu redor para chegar lá.

Ela leu o endereço novamente, depois mais uma vez. Não tinha ideia de onde ir. Sentiu o suor se acumulando na borda do *hijab*. O que a fizera ir a Manhattan sozinha? A ideia era péssima, e agora ela estava perdida. E se não conseguisse voltar ao ponto de ônibus a tempo? E se seus avós descobrissem o que ela havia feito, que ela havia matado aula e pego o metrô sozinha? Que ela estava na cidade? Seus joelhos estremeceram com a imagem da mão aberta de Khaled contra seu rosto.

Um homem parou ao seu lado com a cabeça baixa, digitando algo no celular. Será que deveria pedir informações a ele? Ela olhou ao seu redor, procurando uma mulher, mas todas passaram zunindo por ela. Ela se forçou a abordá-lo.

– Desculpe, senhor – disse, secando o suor do *hijab*. Ele não levantou a cabeça.

Ela limpou a garganta e disse mais alto.

– Desculpe...

Ele a olhou nos olhos, mas ela sentiu que ele se esforçava conscientemente para que seus olhos não passeassem por sua cabeça.

– Sim?

Ela entregou a ele o cartão.

– O senhor sabe onde fica essa livraria?

O homem leu o cartão e o devolveu a ela.

– Não tenho certeza – disse. – Mas o número 800 da Broadway deve ser naquela direção. – Ele apontou os dedos para uma rua distante, e ela marcou o lugar que seus dedos mostravam.

– Muito obrigada – ela disse, sentindo o calor lhe subir pelas bochechas quando ele continuou a andar, passando ao seu lado.

Ela era patética. Não sabia aonde ir, não conseguia olhar um homem nos olhos sem virar um lápis de cera vermelho claro. Não só não era americana, como também quase não se considerava uma pessoa, tão pequena que se sentia naquele momento. Mas reprimiu o pensamento, guardando-o para pensar depois o quão pequena se sentira nas ruas da cidade.

Começou, então, a caminhar na direção em que o homem havia apontado. A Books and Beans ficava num quarteirão discreto da Broadway. Exceto pela porta e janelas pretas, a livraria inteira era pintada num azul-marroquino e se destacava das outras lojas com fachada de tijolos que a cercavam. Pelo vidro, Deya conseguiu enxergar livros expostos em um espaço pouco iluminado por luminárias sépia. Ela ficou olhando as vitrines pelo que pareceram horas antes de criar coragem e entrar.

Deya entrou na livraria e esperou os olhos se ajustarem ao escuro. Era um único salão, muito mais comprido que largo. Nas paredes, prateleiras pretas com centenas de livros que subiam até o teto. Havia poltronas aveludadas de tufos arranjadas confortavelmente nos cantos do salão, o que suavizava as paredes de tijolos expostos, além de uma caixa registradora que ficava próxima à entrada e era iluminada pelo esmaecido tremulejar de um lampião. Ao lado da caixa registradora, um gato branco e gordo.

Ela desceu o corredor central lentamente. Algumas pessoas flutuavam entre as prateleiras, os rostos escondidos nas sombras. *Ela deve estar aqui em algum lugar*, Deya pensou, passando os dedos pelas lombadas de livros antigos, sentindo o cheiro de papel velho. Maravilhada com a riqueza da seleção, ela se pegou caminhando até uma das poltronas no fundo da loja, querendo desesperadamente se sentar próxima a uma janela e abrir um livro. Mas viu uma sombra próxima a uma pilha de livros desorganizados. Uma pessoa estava olhando para ela. Uma mulher.

Deya a abordou. Quando chegou mais perto, o rosto da mulher emergiu da escuridão. Agora ela tinha certeza: era a mesma mulher que havia deixado o envelope. Ela olhava o *hijab* e o uniforme da escola de Deya, sorrindo. A mulher claramente sabia quem ela era.

Mesmo assim Deya não a reconheceu. Estudou seu rosto de perto, na injustificável esperança de que fosse sua mãe. E era possível. Assim como Isra, seu cabelo tinha um tom de preto bem escuro, e sua pele, moreno claro. Mas o cabelo era ondulado e caía sobre os ombros, as bochechas rechonchudas e bronzeadas, e os lábios vermelho-escuro. O cabelo de Isra era liso e macio, e seus traços menos marcantes. Deya se aproximou. Ela ficou surpresa ao ver que a mulher vestia uma saia curta, as pernas cobertas apenas por uma mera meia-calça, e imaginou como ela seria capaz de andar pela cidade sem se sentir exposta. *Deve ser americana*, Deya pensou.

– Deya – a mulher sussurrou. – É você?

– Nós nos conhecemos?

A mulher olhou triste para ela.

– Você não me reconhece?

Deya chegou ainda mais perto, estudando novamente o seu rosto, agora cautelosamente. Havia algo familiar na forma que seus olhos se abriam, em como eles a olhavam naquela luz fraca. Ela congelou, as peças se encaixando. Claro! Como não a reconhecera antes?

– Sarah?

# · ISRA ·

*Primavera de 1991*

A segunda gravidez de Isra foi uma luta silenciosa. De manhã, enquanto Deya dormia, ela preparava a massa do pão e cozinhava arroz. Cortava tomates e cebolas em cubos, fazia guisados e assava carne. Varria o chão, lavava a louça e abria a janela da cozinha para ventilar a casa depois de terminar. Depois, preparava uma mamadeira com a fórmula em pó, voltava para o porão e acordava a filha com uma canção. A barriga já não a deixava segurar Deya como costumava, então dava a mamadeira com a filha no berço, engolindo uma culpa que crescia cada vez mais enquanto olhava a filha mamar. Isra descia para o porão depois que terminava as tarefas da tarde. Ela se deitava na cama e acariciava a barriga enquanto Deya tomava o leite da mamadeira. Os sons do andar de cima seguiam o ritmo normal. Sarah abrindo a porta da frente com um empurrão ao voltar da escola e arrastando a mochila até o quarto. Fareeda mandando que se juntasse a ela na cozinha. Sarah dizendo "tenho dever de casa para fazer!". Mais de uma vez, Isra havia considerado pedir a Sarah que trouxesse algum livro da escola, mas depois mudava de ideia. Não podia arriscar aborrecer Adam, que vinha trabalhando ainda mais desde o nascimento de Deya. Além do mais, quando ela teria tempo para ler com outro filho a caminho?

Manteve as mãos sobre a barriga e tentou imaginar o bebê crescendo dentro dela: seria menino ou menina? O que aconteceria se ela tivesse outra menina? Na noite anterior, Fareeda dissera que iria para a Palestina para encontrar uma esposa para Omar, e brincou que procuraria uma nova para Adam também se Isra tivesse outra menina. Isra se forçou a rir, sem saber ao certo as intenções reais de Fareeda. Era possível. Ela conhecia mulheres na Palestina cujos maridos haviam se casado com outras mulheres porque elas não tiveram filhos homens. E se Fareeda estivesse falando sério? Ela tentou se desvencilhar do medo, pensando que a ideia era uma tolice. Não deveria importar se fosse uma menina. Até o Corão dizia que as meninas são uma bênção, uma dádiva. Ela vinha recitando um verso em suas orações. *Filhas são um meio para a salvação e um caminho para o paraíso.* Ela passou a ponta dos dedos pela barriga e murmurou o verso novamente.

A oração a enchera de esperança, e ela agora sorria. Precisava de *tawakkul*, submissão à vontade de Deus. Ela precisava confiar no plano que Ele tinha para ela. Precisava ter fé em seu *naseeb*. Tentou se lembrar de como se sentira abençoada quando Deya nasceu. E se Alá a tivesse engravidado de novo tão rapidamente para que pudesse ter um filho? Talvez tendo um filho homem, Adam a amasse. Ela fechou os olhos e fez outra oração, pedindo a Deus para que fizesse o amor brotar no coração de Adam. Ela não havia conseguido conquistar o seu amor, apesar de todos os seus esforços. Aprendera a reconhecer padrões em seu comportamento e antecipar quando haveria uma mudança de temperamento, para agradá-lo melhor. Na maioria dos dias, por exemplo, seu humor era instável, particularmente quando Fareeda pedia algo novo a ele, como para pagar mais um semestre da faculdade de Ali, ou quando Khaled pedira para ele trabalhar mais horas na deli. Para compensar, Isra se ajustava à situação: colocava sua melhor camisola, fazia seu prato no jantar da forma que ele gostava, lembrando de não reclamar de nada para não provocá-lo. Certas noites, quando chegava em casa feliz, sorria quando a cumprimentava na cozinha, às vezes até a puxando para abraçá-la e roçando sua barba grossa em sua pele. Por conta desse pequeno gesto, ela sabia que ele estava de bom humor e que, depois do jantar, rolaria para cima dela, levantaria sua camisola e, com a respiração ofegante contra seu ouvido, se apertaria contra ela. No escuro, ela fechava os olhos e esperava sua respiração ofegante voltar ao normal, sem saber se ficava feliz ou triste por Adam ter chegado em casa de bom humor. Sem saber se preferia que chegasse irritado.

– Por que está tão quieta? – Adam disse um dia quando chegou do trabalho, tomando ruidosamente sua sopa de *freekeh* que ela havia passado o dia preparando. – Me casei com uma estátua?

Isra levantou os olhos da tigela que havia colocado à sua frente sobre a mesa porque Adam dissera que não gostava de comer sozinho. Sentiu o rosto queimando de surpresa e vergonha. O que Adam esperava que ela dissesse? Ela não fazia nada além de cozinhar e limpar a casa o dia todo, sob a tutela de Fareeda, sem nenhum momento para descansar. Ela não tinha nada de interessante para falar, ao contrário de Adam, que saía para trabalhar todo dia de manhã e passava a maior parte do dia na cidade. Não deveria ser ele a iniciar uma conversa? Além do mais, ele dissera a ela que gostava de mulheres de poucas palavras.

– Eu até sabia que você não falava muito quando nos casamos – disse Adam, colocando uma colher de sopa na boca. – Mas um ano com minha mãe deveria ter te soltado um pouco.

Ele levantou os olhos da sopa, e Isra notou que seus olhos estavam molhados e vermelhos. Ela se perguntou se estaria doente.

– Ela é uma mulher e tanto, a minha mãe – disse Adam. – Tenho certeza que não se compara a qualquer mulher da sua vila.

Isra estudou seu rosto. Por que seus olhos estavam tão vermelhos? Ela nunca o vira assim antes.

– Não, ninguém se compara a Fareeda – murmurou para si mesmo. – Ela é única, como o nome sugere. Mas ela conquistou esse direito, sabe, depois de tudo que passou. – Ele colocou ambos os cotovelos sobre a mesa da cozinha. – Você sabe que a família dela foi levada para o campo de refugiados quando ela tinha apenas seis anos? Provavelmente, não. Ela não gosta de falar sobre o assunto. Mas ela teve uma vida difícil, a minha mãe. Ela se casou com meu pai e nos criou naquele campo de refugiados, arregaçou as mangas e aguentou.

Os olhos de Isra encontraram rapidamente os de Adam, mas ela logo desviou o olhar. Ela poderia até tentar ser como Fareeda, mas não conseguiria. Ela não era forte o suficiente.

– Falando da minha mãe – disse, limpando a boca com as costas da mão –, o que vocês têm feito ultimamente?

– Às vezes, nós visitamos as vizinhas quando terminamos as tarefas – disse Isra.

– Entendi, entendi.

Ela o observou enfiando comida na boca. Não sabia como interpretar seu comportamento, mas achou que talvez tivesse feito algo errado. Ela engoliu seco.

– Você está chateado comigo?

Ele bebeu um gole de água e olhou para ela.

– Por que eu estaria chateado com você?

– Porque eu tive uma filha. Ou talvez porque estou grávida de novo. Não sei. – Ela olhou para baixo, focando nos próprios dedos. – Fico com a sensação de que você está me evitando. Você não vem mais para casa.

– Você acha que eu não quero vir para casa? – disse, balançando as mãos. – Quem vai botar comida na sua mesa? E comprar fralda, e leite para o bebê, e remédios? Você acha que morar neste país é barato?

– Desculpe. Não foi isso que eu quis dizer.

– Estou fazendo o máximo para sustentar essa família! O que mais você quer de mim?

Isra considerou dizer a ele que queria o seu amor. Que queria vê-lo mais e conhecê-lo, sentir que não estava criando os filhos sozinha. Mas e se ele não entendesse, como ela poderia explicar? Ela não conseguiria. Afinal, ela era mulher. Não era para expressar sentimentos, pedir tempo ao marido, amor. Ademais, toda vez que ela o fazia, ele desdenhava.

Em vez disso, Isra se forçou a pedir algo em que vinha pensando há um tempo, mas que tinha medo de perguntar:

– Eu achei que talvez você pudesse me ensinar a andar pela Quinta Avenida. Às vezes, eu quero levar a Deya para passear no carrinho, mas tenho medo de me perder.

Adam abaixou o garfo e olhou para ela.

– Ir até a Quinta Avenida sozinha? Com certeza, não.

Isra ficou olhando para ele.

– Se você quiser dar uma volta pelo quarteirão, tudo bem. Mas não tem motivo nenhum para você ir sozinha à Quinta Avenida. Uma menina jovem que nem você por aí nas ruas? Alguém pode se aproveitar de você. Há muita gente corrompida neste país. Além do mais, nós temos uma certa reputação aqui. O que os árabes vão dizer se virem minha jovem esposa andando sozinha pelas ruas? Se você precisar de alguma coisa, meus pais conseguem para você. – Ele empurrou a cadeira para trás e se levantou da mesa. – *Fahmeh*? Entendido?

Ela não conseguia parar de olhar para os seus olhos. Estavam muito vermelhos. Por um momento, ela achou que talvez ele tivesse bebido, mas logo descartou a ideia. Beber era proibido pelo Islã, e Adam nunca cometeria esse pecado. Não, não. Ele estava trabalhando demais, era só isso. Ele devia estar ficando doente.

– Entendido? – disse novamente, mais devagar.

– Sim – ela sussurrou.

– Que bom.

Isra ficou olhando para o prato vazio. Ela lembrou dos sonhos bobos que tivera antes de vir para os Estados Unidos, achando que poderia ser livre. Ela teve um ímpeto já conhecido de quebrar um dos pratos na mesa, mas, em vez disso, fincou as unhas nas coxas e apertou. Ela respirou e respirou até que aquela conhecida sensação de rebeldia se dissipou. Ela só tinha dezenove anos, pensou. Adam devia estar preocupado com sua segurança. Com certeza ele daria mais liberdade a ela quando ficasse mais velha. Isra teve um novo senso de esperança: talvez ele a superprotegesse por amor. Isra não sabia se essa era uma das coisas que o amor fazia, possuir alguém. Mas a possibilidade fez uma sensação de conforto surgir dentro de si. Colocou as mãos sobre a barriga e se permitiu sorrir, um raro momento de paz.

# · DEYA ·

*Inverno de 2008*

Deya estava certa de que estava sonhando. Estava ali, no centro da livraria, olhando para Sarah, chocada. Ela tinha tanto o que dizer, e abriu a boca procurando as palavras certas, mas nenhuma saiu.

– Vamos sentar – disse Sarah fazendo um gesto com a mão. Sua voz era forte, declamatória.

Deya foi atrás dela, hipnotizada. Olhava os livros, centenas deles, indo até o teto, cobrindo a maior parte das paredes de tijolos. No fundo do recinto, havia um café com algumas mesas de centro, ao redor das quais algumas pessoas estavam sentadas com livros e xícaras de café nas mãos. Ela seguiu Sarah até o canto, onde se sentaram uma defronte à outra em um par de cadeiras próximas a uma janela. O cheiro do café e o sol de inverno que entrava criavam uma aura de afetuosidade entre elas.

– Desculpe não poder contar quem eu era pelo telefone – Sarah começou. – Eu estava com medo de você contar aos meus pais que eu tinha ligado.

– Eu estou confusa – Deya disse, levantando-se. – Achei que estava na Palestina. Quando você voltou? Por que *teta* e *seedo* não sabem que você está aqui?

– É uma longa história – disse Sarah com uma voz suave. – É parte do porquê eu entrei em contato com você.

Deya franziu a testa.

– Qual a outra parte?

– Eu sei que eles querem que você se case logo. E eu queria dizer a você que você tem escolha.

– Escolha? – Deya sentiu vontade de rir. – É piada?

Sara deu um pequeno sorriso.

– Não, Deya. Pelo contrário.

Deya abriu a boca, mas, num primeiro momento, nada saiu. Então, disse:

– Mas por que voltar para Nova Yorque? Por que agora? Eu não entendo.

– Eu já quero falar com você há anos, mas tive que esperar até que você tivesse idade suficiente para entender. Quando ouvi dizer que você estava se encontrando com pretendentes, fiquei com medo de se casar e eu não conseguir conversar com você. Mas agora que está aqui, não sei por onde começar.

– É sobre os meus pais?

Após um instante, Sarah olhou pela janela e disse.

– É, sobre eles. E sobre muitas outras coisas também.

Deya estudou a expressão de Sarah. Percebeu em seus olhos e no modo como mirava a janela, que havia algo ali guardado.

– Por que eu deveria confiar em você?

– Não tenho motivo algum para mentir para você – Sarah disse. – Mas você não precisa acreditar em mim. Só estou pedindo que ouça o que eu tenho a dizer, e depois você decide por si mesma o que fazer.

– Eu não confio em ninguém.

Sarah sorriu e se recostou na cadeira.

– Há relativamente pouco tempo, eu era que nem você – disse. – Eu lembro como era morar naquela casa. Como esquecer? Entendo o que você está passando, e quero ajudá-la a tomar a melhor decisão, ou pelo menos te dizer que você tem opções.

– Você está falando do casamento?

Sarah fez que sim com a cabeça.

– Você acha que eu tenho escolha? Eu não tenho! Você, mais que qualquer pessoa, deveria saber.

– Eu sei. É por isso que eu precisava te ver.

– Não sei como você poderia me ajudar – disse Deya. – Se pudesse, você teria ajudado a si mesma.

– Mas eu me ajudei.

– Como?

Sarah falou devagar, com um meio sorriso nos lábios.

– Eu não estava na Palestina todo esse tempo, ou em nenhum momento, na verdade. Eu nunca cheguei a me casar.

## · FAREEDA ·

*Verão de 1991*

Fareeda e Khaled haviam decidido levar Omar para a Palestina para procurar uma noiva naquele verão. Não faltavam garotas muçulmanas palestinas no Brooklyn, mas Fareeda se recusava a casar o filho com qualquer uma delas. Não, não, não. Todo mundo sabia que meninas criadas nos Estados Unidos flagrantemente renegavam suas raízes árabes. Algumas andavam pela cidade com roupas justas e o rosto coberto de maquiagem. Algumas namoravam sem os pais saberem. Algumas não eram nem mais virgens! Fareeda estremecia só de pensar. Não que Omar ainda fosse virgem necessariamente. Mas, para os homens, era diferente, claro. Não dava para provar se era virgem ou não. Não há a reputação de ninguém em jogo. Ela lembrou do que a mãe dizia: "O homem sai de casa homem e volta homem para casa. Ninguém tira nada dele". Mas a mulher é frágil. Era por isso que Fareeda não suportava a ideia de criar mais mulheres naquele país. Já não era suficiente se preocupar com Sarah? E agora com Deya? Ela rezou para que o bebê de Isra não fosse outra menina.

Fareeda tinha essa esperança quando embarcou no avião, caminhando apreensivamente entre Omar e Khaled. Ela não conseguia acreditar que já estava nos Estados Unidos há quinze anos. Quando chegaram a Nova York pela primeira vez, Khaled prometera que a situação era temporária, que quando tivessem dinheiro suficiente, pegariam os filhos e voltariam para a Terra Santa. Mas com o passar dos anos, Fareeda entendeu que esse dia nunca chegaria. Ela fez o que pôde para aplacar essa verdade.

Certificou-se de que os filhos falariam árabe, que Sarah teria uma criação conservadora e que seus filhos, que estavam ficando americanizados, fariam o que era esperado de homens palestinos: casariam-se com garotas palestinas e passariam suas tradições para os filhos. Se não preservasse sua cultura e identidade, ela as perderia. Sentia isso dentro de si.

Era o que mais temia ultimamente, especialmente quando via Omar e Ali andando livremente por aí. As coisas eram assim mesmo, Fareeda pensou, estudando o skyline de Manhattan enquanto o avião ascendia e ela apertava a mão de Khaled. Não havia nada que pudesse fazer, só casar Omar antes que fosse tarde demais.

Dois meses depois, voltaram para Nova York com Nadine.

– Parabéns – Isra murmurou cumprimentando-os na porta de casa, olhando primeiro para o rosto de Nadine e depois para o chão.

Fareeda percebeu que o sorriso deslumbrante e os olhos azul-claros de Nadine intimidavam Isra. Ela já esperava. Na verdade, estava nos planos. Não para magoar Isra, mas para mostrar o que era feminilidade de verdade. Logo que chegou à Palestina, Fareeda deixou claro para todas as mães que não procurava outra Isra. Na última vez, ela procurara uma mulher reservada e modesta que soubesse cozinhar e limpar, buscando o oposto das mulheres insolentes com as quais havia se acostumado nos Estados Unidos. Dessa vez, buscava uma garota espirituosa. Precisavam de um pouco de ânimo naquela casa, pensou Fareeda olhando o sorriso contido de Isra. Talvez a presença de Nadine a forçasse a crescer e agir como mulher.

– Seja firme – Fareeda disse a Omar aquela noite com Nadine no andar de cima, ainda se aclimatando.

Ela sussurrara as mesmas palavras no dia em que o casal assinara o contrato nupcial na sala de Nadine e, mais uma vez, na cerimônia de casamento, mas não custava lembrar. Omar era praticamente americano, olhando para ela com seus olhos grandes e apalermados, ignorante de como o mundo funciona, atitude típica dos homens daquela época. Afinal, quando ela se casou com Khaled, ele a estapeava toda vez que ela tirava os olhos do chão, tapa após tapa, até ficar silenciosa como um rato. Lembrava do começo do casamento, anos antes de irem para os Estados Unidos, quando tinha medo do seu mau humor, e dos tapas e chutes que lhe dava se ousasse responder. Ela se lembrava de que ele voltava para o abrigo toda noite depois de arar a terra, com raiva da qualidade de vida que tinham – a dureza do colchão, a escassez de alimentos, a dor que sentia nos ossos – e descontava essa raiva nela e nas crianças. De vez em quando, batia neles ao menor sinal de confronto, mas, outras vezes, não dizia nada e ficava só rangendo os dentes com uma fúria que fervia em seus olhos.

– Esqueça toda essa bobagem americana de amor e respeito – Fareeda agora dizia a Omar, virando-se para certificar-se que Isra estava colocando a mesa. – Você precisa garantir a sobrevivência da nossa cultura, e isso significa ensinar a mulher o lugar dela.

Jantaram juntos pela primeira vez em meses, os homens em uma extremidade da mesa, e as mulheres em outra. Fareeda não se lembrava da última vez em que os filhos todos haviam se sentado juntos. Observou enquanto Isra colocava arroz na tigela de Adam e Nadine entregava um copo de água a Omar. Como devia ser! Agora só faltava casar Ali e Sarah. Ela olhou para a filha, que sentava-se desleixadamente com toda aquela falta de graça da adolescência. Logo aquele fardo não estaria mais sobre os ombros de Fareeda. Ela estava cansada e – apesar de nunca admitir – aguardava ansiosamente o dia em que poderia parar de se preocupar com a família.

Os homens conversavam entre si – algo a respeito de abrirem outra loja de conveniência para Omar, que precisava de uma renda estável. Fareeda olhou para eles.

– Talvez Adam pudesse abrir a loja – disse. – Ajude o seu irmão.

Ela viu o rosto de Adam se enrubescer.

– Eu adoraria ajudar – disse, baixando a colher. – Mas eu quase não tenho tempo para administrar a loja do pai. Entre pagar as contas e cuidar da família... – Ele parou e olhou para Isra. – Eu nunca vejo minha própria família. Estou sempre trabalhando.

– Eu sei, filho – disse Khaled, colocando a mão sobre o ombro de Adam. – Você faz tanto por nós.

– Mesmo assim – disse Fareeda, pegando mais um pedaço de pão – seu pai está ficando velho. É seu dever ajudar.

– Estou ajudando – disse Adam, com a voz subitamente fria. – Onde vou arrumar tempo para abrir mais uma loja? E o Omar? Por que ele não pode assumir alguma responsabilidade?

– De onde vem toda essa animosidade? – Fareeda contraiu os lábios, passando os dedos gordurosos pela mesa. – Qual o problema de ajudar a família? Você é o filho mais velho. É sua responsabilidade. – Ela mordeu uma abobrinha recheada. – Seu dever.

– Eu entendo, mãe – disse Adam. – Mas e o Omar e o Ali? Por que eu tenho que fazer tudo?

– Isso não é verdade – disse Fareeda. – Seus irmãos fazem o que podem.

– Omar fica pouquíssimas horas na deli, e Ali passa o dia, de acordo com ele, "estudando", enquanto eu cuido sozinho da loja. Você precisa dar algumas responsabilidades aos meus irmãos também. Você está deixando eles mimados.

– Ele está certo – disse Khaled, pegando uma coxa de frango. – Você está deixando eles mimados.

Fareeda se empertigou.

– Então agora a culpa é minha? Claro, coloquem a culpa na mulher! – Seus olhos se viraram para Khaled. – Não vamos esquecer quem realmente é a espinha dorsal dessa família.

Khaled fuzilou-a com um olhar severo.

– O que você está dizendo, mulher?

Ela viu que, do outro lado da mesa, Nadine a observava, então absteve-se de dizer o que diria normalmente, ou seja, lembrar Khaled de tudo o que fizera pela família.

Apesar de já terem se passado trinta anos desde o casamento de Khaled e Fareeda, ela ainda tinha mágoa daqueles primeiros anos: ele a havia magoado e decepcionado de muitas formas diferentes com os seus desproporcionais e repetidos surtos de fúria, com sua violência. Ela era jovem, tinha menos da metade de sua idade, e, no começo do casamento, sempre lembrava a si mesma que seu papel ali era subalterno, submetendo-se ao seu temperamento por medo de apanhar. Mas, independentemente do quão pacata fosse, do quanto tentasse agradar, muitas noites terminavam em surra. Claro, seu pai batia nela quando era criança, mas não era nada igual: as surras de Khaled deixavam seu rosto roxo, suas costelas doloridas ao ponto em que doía para respirar. Certa vez, ele torcera um de seus braços, e não conseguiu carregar água durante semanas. Até que uma noite um vizinho contou-lhe que Khaled era alcoólatra, que comprava um litro de uísque todo dia de manhã no *dukan* da esquina, e que vinha bebendo a garrafa até chegar em casa. Cada litro custava quinze dinares, quase tudo o que Khaled ganhava durante o dia. Algo dentro de Fareeda estourou. Um litro de uísque por dia! Quinze dinares! E depois de tudo que ela fizera por ele, lutando para alimentar as crianças no campo de refugiados, trabalhando que nem uma escrava no campo, tendo seus filhos e até... Ela parou, tremendo com a lembrança. Não. Não dava mais.

– Não vou deixar você gastar nosso suado dinheiro em *sharaab* – Fareeda dissera uma noite a Khaled, os olhos tão esbugalhados que devia parecer possuída. Ele não olhava para ela, mas ela não desviava o olhar. – Já aguentei muita coisa por você – sua voz estremeceu –, mas isso eu não vou aguentar. De agora em diante, eu quero saber o que você faz com o seu dinheiro.

Khaled deu um tapa nela imediatamente.

– Quem você pensa que é para falar assim comigo?

Fareeda o encarou.

– É por minha causa que essa família tem comida para pôr na mesa. – Sua voz estava surpreendentemente clara. Ela nem a reconhecia como sua.

Outro tapa.

– Cala a boca, mulher!

– Só vou calar a boca se você parar de beber – disse, inflexível. – Se não parar, vou contar a verdade para as crianças! Vou dizer que quase não temos o que comer porque o pai delas é um alcoólatra. Vou contar para todo mundo! Isso vai acabar com a sua reputação, e seus filhos nunca mais vão respeitá-lo.

Khaled cambaleou para trás, a cabeça pesada de uísque e os joelhos incapazes de segurá-lo. Ele levantou a cabeça e expirou, estremecendo o corpo. Quando abriu a boca de novo para falar, nada saiu. Não fosse por seu orgulho, Fareeda tinha certeza de que teria chorado. Daquele dia em diante, Khaled passou a trazer o que ganhava para ela. Algo essencial na relação entre dois havia mudado.

– Ah, pelo amor de Deus! – Fareeda disse agora, sem olhar Khaled nos olhos. – Não vamos falar disso na frente da nossa nova nora.

Ela comeu um pedaço de uma coxa de frango e se virou para Adam.

– Escute, filho, é você que vem administrando tudo esses anos. Seus irmãos não entendem nada de negócios. Em poucos meses, a loja já estará funcionando bem, e aí o Omar pode assumir.

Adam suspirou. Ele olhou para Omar que estava em silêncio do lado oposto da mesa com os olhos fixos no prato. Um momento se passou, e Omar levantou os olhos e viu que Adam ainda estava olhando para ele.

– Obrigado, irmão – disse, ruborizado.

Fareeda serviu Omar novamente.

– Somos da mesma família – disse. – Não precisa agradecer seu irmão. Afinal, se todo mundo aqui fosse agradecer por toda e qualquer coisa, não faríamos nada, não é?

Ela, então, serviu uma colherada de arroz a Ali.

– Come, filho. Olha como você está ficando magro. – Fareeda virou-se para Nadine, que estava sentada com as mãos sobre as pernas. – Você também, querida. Vamos lá. – Nadine sorriu e pegou sua colher.

Fareeda sabia que Isra olhava para ela.

– Você precisa comer também, Isra. Quase não engordou nessa gravidez.

Isra fez que "sim" com a cabeça e serviu-se de mais comida. Apesar de Fareeda não ter mencionado, estava preocupada com o sexo do bebê. Por que Isra não pedira um ultrassom ao médico enquanto ela estava fora? *Porque era burra*, Fareeda pensou, colocando outra colherada de arroz em seu prato. Mas ela precisava parar de se preocupar e aproveitar aquele momento com os filhos. Isso, ela deveria desfrutá-lo. Era um lembrete do quanto ela havia avançado desde aquele dia. Quanto tempo fazia, trinta anos? Mais? Ela havia tentado tanto esquecer. Durante muito tempo, Fareeda achava que estava amaldiçoada, assombrada por um *jinn*. Mas aí nasceu Adam e depois Omar e Ali, e essas memórias começaram a se dissipar, parte por parte, até quase sumirem. Como um pesadelo. Mas aí nasceu Sarah – uma menina – e as lembranças que Fareeda achava ter enterrado tomaram vida novamente. Como ela odiava olhar para Sarah, e como odiava lembrar-se de tudo. Achava que as lembranças iriam se dissipar quando Sarah ficasse mais velha. Mas não. E agora, havia Deya também.

*Por favor, meu Deus*, Fareeda pensou olhando para a barriga de Isra, *que não seja outra menina*.

# · ISRA ·

*Inverno de 1991*

Era menina.
A sala de parto estava em silêncio, Isra deixada sob o fino lençol do hospital, nua e com frio, olhando o céu da meia-noite pela janela. Ela queria companhia, mas Adam dissera que precisava voltar para o trabalho. Esperava que os filhos fossem aproximá-lo, mas não. Na verdade, parecia que cada gravidez o distanciava cada vez mais, como se, com o crescimento de sua barriga, também crescesse o espaço entre eles.
    Começou a chorar. O que a teria feito chorar? Ela não sabia ao certo. Seria por ter decepcionado Adam mais uma vez? Ou porque ela não estava feliz por ver sua filha recém-nascida? Ela ainda chorava quando Adam veio visitá-la na manhã seguinte.
    – O que houve? – ele perguntou, assustado.
    – Nada – disse Isra. Ela sentou-se e secou o rosto.
    – Então por que está chorando? Minha mãe disse algo que a aborreceu?
    – Não.
    – Então o que foi?
    Ele olhou rapidamente para o berço antes de caminhar até a janela. Era a imaginação de Isra ou os olhos de Adam estavam ficando mais vermelhos com os anos? A ideia de que ele pudesse estar bebendo *sharaab* passou pela sua cabeça mais uma vez, mas ela descartou a possibilidade. Adam não faria isso. Ele já quis ser sacerdote, já havia decorado o Corão

inteiro. Ele nunca cometeria *haraam*[6]. Ele devia estar cansado ou doente, ou talvez ela tivesse feito alguma coisa.

– Acho que você pode estar chateado comigo – disse Isra com uma voz suave. – Por ter tido outra menina.

Ele suspirou, irritado.

– Não estou chateado.

– Mas você não parece feliz.

– Feliz? – Ele a encarou. – Por que eu estaria feliz? – Isra se enrijeceu. – Eu só trabalho o dia inteiro que nem um burro de carga! "Faz isso, Adam! Faz aquilo, Adam! Mais dinheiro! Precisamos de um neto!" Eu faço de tudo para agradar meus pais, mas, não importa o que eu faça, eu sempre fico devendo. E agora eu dei mais um motivo para eles reclamarem.

– Desculpe – disse Isra, os olhos rasos d'água. – Não é culpa sua. Você é um bom filho... um bom pai.

Ele não sorriu, mas, quando se virou para sair, disse:

– Às vezes, eu invejo você por ter deixado sua família. Pelo menos você teve a chance de recomeçar. Sabe o que eu daria por uma oportunidade assim?

Isra queria ficar nervosa com ele por não enxergar que ela havia aberto mão de muita coisa, mas se forçou a sentir pena. Ele só estava fazendo o que esperavam dele. Como ela poderia culpá-lo por querer as mesmas coisas que ela: amor, aceitação, aprovação? Esse seu lado até fazia Isra querer agradá-lo mais, mostrar a ele que era com ela que ele podia encontrar esse amor.

Isra tateou procurando o berço ao lado da cama, pegou a filha e a colocou-a sobre o peito. Decidiu chamá-la de Nora, *luz*, novamente, desesperada por uma fagulha qualquer ao fim do túnel que pudesse estimulá-la a seguir em frente.

\* \* \*

Quando Isra voltou para casa, ela só ouvia Fareeda dizer a palavra *balwa* repetidamente ao telefone, falando com sua amiga Umm Ahmed, com Nadine, com as vizinhas, com Khaled e, pior, com Adam.

Isra tinha a esperança de que *mama* não chamaria sua filha de *balwa*. Ela havia colocado uma carta no correio informando *mama* do nascimento de Nora. A carta era curta. Isra não via a mãe havia dois anos. Mama era

---

6 *Haraam* é um termo para definir tudo aquilo proibido pela fé, pecado. [N.E.]

uma estranha agora. Isra ligava eventualmente, como, por exemplo, depois do Ramadã, para desejar *Eid Mubarak* a ela, as conversas pomposas e formais, mas Fareeda dizia que telefonemas para Ramallah eram muito caros, e incentivava Isra a mandar cartas. Ela não conseguia escrever para *mama*. Primeiro, por raiva, por *mama* tê-la abandonado, e agora simplesmente não tinha muito a contar.

Depois do nascimento de Nora, Isra se ocupou das tarefas da casa. Acordava com o sol, de manhã, despachando Adam para o trabalho com um café da manhã leve, tupperwares de arroz e carne para o almoço, e uma xícara quente de chá de hortelã. Aí as filhas acordavam. Deya primeiro, depois vinham os choramingos de Nora, e Isra dava café da manhã às duas. Deya já tinha um ano, Nora, duas semanas, e ambas tomavam mamadeira. Uma onda de culpa emergia-lhe no peito toda vez que misturava a fórmula na água, com vergonha de não as estar amamentando. Mas Adam precisava de um filho, insistia Fareeda, e Isra obedecia, na esperança de que isso o deixaria feliz.

Mas, por dentro, escondido, havia um medo: Isra não sabia se aguentava um terceiro filho. Agora, com dois, começava a entender que não era particularmente maternal. Ficara assoberbada demais pela novidade para se dar conta disso quando teve Deya, otimista demais em relação ao que a maternidade poderia trazer. Mas tão logo Nora nasceu, Isra sentiu seu espírito mudar. Não lembrava da última vez em que embalara o sono das filhas com alegria, e não somente por obrigação. Suas emoções flutuavam constantemente: raiva, rancor, vergonha, desespero. Tentava justificar suas frustrações dizendo a si mesma que ter filhos era cansativo mesmo. Que se soubesse que ter um segundo filho seria tão limitante, não teria se apressado para engravidar de novo (como se ela tivesse escolha, pensou, para depois descartar o pensamento). À noite, quando cantava para Deya e Nora dormirem, um sentimento sombrio e urgente a oprimia. Ela queria gritar.

Que opções tinha agora? O que poderia fazer para mudar o seu destino? Nada! Só podia tentar tirar o máximo da situação. Não era como se pudesse voltar atrás. Não podia voltar para a Palestina, retroceder alguns capítulos na história da sua vida e mudar as coisas. E que pensamento bobo... Mesmo que pudesse voltar, não havia nada para o que voltar. Agora ela estava nos Estados Unidos. Casada. Mãe. Ela só precisava melhorar. Ela fizera tudo o que seus pais queriam, então certamente as coisas iam melhorar. Afinal, eles sabiam como a vida seria. Ela só precisava confiar neles. Como dizia o Corão, ela precisava ter mais fé.

Talvez, com o tempo, ela viesse a se tornar uma mãe melhor. Talvez a maternidade fosse algo que se desenvolve com o tempo na pessoa, como um gosto adquirido. Mesmo assim, Isra se perguntava se suas filhas sentiam seu fracasso enquanto a encaravam com seus olhos cor de café. Ela se perguntava se as teria traído.

## · DEYA ·

*Inverno de 2008*

Deya se ajeitou no assento e olhou para a tia.

– Você nunca se casou?

– Não.

– E nunca foi à Palestina?

Sarah balançou a cabeça.

– Mas por que *teta* mentiria sobre isso?

Sarah desviou o olhar pela primeira vez desde que haviam se sentado.

– Acho que ela estava tentando esconder a vergonha do que fiz – disse.

– E o que você fez?

– Eu fugi de casa antes que minha mãe me casasse com alguém. Por isso que nunca fui visitá-los todos esses anos. E é por isso que estou conversando com você em segredo.

Deya ficou olhando para ela, incrédula.

– Você fugiu da casa da *teta*? Como?

– Esperei até o último dia do Ensino Médio e fui embora. Subi no ônibus da escola e nunca voltei. Eu vivo sozinha desde então.

– Mas você era tão jovem! Eu mal consegui vir à cidade sem ter um ataque de pânico. Como conseguiu?

– Não foi fácil – disse Sarah. – Mas eu consegui. Morei com uma amiga durante o primeiro ano todo até ter o suficiente para morar sozinha. Aí aluguei um apartamento pequeno em Staten Island. Tive dois empregos para conseguir pagar a minha faculdade e mudei meu sobrenome para não me encontrarem.

— Mas e se tivessem te encontrado? — disse Deya. — Você não tem medo do que eles fariam?

— Eu tinha — disse Sarah. — Mas eu tinha medo de outras coisas também. O medo tem um jeito de relativizar as coisas.

Deya se ajeitou na cadeira, tentando assimilar a imagem da tia fugindo da casa de Fareeda aos dezoito anos, sua idade. Aquilo era impensável. Ela nunca poderia fugir de casa. Não importa o quanto temesse a vida na casa de Fareeda, o mundo real era muito mais assustador.

— Não entendi — disse Deya. — É por isso que você entrou em contato comigo? Para me ajudar a fugir?

— Não! É a última coisa que quero que você faça.

— Por quê?

— Porque fugir foi muito difícil — Sarah disse. — Perdi todo mundo que eu amava.

— Então por que estou aqui? — Deya perguntou.

Houve um momento de silêncio, e Sarah olhou para o balcão do café. Ela se levantou.

— Deixa eu pegar uma coisa para nós bebermos. — Voltou com dois cafés com leite poucos minutos depois e entregou um para Deya. — Cuidado — disse após sentar-se novamente em sua cadeira. — Está quente.

Deya colocou a caneca sobre a mesa.

— Por que eu estou aqui?

Sarah contraiu os lábios e soprou o café.

— Já disse — respondeu antes de tomar um gole. — Quero te ajudar a tomar a melhor decisão.

— Sobre o casamento?

— E outras coisas também. Quero te ajudar a defender a sua vontade.

Deya suspirou e trouxe as mãos ao rosto, apertando as têmporas por sobre o *hijab*.

— Eu já tentei confrontar *teta*. Já disse a ela que não quero me casar agora. Que quero ir para a faculdade. Mas ela não escuta. Você sabe disso.

— Então é isso? Você vai desistir?

— O que mais posso fazer?

— Desafiá-la — disse Sarah. — Se inscreva na faculdade de qualquer forma. Recuse os pretendentes que ela arranjar para você. Continue tentando mudá-la.

Deya balançou a cabeça.

– É impossível.

– Por quê? – Do que você tem medo?

– Nada... Não sei...

– Não sei se isso é verdade – disse Sarah colocando a caneca sobre a mesa. – Acho que você sabe exatamente do que tem medo. Por que não me diz o que é?

Deya começou a reclamar, mas interrompeu-se.

– Não é nada.

– Sei que você está só querendo se proteger, mas você pode confiar em mim.

Era aflitivo que Sarah conseguisse compreendê-la de forma tão clara. Ela balançou a cabeça.

– Não é errado eu me proteger.

– Talvez, não. Mas fingir que não há nada de errado não é o mesmo que se proteger. Na verdade, é muito mais perigoso viver fingindo ser alguém que você não é.

Deya deu de ombros.

– Pode acreditar, eu sei como você se sente. Eu já estive na mesma posição que você. Você não precisa fingir aqui comigo.

– Bom, eu venho fingindo a vida toda – disse Deya. – Não é fácil simplesmente parar de uma hora para a outra. Sabe, eu sou uma contadora de histórias.

– Contadora de histórias?

Deya fez que sim com a cabeça.

– Mas você não acha que nós devemos usar as histórias para contar a verdade?

– Não, acho que precisamos das histórias para nos protegermos.

– É assim que você quer viver sua vida? Fingindo?

– O que mais eu posso fazer? – Deya começou a sentir as mãos suando. – Qual o sentido de falar o que penso, de pedir o que quero, se isso só vai me causar problemas? Falar não vai me levar a lugar algum. É melhor continuar fingindo que está tudo bem e fazer o que me mandam fazer.

– Ah, Deya, isso não é verdade – disse Sarah. – Me deixa te ajudar. Ser sua amiga. Eu fui criada naquela mesma casa, com as mesmas pessoas. Se tem alguém que te entende, sou eu. Só estou pedindo para você me dar uma chance. O que você vai fazer, é com você. Só quero que você entenda as opções que tem.

Deya considerou.

– Você vai ser sincera comigo?

– Sim – disse Deya, sem muita convicção. – E os meus pais? Você vai me contar a verdade sobre o acidente de carro?

Sarah parou por um instante.

– Como assim?

– O acidente de carro que os matou. Sei que tem mais coisa aí.

Outro instante. Pela primeira vez, Deya viu algum sinal de nervosismo no rosto de Sarah.

– O que você sabe sobre seus pais? Sobre Isra?

– Não muito – disse Deya. – Teta se recusa a falar sobre eles a maioria das vezes, mas na semana passada ela me mostrou uma carta que minha mãe escreveu antes de morrer.

– Que carta?

– Era para a mãe dela. Teta a encontrou em um de seus livros depois que ela morreu.

– O que dizia?

Deya soltou o *hijab*, sentindo calor.

– Escreveu que estava triste. Que queria morrer. Parecia deprimida ou até... – ela se freou.

– Ou até o quê?

– Suicidar-se. Parecia que ela queria se matar.

– Se matar?

Ficaram um instante em silêncio, e Deya notou que Sarah parecia considerar a possibilidade.

– Tem certeza?

– O tom era esse. Mas *teta* disse que não.

Sarah ficou olhando para ela.

– Mas por que minha mãe mostraria essa carta a você depois de todos esses anos?

– Ela disse que me faria bem enterrar o passado e seguir em frente.

– Isso não faz sentido. Como ler isso a ajudaria a seguir em frente?

Deya mordeu o lábio. Por que se restringir? Só por estar ali, ela já havia desobedecido os avós. Ela não tinha nada a perder. Talvez Sarah até pudesse ajudá-la.

– Porque eu tenho poucas memórias – disse, por fim.

– Memórias? Como assim?

– Teta sabe que eu tenho medo de me casar porque sei como as coisas eram ruins entre os meus pais. Ela achou que lendo a carta eu poderia entender que havia algo de errado com minha mãe. Ela disse que minha mãe estava possuída.

Sarah a encarou.

– Mas não tinha nada de errado com Isra.

– Tinha, sim. Eu lembro, ok? E como você poderia saber? Você fugiu. Você nem estava lá.

– Eu conhecia bem a sua mãe. Isso eu posso garantir, Isra não estava possuída.

– Como você poderia saber? Você estava lá quando ela morreu?

Sarah olhou para o chão.

– Não.

– Então não tem como você ter certeza. – Deya limpou o suor da testa.

– Não entendo – disse Sarah. – Por que você acha que seus pais estavam possuídos?

– Não importa o que *eu* acho – respondeu Deya. – Você não deveria estar me dizendo o que *você* acha? Não é por isso que estamos aqui?

Sarah se recostou no assento.

– O que você quer saber?

– Tudo. Me conte tudo.

– Sabe como eu e Isra ficamos amigas? – Deya balançou a cabeça. – Foi por causa de você.

– De mim?

Sarah sorriu.

– Foi quando ela estava grávida de você. Minha mãe queria um menino, claro. Um dia, ela disse isso para Isra, e nós começamos a conversar pela primeira vez.

– O que minha mãe disse?

– Ela discordava, claro. Disse que nunca diminuiria o valor de uma filha.

– Ela disse isso mesmo?

– Disse. Ela amava tanto você e suas irmãs.

Deya se virou para a janela. Havia lágrimas em seus olhos, ela tentou evitar que caíssem.

– Você sabe que ela amava você – disse Sarah. – Não é?

Deya continuou olhando pela janela.

– Parecia que ela não amava ninguém. Ela parecia triste o tempo inteiro.

– Isso não significa que ela não a amasse.

Deya a olhou nos olhos de novo.

– E meu pai?

Depois de um instante, Sarah perguntou:

– O que tem ele?

– Como ele era?

– Ele era... – Sarah pigarreou. – Ele trabalhava muito.

– A maioria dos homens que conheço trabalha muito. Me diga algo diferente.

– Para falar a verdade, eu não o via muito – disse Sarah. – Ele estava sempre trabalhando. Era o filho mais velho, então havia muita pressão sobre ele.

– Pressão de quem?

– Dos meus pais. Esperavam muito dele. Às vezes, eu acho que eles forçavam... – Sarah parou. – Ele estava sob muita pressão.

Deya teve certeza de que ela estava escondendo algo.

– E o relacionamento dele com a minha mãe? Ele a tratava bem?

Sarah se ajeitou na cadeira, arrumando seus longos cachos negros atrás das orelhas.

– Eu não os via muito juntos.

– Mas você disse que era amiga da minha mãe. Você não deveria saber como ela se sentia? Ela não falava sobre isso?

– Isra era muito reservada. E ela havia sido criada na Palestina, então era antiquada em alguns aspectos. Ela nunca teria conversado comigo sobre seu relacionamento com ele.

– Então você não sabia que ele batia nela?

Sarah congelou e, dado o olhar que tinha nos olhos, Deya teve certeza de que ela também sabia.

– Você não achava que eu sabia, não é? – Sarah abriu a boca para falar, mas Deya a cortou. – Eu o ouvia gritando com ela no meio da noite. Eu o ouvia batendo nela, e ela chorando e tentando abafar o som. Quando eu era criança, eu me perguntava se eu teria imaginado aquilo. Eu achava que talvez estivesse somente retroalimentando a minha própria tristeza. Isso é uma doença, sabe? Eu li sobre o assunto. Algumas pessoas gostam de ser tristes, e, por um tempo, eu achei que era assim. Achei que estivesse só inventando uma história para que minha vida fizesse sentido. – Ela olhou Sarah nos olhos. – Mas eu sei que não é verdade. Eu sei que ele batia nela.

– Desculpe, Deya – disse Sarah. – Eu não me dei conta que você sabia.

– Você disse que me contaria a verdade.

– Eu quero lhe contar tudo, mas faz sentido primeiro nos conhecermos melhor. Quero conquistar a sua confiança.

– Você não vai conquistá-la mentindo para mim.

– Eu sei – disse Sarah. – Desculpe. É difícil para mim também navegar por essas águas. Não falo sobre minha família há anos.

Deya balançou a cabeça, forçando-se a falar baixo.

– Já tenho gente suficiente mentindo para mim. Não preciso das suas mentiras também.

Havia um relógio na parede contrária: já eram quase duas da tarde. Deya ficou de pé.

– Tenho que ir. Minhas irmãs vão chegar no ponto de ônibus em breve.

– Espere! – Sarah se levantou e acompanhou Deya até a porta. – Você vai voltar?

Deya não respondeu. Do lado de fora, nuvens se formavam, e o ar frio entrava pelo *hijab*. Parecia que ia chover, então ela segurou o *jilbab* para se esquentar.

– Você precisa voltar – disse Sarah.

– Por quê?

– Porque tenho muito mais para lhe dizer.

– Para poder mentir para mim de novo?

– Não!

Deya a olhou nos olhos.

– Como eu posso saber que você vai me contar a verdade?

– Vou contar, prometo – disse Sarah sem qualquer expressão no rosto, mas com uma hesitação na voz.

Sarah *queria* dizer a verdade a ela, disso Deya não duvidava. Com certeza Sarah havia decidido contar a verdade quando entrou em contato com Deya, mas ela não achava que Sarah fosse fazê-lo assim tão facilmente. Pelo menos não por enquanto. Ela teria de esperar até que Sarah estivesse pronta. Ela não tinha escolha. Na sua cabeça, era como a leitura. Você precisa terminar a história para saber todas as respostas, e, na vida real, não era diferente. Nada vinha de graça logo de cara.

## · ISRA ·

*Outono de 1992*

O tempo voou. Isra engravidou do terceiro filho. Olhou para o forno e virou uma fornada de tortas de *za'atar* que estava preparando para o almoço enquanto Fareeda e Nadine tomavam chá na mesa da cozinha.

– Faça mais um *ibrik* – Fareeda disse a Isra enquanto colocava as tortas para esfriar. Isra viu Nadine colocar a mão de Fareeda sobre sua barriga inchada.

– Dá para sentir os chutes? – perguntou Nadine.

– Dá!

Isra viu Nadine dar um sorriso maroto. Isra escondeu o rosto dentro do armário. No começo, logo que Nadine chegou, ela achava que finalmente teria uma amiga, uma irmã até. Mas elas quase não se falavam, apesar dos discretos esforços de Isra para que virassem amigas.

– Vamos, venha – disse Fareeda depois de Isra colocar a chaleira no fogão. – Sente-se aqui conosco

Isra sentou-se. Ela sabia que Fareeda estava observando, tentando entender o bebê. O olhar de Fareeda deu-lhe um frio na barriga. Ela já estava com quatro meses de gravidez, e nenhum dia havia se passado sem que falasse sobre o sexo da criança, sobre como precisavam de um neto, como Isra havia trazido vergonha a eles na comunidade. De vez em quando, Fareeda balançava um colar sobre a barriga, tentando adivinhar o gênero do bebê. Outras vezes, lia o fundo da xícara de café turco de Isra.

– Dessa vez, é menino – disse Fareeda, observando um ponto da barriga de Isra, calculando se o bebê estava mais para cima ou mais para baixo, ou no largo ou no comprido. – Estou sentindo.

– *Inshallah* – Isra sussurrou.

– Não, não, não – disse Fareeda. – É menino com certeza. Olha como a sua barriga está alta.

Isra olhou. Não parecia alta para ela, mas ela queria que Fareeda estivesse certa. O Dr. Jaber disse que poderia revelar o sexo do bebê na última consulta, mas Isra não quis. Ela não via motivo para sofrer prematuramente. Assim, pelo menos, sem saber o sexo, podia se segurar a alguma esperança e seguir em frente. Não conseguiria empurrar o bebê para fora se soubesse que é menina.

– Vamos colocar nele o nome de Khaled – disse Fareeda, levantando-se. – Em homenagem ao seu sogro.

Isra preferia que ela não aumentasse suas expectativas em relação a um menino. E se fosse outra menina, o que Fareeda iria fazer? Isra ainda lembrava da cara de Fareeda quando Nora nasceu, com uma das mãos sobre a testa e emitindo um suspiro de dor. Lá estava Isra, alguns meses depois, com outro bebê no ventre. Em breve ela já teria três filhos, quando ela mesma se sentia uma criança. Mas o que poderia fazer? Fareeda insistiu para que engravidasse antes de Nadine.

– É seu dever parir o primeiro neto – disse.

Só que Nadine também estava grávida, e seu filho poderia nascer antes do de Isra.

– Por favor, Allah – Isra sussurrou a mesma oração que vinha murmurando há semanas. – Me dê um menino desta vez.

Nadine apertou os olhos azul-claros e riu.

– Não se preocupe, Fareeda – disse, passando os dedos pela pequena barriga. – *Inshallah* você vai ter um pequeno Khaled mais cedo ou mais tarde.

Os olhos de Fareeda brilharam.

– Ah, *inshallah*.

Naquele dia, mais tarde, Fareeda pediu a Isra para ensinar Sarah a fazer *kofta*. Um único raio de luz entrou pela janela da cozinha enquanto colocavam os ingredientes sobre o balcão: carne de cordeiro moída, tomate, alho e salsinha.

Sarah suspirou. Ela tinha os olhos redondos e um sorriso sarcástico, como se sentisse algo de errado no ar. Ela suspirou de novo, pegando a carne de cordeiro moída.

– Como você consegue fazer isso o dia inteiro?

Isra levantou o olhar.

– Fazer o quê?

– *Isso*. – Ela gesticulou apontando para as bolas de *kofta*. – Eu ficaria maluca!

– Estou acostumada. E seria bom você se acostumar também. Em breve, sua vida será assim também.

Sarah olhou para ela de lado.

– Talvez.

Isra deu de ombros. Sarah havia amadurecido muito nos últimos dois anos. Já tinha treze anos, quase uma mulher. Se pudesse, Isra não a deixaria passar por isso.

– O que aconteceu com a sua veia romântica? – perguntou Sarah.

– Nada – disse Isra. – Eu cresci, só isso.

– Nem todo mundo acaba na cozinha, sabe? Tem uma coisa chamada final feliz.

– Quem é a romântica aqui agora? – Isra perguntou, sorrindo.

Pensou em como era inocente quando chegou aos Estados Unidos, sonhando com o amor. Mas não era mais inocente. Finalmente havia entendido. Para as mulheres, a vida era só uma piada de mau gosto, da qual ela não achava graça alguma.

– Sabe qual é o seu problema? – disse Sarah.

– Qual?

– Você parou de ler.

– Não tenho tempo para ler.

– Você deveria arrumar tempo para ler. Você se sentiria melhor. – Depois que Isra não disse nada, acrescentou. – Não sente falta?

– Claro.

– O que te impede?

Isra baixou a voz e sussurrou.

– Adam e Fareeda já estão decepcionados comigo por ter tido duas meninas. Eles não gostariam de saber que estou lendo, e não quero piorar as coisas.

– Então leia escondida como eu. Não era isso que você fazia na Palestina?

– Era.

Isra considerou a ideia por um momento, mas a descartou, surpresa com o quão pouca rebeldia ainda tinha em si. Como dizer a Sarah que tinha medo de tensionar ainda mais sua vida conjugal? Que ela não aguentava mais ser culpada pela infelicidade da família? Sarah não entenderia nem se Isra explicasse. Sarah, com seus olhos corajosos e espertos e livros escolares grossos. Sarah, que ainda tinha esperança. Isra não suportava ter que lhe dizer a verdade.

– Não, não. – Isra balançou a cabeça. – Não quero arriscar.

– Faça como preferir.

Estavam ao lado do fogão, colocando bolas de carne de cordeiro moída em uma panela de óleo fervente, uma depois da outra e esperando que ficassem douradas antes de as colocarem sobre jornal velho para esfriarem. O calor queimava os dedos delas, e Sarah ria toda vez que Isra deixava uma bola de *kofta* cair no chão.

– Melhor pegar antes que Madame Fareeda veja! – disse Sarah, imitando a expressão da mãe toda vez que alguém se descuidava na cozinha. – Ou pode ser que eu nunca mais te veja.

– Shhh!

– Ah, para com isso. Ela não tem como nos escutar. Está completamente focada na novela.

Isra olhou por sobre o ombro. Ficava incomodada que ela nem podia rir sem incomodar Fareeda. Sabia que estava ficando mais apagada com o passar dos anos, mas não conseguia evitar. Ela queria ser feliz. Mas também sentia que ela tinha uma espécie de mancha que não conseguia tirar.

## · DEYA ·

*Inverno de 2008*

– Nasser está esperando você – Fareeda disse a Deya quando chegou em casa. – Vá logo trocar o uniforme! Rápido!

Deya teve de se esforçar tremendamente para não questionar Fareeda naquele exato momento. Todos aqueles anos de mentiras sobre Sarah! O que mais ela estava escondendo? Mas Deya sabia que o melhor era não desafiar Fareeda. Ela só comprometeria suas futuras visitas a Sarah e sua chance de descobrir a verdade, então segurou a língua, não disse nada e desceu as escadas batendo os pés. Quando subiu novamente, Nasser e a mãe dele estavam na sala, tomando chá e comendo biscoitos *ma'amool* colocados sobre uma bandeja. Deya encheu suas xícaras novamente antes de voltar para a cozinha, e Nasser a seguiu de perto. Ela sentou-se à mesa do lado oposto dele, trazendo a xícara quente próxima ao rosto para se esquentar.

– Desculpe se fiz você esperar – disse.

– Tudo bem – disse Nasser. – Como foi a escola?

– Bem.

– Aprendeu algo interessante?

Ela bebeu o chá.

– Não, na verdade.

Houve uma pausa constrangedora, e ele brincou com a xícara.

– Você achou que não ia mais me ver, não é? Achou que tinha me assustado...

– Vem funcionando – disse sem olhar para ele.

Ele deu uma risadinha.

– É, não comigo. – Outra pausa. – Então, será que deveríamos falar sobre os próximos passos?

Ela o olhou nos olhos.

– Próximos passos?

– É, do casamento.

– Casamento?

Ele fez que sim com a cabeça.

– O que é que tem?

– O que você acha de se casar comigo?

Deya abriu a boca para contestar, mas pensou melhor. Ela precisava de mais encontros com ele até saber o que fazer.

– Não sei o que eu acho – disse. – É a segunda vez que eu te vejo.

– Eu sei – disse Nasser, envergonhado. – Mas dizem que as pessoas normalmente sabem instantaneamente se vai dar certo.

– Talvez isso funcione se o que você está decidindo é se compra ou não um par de sapatos – disse Deya. – Mas escolher um parceiro para a vida é algo mais sério, não acha?

Nasser riu, mas Deya percebeu que o havia envergonhado.

– Para ser sincero – disse ele –, é a primeira vez que concordo em conversar com a mesma garota pela segunda vez. Quer dizer, eu já conversei com muitas garotas, é muito cansativo. Minha mãe encontra muitas nos casamentos. Mas nunca nada sério aconteceu com nenhuma delas.

– Por que não?

– Não tinha *naseeb*, acho. Sabe o provérbio árabe "o que é seu chegará a você mesmo se estiver entre duas montanhas, mas o que não é seu não chegará mesmo se estiver entre os seus lábios"?

O desprezo de Deya devia estar escrito em sua testa.

– O que foi? – ele perguntou. – Você não acredita em *naseeb*?

– Não é que eu não acredite, mas é que ficar parado esperando o destino chegar me parece algo tão passivo. Odeio a ideia de não ter controle sobre minha vida.

– Mas o *naseeb* é isso – disse Nasser. – Sua vida já está escrita, é o *maktub*.

– Então por que se levantar da cama de manhã? Por que ir à escola ou até mesmo sair do quarto se o resultado da sua vida não está em suas mãos?

Nasser balançou a cabeça.

– Não é só porque meu destino já foi decidido que eu devo ficar na cama o dia todo. Só significa que Deus já sabe o que eu vou fazer.

– Mas você não acha que essa subserviência toda não te impede de dar tudo de si? Tipo, se já está escrito, para que tentar?

– Talvez – disse Nasser. – Mas isso também me lembra do meu lugar no mundo, me ajuda a lidar melhor com as coisas quando não acontece o que quero.

Deya não sabia se enxergava fraqueza ou coragem na resposta.

– Eu gostaria de achar que tenho mais controle sobre minha vida – ela disse. – Quero acreditar que tenho escolha.

– Sempre temos escolha. Eu nunca disse que não tínhamos – Deya franziu a testa. – É verdade. Como esse tipo de casamento arranjado, por exemplo.

– Talvez *você* possa sair por aí pedindo qualquer garota em casamento – ela disse. – Mas não acho que eu tenha muita escolha.

– Mas tem! Você pode dizer não até encontrar a pessoa certa.

Ela rolou os olhos.

– Isso não é escolha.

– Depende de como você enxerga a questão.

– Não importa por qual lado olhemos, ainda assim estou sendo forçada a me casar. Tenho opções, mas isso não significa que eu tenha escolha. Está entendendo? – Ele balançou a cabeça. – Escolha de verdade não inclui condições. Escolha de verdade é livre.

– Talvez – disse Nasser. – Mas, às vezes, você precisa fazer o máximo com o que tem. Aceitar a vida como ela é.

Deya suspirou, e uma onda de dúvidas se quebrou sobre ela. Ela não queria aceitar a vida como era. Queria ter controle sobre a própria vida, decidir o próprio futuro, para variar.

* * *

– Então, digo sim a ele? – Fareeda perguntou a Deya depois de Nasser ir embora. Estava no vão da porta da cozinha com uma xícara de *kahwa* tocando-lhe os lábios.

– Preciso de mais tempo – disse Deya.

– Você não deveria pelo menos já saber se gosta dele?

– Eu quase não o conheço, *teta*.

Fareeda suspirou.

— Já contei a história de como conheci seu avô? — Deya balançou a cabeça negativamente. — Vem cá. Deixa eu contar.

Fareeda contou-lhe sobre sua noite de casamento, quase cinquenta anos antes, no campo de refugiados al-Am'ari. Ela acabara de fazer catorze anos.

— Minha irmã Huda e eu nos casamos naquele mesmo dia — disse Fareeda. — Com dois irmãos. Lembro de estarmos sentadas dentro do nosso abrigo, as palmas das mãos pintadas com henna e os olhos com Kohl. Mama colocava grampos emprestados de uma vizinha em nossos cabelos. Só vimos nossos maridos depois de assinarmos os contratos nupciais! No caminho, enquanto *mama* nos levava até eles, Huda e eu estávamos muito nervosas. O primeiro irmão era alto e magro, com olhos pequenos e sardas no rosto; o segundo era moreno, tinha ombros largos e cabelo castanho escuro. O segundo irmão sorriu. Tinha uma bela fileira de dentes brancos, e lembro de secretamente desejar que *ele* fosse o meu marido. Mas *mama* me pegou pelo cotovelo e me conduziu ao primeiro, sussurrando: "Esse homem é sua casa agora".

— Mas isso foi há um milhão de anos — disse Deya. — Só porque aconteceu com você, não significa que tenha que acontecer comigo também.

— Não está acontecendo com você! — disse Fareeda. — Você já disse não para vários homens, e já conversou duas vezes com Nasser! Ninguém está dizendo para se casar com ele amanhã. Converse com ele mais algumas vezes para conhecê-lo melhor.

— Então se eu conversar umas cinco vezes, vou conhecê-lo?

— Ninguém conhece ninguém de verdade, minha filha. Mesmo depois de uma vida juntos.

— Por isso que é ridículo.

— Bom, essa coisa ridícula é o que se faz há séculos.

— Talvez seja por isso que todo mundo é tão triste.

— Triste? — Fareeda balançou as mãos no ar. — Você acha que a sua vida é triste? Inacreditável. — Deya deu um passo atrás, sabendo o que estava por vir. — Você não tem ideia do que é tristeza. Eu tinha seis anos quando minha família foi levada para o campo de refugiados. Ficamos alojados em uma barraca que só tinha um cômodo, o mais longe possível do esgoto a céu aberto e dos corpos que apodreciam na estrada de terra. Você não tem ideia de como eu estava sempre suja: cabelo despenteado, roupas sujas e os pés pretos como o carvão. Eu via meninos chutando uma bola perto do esgoto ou andando de bicicleta nas estradas de terra, e eu queria poder correr com eles. Mesmo quando eu era criança, eu sabia o meu lugar.

Sabia que minha mãe precisava de ajuda, agachada na frente de um balde, lavando roupas com qualquer água que encontrássemos. Mesmo criança, eu sabia que, antes de qualquer outra coisa, eu era mulher.

– Mas isso foi há cinquenta anos na Palestina – disse Deya. – Nós moramos nos Estados Unidos agora. Não é por isso que vieram para cá? Para terem uma vida melhor? Por que não podemos ter uma vida melhor também?

– Nós não viemos para cá para que nossas filhas virassem americanas – disse Fareeda. – Além do mais, as mulheres daqui também se casam, sabia? Se não na sua idade, ainda jovens. É isso que as mulheres fazem: *elas se casam.*

– Mas não é justo!

Fareeda suspirou.

– Nunca disse que era justo, filha – disse em um tom suave, esticando a mão para tocar o ombro de Deya. – Este país não é seguro para garotas como você. Só quero que você esteja segura. Se está com medo de se casar, tudo bem. Entendo. Pode se encontrar com Nasser com a frequência que quiser, se isso faz com que se sinta melhor. Isso ajudaria?

Como se encontrar um estranho mais algumas vezes diminuísse as incertezas que sentia em relação às mentiras de seus avós. Pelo menos conseguiria mais tempo para entender o que fazer.

– Acho que sim.

– Que bom – disse Fareeda. – Mas me prometa uma coisa...

– O quê?

– Você precisa colocar o passado para trás, filha. Esqueça sua mãe.

Deya se recusou a olhar Fareeda nos olhos enquanto descia as escadas para trocar de roupa.

✻ ✻ ✻

Naquela noite, depois que Deya e as irmãs jantaram e foram para o quartos delas, Deya contou sobre seu encontro com Sarah para Nora. Ela queria guardar a história para si, mas sabia que Nora iria desconfiar que havia algo de errado quando matasse aula novamente. Nora não disse nada enquanto Deya falava, ouvindo com o mesmo interesse tranquilo de quando Deya lhe contava uma história, virando-se de vez em quando em direção à porta para se certificar de que Fareeda não estava ali.

– Ela devia ter algo muito importante para te dizer – disse Nora quando Deya finalmente parou de falar. – Se não, não teria arriscado o contato.

– Não sei. Ela disse que queria me ajudar, mas eu sinto como se estivesse escondendo alguma coisa.

– Mesmo que esteja, deve haver algum motivo para entrar em contato. Em algum momento, ela vai ter que contar.

– Vou descobrir amanhã.

– O quê? Vai matar aula de novo? E se te pegarem?

– Não vão me pegar. Além do mais, você não quer saber o que ela tem para nos dizer? Teta vem mentindo para nós todos esses anos. Se mentiu a respeito de Sarah, sobre o que mais poderá estar mentindo? Nós merecemos saber a verdade.

Nora a encarou longamente.

– Tenha cuidado – disse. – Você não conhece essa mulher. Não pode confiar nela.

– Não se preocupe. Eu sei.

– Ah, sim – disse Nora com um sorriso maroto. – Esqueci com quem eu estava falando.

· ISRA ·

*Verão de 1993*

Já era verão de novo. O quarto ano de Isra nos Estados Unidos. Sua terceira filha nascera em agosto. Quando o médico disse que era menina, uma escuridão tão grande se projetou sobre ela que nem a luz da manhã que entrava pela janela pode reduzir. Deu à menina o nome de Layla. *Noite.*

Adam não fez qualquer esforço para esconder sua decepção dessa vez. Desde então, quase não falava com ela. De noite, quando chegava em casa do trabalho, Isra se sentava à mesa com ele e o assistia comer o jantar que ela havia preparado para ele, ansiosa por capturar seu olhar perdido. Mas seus olhos nunca encontravam os dela, o tintilar da colher no prato era o único som entre os dois.

Depois do nascimento de Layla, Isra não rezara dois *raqqas* em agradecimento a Alá por sua bênção. Na verdade, ela já quase não fazia as cinco orações. Estava cansada. Toda manhã, acordava com o som das três filhas chorando. Depois de despachar Adam para o trabalho, fazia as camas, varria o chão do porão e dobrava a roupa limpa. Depois ia até a cozinha com as mangas levantadas até os cotovelos e encontrava Fareeda sobre o fogão. A chaleira apitava enquanto Fareeda anunciava as tarefas do dia.

O sol já se punha, e Isra ainda não rezara o *maghreb*. No porão, abriu a gaveta da cômoda e pegou um tapete de oração. Normalmente, ela o colocava virado para a *quibla*, o muro oriental, onde o sol nascia. Mas, naquele dia, jogou-o sobre o colchão e se deixou cair na cama. Ficou observando as quatro paredes nuas, as quatro colunas grossas de madeira da cama e a cômoda. Uma meia preta impedia a gaveta de baixo, a de Adam, de abrir.

Isra só abria a gaveta para colocar meias e cuecas limpas. Mas a gaveta estava cheia o suficiente para ela saber que havia uma camada de itens pessoais no fundo. Ela rolou para fora da cama e saltou em direção à cômoda. Agachou-se e congelou com os dedos a centímetros da gaveta. Ela ousaria abri-la? Adam gostaria de vê-la fuxicando as coisas dele? Como ele descobriria? E, além do mais, ela não conseguira nada sendo boa e obediente. Vinha sendo boazinha há tanto tempo, e olha onde estava agora: mais infeliz que nunca. Esticou a mão e puxou a gaveta. Uma a uma, colocou as meias e cuecas de Adam no chão ao lado dela. Embaixo, havia um lençol velho, que ela também retirou, e, abaixo dele, várias pilhas de notas de cem dólares, dois pacotes de cigarro Marlboro, um caderno de anotações preto e branco preenchido pela metade, três canetas e cinco isqueiros. Isra suspirou de nojo: ela esperava o quê? Ouro e rubis? Cartas de amor para outra mulher? Colocou tudo de volta como estava, fechou a gaveta e voltou para a cama.

Esparramada sobre o tapete de orações, não conseguia parar de pensar. Por que Alá não dera um menino a ela? Por que seu *naseeb* era tão terrível? Ela certamente não fizera nada de errado. Era por isso que Adam não conseguia amá-la. Ela sabia por causa do jeito com que a olhava à noite, bufando, olhando para qualquer coisa menos ela. Sabia que nunca iria agradá-lo. Seu apetite era feroz, agressivo, e parecia que ela nunca conseguia saciá-lo. E, pior, não só ela lhe privara de um filho, como também lhe dera três filhas, três *balwas*. Ela não merecia o seu amor. Não era digna dele.

Esticou a mão e passou os dedos sobre sua cópia de *As mil e uma noites* que estava debaixo do colchão. Fazia anos que não olhava suas lindas páginas. Pegou o livro e o abriu. Havia muitas imagens: luzes brilhantes, tapetes voadores, arquitetura grandiosa, joias, lâmpadas mágicas. Ficou enjoada. Como pôde ser tão estúpida ao ponto de acreditar que aquela vida poderia ser real? Como pôde crer que encontraria o amor?

Isra fechou o livro com força e o lançou no ar. Depois, dobrou o tapete de orações e o guardou. Sabia que deveria rezar, mas não tinha nada a dizer.

* * *

Naquela noite, depois de colocar as filhas para dormir, Isra foi até a janela do porão. Ela a abriu e sentiu o ar frio tocando-lhe o rosto por um momento antes de batê-la. Abraçou os joelhos e começou a chorar.

Logo se levantou e andou célere até o quarto. Abriu a gaveta de Adam e pegou o caderno e uma caneta, voltando para perto da janela, onde arrancou algumas páginas vazias do caderno e começou a escrever.

*Cara mama,*

*A vida aqui não é muito diferente da vida na Palestina, cozinhando, faxinando, dobrando e passando roupa. As mulheres aqui não têm uma vida melhor. Também esfregam chão, criam os filhos e ficam atendendo ordens dos homens. Uma parte de mim esperava que as mulheres desse país seriam libertas. Mas você estava certa, mama. As mulheres serão sempre mulheres.*

Ela rangia os dentes de raiva e desespero. Amassou o papel, começou de novo, amassou a nova folha e mais uma até ter reescrito a carta doze vezes, todas as bolinhas de papel espalhadas ao redor de seus pés. Ela imaginava que *mama* a estaria recriminando. Podia ouvir sua voz: *Mas você não come, não tem comida e abrigo? Me diga, você não tem uma casa? Seja mais agradecida, Isra! Pelo menos você tem uma casa. Ninguém vai tirá-la de você. Viver no Brooklyn é cem vezes melhor que viver na Palestina.*

*Mas não é melhor, mama,* Isra escreveu em uma nova folha de papel.

*Você pensa em mim? Se pergunta se estou sendo bem tratada? Eu passo pela sua cabeça? Ou eu já nem sou mais parte da sua família? Não é isso que você sempre dizia a mim, que as mulheres pertencem aos maridos depois de casarem? Posso até vê-la agora, mimando meus irmãos, orgulho e alegria da sua vida, os homens que levarão adianta o nome da família, que sempre pertencerão a você.*

*Sei o que você diria a mim: "depois que a mulher vira mãe, os filhos ficam em primeiro lugar". Que ela pertence a eles a partir dali. Não é verdade? Mas eu sou uma mãe horrível. É verdade. Toda vez que olho para minhas filhas, meu coração se enche de dor. Às vezes, elas precisam tanto da minha atenção que acho que elas vão me enlouquecer. Aí fico com vergonha de não poder dar-lhes mais. Achei que ter filhas neste país seria uma bênção. Achei que teriam uma vida melhor. Mas eu estava errada, mama, e sou constantemente lembrada de como fracassei como mãe toda vez que olho para elas.*

*Estou sozinha aqui, mama. Acordo todo dia de manhã num país estranho, onde não tenho nem mãe, nem irmã, nem irmão. Você sabia que isso iria acontecer comigo? Sabia? Não. Não é possível que você soubesse. Você não deixaria isso acontecer comigo se soubesse. Ou você sabia e deixou que acontecesse? Mas não pode ser. Não pode.*

❊ ❊ ❊

Duas semanas depois, em uma semana fria de setembro, Nadine entrou em trabalho de parto. Khaled e Omar a levaram para o hospital, deixando Fareeda em casa andando de cômodo em cômodo da casa com o telefone na mão, esperando notícias. Fareeda quis ir com eles, mas Omar não deixou. Ele não queria pressionar Nadine, disse, sem olhar diretamente para Isra, especialmente no caso do bebê ser uma menina. Fareeda não disse nada, saiu desembestada em direção à cozinha e fez um bule de chá. Mas agora estava na sala, murmurando consigo mesma. Adam estava sentado no sofá olhando Isra com seu típico olhar perdido, os olhos meio ocultos pela nuvem de fumaça do narguilé. Quando Isra já não aguentava mais, ficou de pé e foi fazer café. Na cozinha, Isra fez uma oração em silêncio, pedindo que Nadine tivesse uma menina. Tão logo pensou, sentiu nojo de si mesma. Que coisa horrível dentro dela a teria levado a pensar em uma oração tão perversa? Ela só não queria ser a única mulher da casa que não conseguia ter meninos. Se Nadine tivesse um menino, Isra poderia deitar no chão pra ser usada como tapete de cozinha, pois não seria nada mais que isso.

O telefone tocou, e Isra rangeu os dentes. Ela ouviu Fareeda soltar um guincho e Adam engasgar com a fumaça.

– Ah, Omar! – disse Fareeda ao telefone. – Um menino? *Alf mabrouk*. – Isra logo se viu defronte a Fareeda e Adam, apesar de não lembrar de ter caminhado até a sala. Tremendo, colocou uma bandeja com café turco sobre a mesa.

– *Alf mabrouk* – disse Isra, lembrando-se de sorrir. – Parabéns. – Mas a voz que ela ouviu não era a sua. Era de uma mulher mais forte.

O dente de ouro de Fareeda brilhava enquanto apertava o telefone contra o ouvido. Ao seu lado, Adam permanecia imóvel. Ele puxou uma longa tragada e a soltou no ar. Isra se aproximou na esperança de que dissesse algo a ela, mas ele só deu outra tragada e soltou. Ela já estava acostumada ao silêncio entre eles, já havia aprendido a se encolher na presença dele para não incomodá-lo, da mesma forma que fazia com Yacob quando era criança. Era melhor assim. Mas Isra estava preocupada, pois não importa o quanto se encolhesse, nada represaria a raiva de Adam agora. Ele era o mais velho; era esperado que *ele* tivesse o primeiro neto. Mas não tivera, e era tudo culpa dela.

Ele se virou para Fareeda.

– *Alf mabrouk*, mãe.

– Obrigada, filho. *Inshallah*, que logo chegue sua vez.

Adam sorriu, mas não disse nada. Recostou-se no sofá, fechou os olhos e tragou mais fumaça. Isra fixou o olhar no cordão longo e delgado do narguilé e na ponta prateada pousada entre seus lábios. Toda vez que ele soltava a fumaça pela boca, a sala ficava enevoada, e ela desaparecia do seu campo de visão. Ela queria poder desaparecer para sempre.

Naquela noite, Adam entrou no quarto sem dizer uma palavra. Balançou a cabeça e murmurou algo inaudível. Isra só conseguia pensar que ele parecia muito magro, mais do que lembrava de já tê-lo visto. Seus dedos pareciam mais longos e mais pontiagudos que o normal, e, aparentemente, as veias de suas mãos haviam ou se multiplicado ou ficado maiores. Ele se aproximou dela, levantando os olhos para encontrar os dela. Ela teve um sentimento estranho.

– Tem algo que eu possa fazer por você? – perguntou em voz baixa.

Em dias como esse, sua obediência aplacava sua dor, pois a fazia pensar que não era inútil. Se não pudesse lhe dar um menino, que pelo menos fosse uma boa esposa e o agradasse.

Ele ficou olhando para ela. Ela desviou o olhar. Sabia que, se ficasse ali olhando de muito perto, seus pensamentos, o medo, a raiva, a rebeldia, a solidão, a confusão, a impotência, jorrariam para fora, as lágrimas cairiam e ela desmontaria bem na frente dele. E isso não podia acontecer. Uma coisa era pensar, outra era falar o que pensa.

– Desculpe – Isra sussurrou.

Adam continuou olhando. Seu olhar era oscilante, como se estivesse sob um feitiço ou com dificuldade de se concentrar. Ele se aproximou mais, e ela se recolheu ao canto do quarto, tentando não se esquivar. Ele odiava quando ela se esquivava dele. Ela imaginou se Nadine também se esquivava de Omar quando ele a tocava. Mas Nadine era diferente, pensou. Ela devia ter sido amada e, portanto, sabia como amar e receber amor.

Adam esticou a mão para tocá-la. Fez com o dedo o desenho do contorno de seu rosto, como se desafiando-a a se mexer. Mas ela ficou parada e fechou os olhos, esperando que parasse, para que ele se distanciasse e fosse se deitar. Mas, subitamente, aconteceu.

Ele a estapeou.

O que deixou Isra aterrorizada não foi a força da palma da mão de Adam contra seu rosto. Foi a voz que tinha dentro de si, dizendo para ficar parada, não a imobilidade em si, mas a facilidade e a naturalidade com que conseguira mantê-la.

· DEYA ·

*Inverno de 2008*

– Ainda não consigo acreditar que você fugiu – Deya disse a Sarah no dia seguinte, na livraria. Logo que saiu da estação na Union Square, tirou o *hijab* e o colocou na mochila, sentiu o vento frio nos cabelos e o sol de inverno na pele. – Você deixou para trás tudo o que conhecia. Queria ser corajosa como você.

– Não sou tão corajosa quanto você acha que sou – disse Sarah.

Deya estudou a tia, sentada do outro lado da pequena mesa. Sarah usava uma minissaia de estampa florida com meia-calça fina e uma blusa cor de creme. Seu cabelo estava preso num coque meio frouxo.

– É, sim – disse Deya. – Eu nunca conseguiria fugir. Eu ficaria apavorada aqui, sozinha. – Seus olhos encontraram os de Sarah. – Como você fez? Não ficou com medo?

– Claro que fiquei. Mas eu tinha mais medo de ficar.

– Por quê?

– Eu tinha medo do que meus pais fariam se descobrissem... – Suas palavras se dissiparam no ar.

– Descobrissem o quê?

Sarah olhou para baixo, para os dedos.

– Não sei como dizer isso. Tenho medo que você venha a pensar menos de mim.

– Tudo bem. Pode me dizer. – Era visível o desconforto no rosto da tia, que desviou o olhar para a janela.

– Eu tinha um namorado – Sarah disse, por fim.
– Um namorado? É por isso que fugiu?
– Não. Não exatamente.
– Então por quê?
Sarah olhou para fora da janela.
– Por favor, me diga.
Sarah inspirou fundo e começou de novo.
– A verdade é que eu não era mais virgem.
Deya olhou para ela, estupefata.
– Na casa da *teta*? Como? Como pôde? – Sarah ficou vermelha de vergonha e desviou o olhar. – Desculpe, não estou querendo julgar você ou nada assim. Mas eu só consigo pensar na cara da *teta*, no *seedo* batendo em você, talvez até colocando uma faca no seu pescoço. Nossa reputação teria sido destruída se as pessoas tivessem descoberto.
– Eu sei – Sarah disse em voz baixa. – Por isso eu fugi. Eu estava apavorada do que poderia acontecer se todos descobrissem. Eu tinha medo do que os meus pais fariam.
– Agora eu entendo – disse Deya. Ela não conseguia se colocar na posição de Sarah, não conseguia se imaginar perdendo a virgindade. Ela nunca teria coragem de ir tão longe assim com um homem, de desobedecer aos avós de forma tão grave – mas não era só isso. O ato em si lhe parecia íntimo demais. Ela não conseguia se imaginar permitindo que alguém chegasse perto demais ao ponto de tocar sua pele, muito menos tirar sua roupa e tocá-la de forma tão profunda. Ela enrubesceu.
– É por isso que você não se acha corajosa? – Deya perguntou. – Por que você não teve coragem de enfrentar a família depois do que fez? Porque em vez disso você decidiu fugir...
– É. – Ela levantou o olhar e olhou Deya nos olhos. – Mesmo que eu temesse pela minha vida, eu não deveria ter fugido. Eu deveria ter enfrentado minha mãe em relação ao que fiz. Não é que eu não fosse forte o suficiente para enfrentar meus pais, eu era. Eu tinha os livros como escudo. Tudo o que eu havia aprendido enquanto crescia, todos os meus pensamentos, sonhos, objetivos, experiências, tudo veio dos livros. Era como se eu tivesse saído por aí colecionando conhecimento, coletando-o das páginas que eu lia, e guardando, esperando uma chance de usar. Eu poderia ter enfrentado meus pais, mas eu deixei o medo controlar minhas decisões e, em vez de confrontá-los, eu fugi. Fui covarde.

Deya não concordava totalmente com a tia. Ela teria fugido também se estivesse na mesma situação de Sarah. Ficar lá depois de cometer um pecado seria impensável, imprudente até, ela teria arriscado ser assassinada. Deya deu um sorriso afrontoso para a tia. Para dar mais leveza à conversa, disse:

– Não sabia que você gostava tanto de ler. Mas acho que isso é meio óbvio, dado onde você trabalha aqui e tudo mais.

– Pois é – disse Sarah, sorrindo.

– Fareeda não se importava com os seus livros.

– Mas é claro que se importava! – Sarah riu. – Mas eu os escondia. Você sabia que Isra também adorava ler? Eu trazia livros escondidos para nós lermos.

– Não sabia que era você que dava livros para ela. Lembro que ela costumava ler para nós o tempo todo.

Sarah sorriu.

– Você se lembra disso?

– É uma das poucas boas lembranças que tenho dela. Às vezes, acho que é por isso que gosto tanto de ler.

– Você também gosta de ler?

– É o que mais gosto de fazer.

– Bom, nesse caso, pode levar qualquer um desses. – Sarah apontou para as prateleiras com pilhas altas de livros.

– Sério?

– Claro.

– Obrigada – disse Deya, sentindo-se corar novamente. – Você é muito sortuda.

– Por quê?

– Por ter todos esses livros. Viver com todas essas histórias.

– Sou mesmo – disse Sarah. – Os livros sempre me fizeram companhia quando eu mais me senti sozinha.

– Parece comigo.

Sarah riu.

– Bom, então adivinha?

– O quê?

– Você não está mais sozinha.

Deya se encolheu na cadeira, não sabendo o que dizer. Ela sabia que deveria estar empolgada, sentir-se conectada até. Mas ela só sentia medo e a necessidade de se recolher para dentro de si mesma. Por que não conseguia abaixar a guarda? Por que não conseguia acreditar que alguém poderia realmente se importar com ela? Ela não sabia exatamente a razão, mas se sua própria família estava disposta a entregá-la para o primeiro homem que quisesse, por que então esperar mais de qualquer outra pessoa? Ela não deveria esperar. Estava só agindo com segurança, raciocinou. Estava só se protegendo.

– Sabe o que é estranho? – disse Deya após um instante.

– O quê?

– Qual a chance de eu, você e minha mãe, todas adorarmos ler?

– Não é nem um pouco estranho – disse Sarah. – Quem se sente sozinho é quem mais adora livros.

– É por isso que você adora ler? Por que se sente sozinha?

– Algo assim. – Sarah olhou pela janela. – Foi difícil crescer naquela família, sendo tratada de forma diferente do que meus irmãos pelo fato de ser mulher, acordando todo dia de manhã com a consciência de que meu futuro era limitado. Sabendo que eu era muito diferente do que a maioria das outras pessoas da escola. Era mais do que solidão. Às vezes, acho que era o oposto de solidão também, como se tivesse gente demais ao meu redor, conexões forçadas, como se eu precisasse me isolar um pouco para pensar por si mesma, para ser eu mesma. Faz sentido?

Deya fez que sim com a cabeça, escutando sua voz nas palavras de Sarah.

– E agora?

– Como assim?

– Você está feliz?

Sarah ficou em silêncio um instante e, então, disse:

– Não ligo para a felicidade. – A expressão de espanto devia estar estampada no rosto de Deya, porque Sarah continuou. – É comum até demais as pessoas confundirem a felicidade com passividade ou segurança. Ser feliz não exige qualquer habilidade, nenhum caráter, nada extraordinário. É a insatisfação que mais impulsiona a criação, a paixão, o desejo, a rebeldia. Revoluções nunca começam em uma situação de felicidade. No máximo, acho que a tristeza, ou pelo menos a insatisfação, é a raiz de toda a beleza que existe.

Deya ouvia, fascinada.

– Você é uma pessoa triste, então?

– Eu estive triste durante um bom tempo – Sarah disse sem olhar Deya nos olhos. – Mas já não sou mais. Estou satisfeita de ter feito algo com a minha vida. Passo os dias fazendo algo que amo – disse apontando os livros com a mão.

– Você acha que teria tido esse tipo de vida se tivesse ficado? Se tivesse se casado?

Sarah hesitou antes de responder.

– Não tenho certeza. Penso muito sobre que tipo de vida eu teria se tivesse ficado. Eu teria conseguido ir para a faculdade? Eu teria conseguido ter uma livraria na cidade? Provavelmente, não, pelo menos não dez anos atrás... Mas parece que as coisas mudaram. – Parou para pensar um instante. – Por outro lado, talvez não tenham mudado tanto. Não sei. Tudo depende de...

– De quê?

– Da família. Conheço muitas famílias árabes que acreditam fielmente que precisam educar suas mulheres, e já conheci algumas que se formaram na faculdade e têm bons empregos. Mas acho que, no meu caso, se eu tivesse me casado com um homem que os meus pais tivessem escolhido para mim, que pensa como meus pais, então ele provavelmente não teria me deixado ir para a faculdade ou trabalhar. Ele teria me feito ficar em casa e cuidar de crianças.

– Sabe, estou me sentido melhor com tudo isso – disse Deya, pensando nas poucas possibilidades que tinha na vida. – Se vou ser forçada a ficar em casa e ter filhos, então por que não fugir?

– Porque é um ato covarde.

– Qual o sentido de ter coragem? Onde vou chegar com isso?

– A coragem te leva a qualquer lugar se você acredita em si mesma e nas suas ideias – disse Sarah. – Você não tem como saber como a sua vida vai ser. Nem eu. A única certeza é que você e só você controla o seu destino. Mais ninguém. Você tem o poder de transformar a sua vida no que quiser que ela seja e, para fazer isso, precisa de coragem para se defender, mesmo estando sozinha. É isso que significa ter coragem, é acreditar em nós mesmas e nos defendermos, independentemente do que aconteça.

Deya ficou olhando fixamente para o rosto tom de oliva de Sarah e para seus olhos, que brilhavam naquele local escuro. Ela estava começando a soar como um livro de autoajuda e, apesar de Deya ler esse tipo de coisa com certa frequência, estava começando a incomodá-la. Uma coisa era ler conselhos genéricos e outra completamente diferente era ouvir as mesmas palavras da boca de alguém.

– Em teoria isso tudo parece ótimo – disse Deya. – Mas isso aqui não é o programa do Dr. Phil. O que eu posso fazer? Ignorar meus avós e fazer o que eu quiser? Não é simples assim. Eu preciso escutar o que eles dizem. Não tenho escolha.

– Tem, sim – disse Sarah. – Você sempre tem escolha. Você está sempre no controle. Você já ouviu a expressão "profecia autorrealizável"?

Deya riu, irritada.

– Já li sobre isso.

– A gente atrai o que pensa. O que a pessoa pensa sobre o futuro acontece porque a pessoa acredita naquilo.

– Tipo o Voldemort, no *Harry Potter*?

Sarah riu.

– É um exemplo. Tudo o que trazemos para as nossas vidas é um espelho dos nossos padrões de pensamentos e crenças. De certa forma, nós podemos controlar o que acontece no nosso futuro só de pensar positivamente e visualizar o que queremos para nós mesmos. Claro, Voldemort fez exatamente o contrário. Ele fez com que o pior possível acontecesse por acreditar demais naquilo.

Deya ficou olhando para ela.

– O que estou tentando dizer é que, se você acredita que tem poder sobre sua vida, então, em última instância, você vai ter. E se você achar que não tem, então, não vai ter.

– Agora você realmente está parecendo o Dr. Phil – disse Deya, rolando os olhos.

– Estou falando sério, Deya. Você tem o mundo inteiro nas mãos. Você pode ir para casa e dizer para a minha mãe o seguinte: "Sabe o quê? Não vou casar agora. Não importa o número de pretendentes que você venha a me arrumar, eu me recuso a me casar com qualquer um deles. Vou fazer faculdade primeiro!".

– Não posso dizer isso.

– Por que não?

– Porque Fareeda nunca vai me deixar ir para a faculdade.

– O que ela vai fazer se você se inscrever e for aprovada? Vai ficar na porta todo dia de manhã e te impedir de ir para as aulas?

– Não sei o que ela faria, mas também não quero descobrir.

– Por que não? O que você tem a perder?

– Não sei... Não sei. Mas não quero aborrecê-la. Não posso desafiá-la. Eu tenho medo...

– Medo de quê? O que ela poderia fazer? Bater em você? Não acha que defender o futuro que você quer vale uma surra ou outra?

– Não sei! – disse Deya, sentindo-se borbulhar de raiva. – Por favor, pare com isso. Você está fazendo pouco caso do problema. Você está fazendo parecer que eu tenho mais controle sobre a minha vida do que tenho na verdade, e isso não é justo. Se as coisas fossem tão simples assim, então por que você não fez o mesmo? Você poderia ter dito a mesma coisa para *teta*, poderia não ter fugido. Mas não é simples, não é?

– É simples – disse Sarah com a voz suave. – Não importa como se sinta agora, isso é fato: sua vida está em suas mãos. Se eu soubesse disso quando tinha a sua idade, eu teria feito muitas coisas de uma forma diferente. Eu teria tido menos medo do futuro. Teria tido mais fé em mim mesma. Pode acreditar, não passa um dia sequer sem que eu me arrependa de não ter enfrentado minha família. Não os vejo há mais de dez anos, e eu tenho saudades. Acima de tudo, eu queria ter ficado e visto você e suas irmãs crescerem, talvez até criado vocês eu mesma. – Ela parou um instante. – Não quero que termine como terminei, achando que sua vida não está nas suas mãos, tomando decisões com base em vulnerabilidade e medo. Fugi para evitar a vergonha do que eu tinha feito, mas isso teve um custo.

– Que custo? Sua vida parece bem boa para mim.

– Sensação de pertencimento – disse Sarah.

– Pertencimento?

– É difícil explicar... Eu ainda luto para me aceitar, e teria sido melhor se eu tivesse começado mais cedo, muito mais cedo. É difícil pertencer a qualquer lugar de verdade se não pertencemos a nós mesmos antes.

Deya ficou achando que a tia vinha lendo muitos livros de autoajuda. – Você está dizendo que nunca fez amigos? Que nunca teve namorados?

– Não, eu tenho amigos e já tive namorados.

– Você está namorando com alguém agora?

– Não.

– Por que não? Você mora sozinha. Você pode fazer o que quiser.

– Acho que é isso que eu quis dizer com a sensação de realmente pertencer – disse Sarah. – Conheci muitos caras esses anos todos, mas é difícil para mim me conectar realmente com alguém. Passei muitos anos fingindo ser quem eu não era. – Olhou Deya nos olhos. – Talvez, se eu tivesse alguém em quem pudesse confiar naquela época, para me ajudar a encontrar coragem e acreditar em mim mesma, eu não teria que perder minha família para encontrar a liberdade. Foi por isso que eu entrei em contato com você, Deya. Quero ajudar você a fazer diferente.

Deya ficou olhando para sua tia por um longo tempo. Se Sarah, essa mulher americanizada, que fez faculdade, administra uma livraria e vive de forma livre se arrependia de suas escolhas, por que ela teria qualquer esperança? Ela se recostou na cadeira, pensativa. Será que ela sempre teria medo? Será que algum dia aprenderia a ser corajosa. Ouvindo Sarah falar agora, achava que não.

– O que foi? – Sarah perguntou, tentando atrair seu olhar. – Por que a expressão triste?

– Não entendo o que eu preciso fazer. Achei que não entendia minha vida antes, mas agora estou ainda mais confusa. Você está me dizendo que preciso aceitar quem sou e que preciso defender as minhas ideias, em vez de fugir, mas isso só é bom em teoria. Não funciona assim no mundo real. Autoaceitação não vai resolver meus problemas, e coragem não vai me levar a lugar algum. Isso soa muito bem como discurso motivacional, ou em um livro, mas, na vida real, as coisas são muito mais complicadas.

– Então me diga – disse Sarah, empertigando-se. – Por que não pode enfrentar meus pais?

Deya ficou olhando fixamente pela janela.

– Pode me dizer – disse Sarah. – Pode ser sincera comigo, e consigo mesma. Do que você tem medo?

– De tudo! – Deya escutou o som da própria voz antes de se dar conta que dissera algo. – Tenho medo de tudo! Tenho medo de decepcionar minha família e a minha cultura e, no fim, descobrir que eles estavam certos o tempo todo. Tenho medo do que as pessoas vão pensar de mim se não fizer o que é esperado de mim. Mas eu também tenho medo de escutar o que dizem e depois me arrepender. Tenho medo de me casar, mas tenho mais medo ainda de ficar sozinha. Há milhares de vozes na minha cabeça, e eu não sei qual delas devo escutar! Estou cara a cara com o resto da minha vida, e não sei o que fazer! – Ela tentou se forçar a parar de falar, mas as palavras transbordaram de si. – Às vezes, acho que sou tão medrosa assim por causa dos meus pais, mas aí fico pensando se o que me deixa triste são as lembranças que tenho deles, ou se eu sempre fui triste, até mesmo antes do meu cérebro ser capaz de formar memórias. Tem dias em que eu tenho certeza de que estou lembrando de tudo errado, e fico com essa sensação horrível, pensando que, se eu lembrar de alguma coisa boa, vou resolver. Mas nunca funciona.

Sarah se inclinou para a frente e colocou a mão sobre o joelho de Deya.

– Por que as lembranças que você tem dos seus pais te deixam tão triste? O que você lembra que faz com que você se sinta assim?

– Não sei... Não sei nem se as minhas lembranças são verdadeiras. Só lembro que minha mãe estava triste o tempo todo. Ela odiava o casamento, e odiava ser mãe.

– Mas você está errada – disse Sarah. – Isra não odiava ser mãe.

– Parecia que sim, para mim.

– Só porque ela estava triste não significa que odiasse ser mãe.

– Então por que...

Sarah a cortou.

– Você precisa entender que Isra tinha só dezesseis anos quando se casou com Adam, e ela não tinha ninguém além dele. Ela estava sempre exausta, cozinhando, faxinando, criando os filhos e tentando agradar a Adam e minha mãe. Ela estava em conflito mais do que qualquer mulher que eu já tenha conhecido, mas ela te amava muito. É triste saber que você não se lembra disso.

– Eu sei que ela estava em conflito – disse Deya, – mas ela escolheu ter todos aqueles filhos. Ela nunca se defendeu, nem nos defendeu.

Um pequeno sorriso voltou ao rosto de Sarah.

– Interessante você dizer isso. Por um instante achei que você não achava que mulheres como nós tinham escolha.

– É, sim, mas...

Sarah balançou a cabeça.

– Não pode voltar atrás agora. Você acabou de admitir que tem escolha. Mas você fez pior do que isso, na verdade.

Deya franziu a testa.

– Se você acredita que Isra, uma imigrante palestina, sem emprego ou formação com quatro crianças para criar, que nem falava inglês, que *ela* tinha escolha, então isso diz muitíssimo sobre as escolhas que uma garota árabe-americana inteligente como você tem. – Sarah lançou um sorriso jocoso para Deya. – Não acha?

Deya começou a protestar, mas não encontrou nada para dizer. Sarah estava certa. Ela tinha escolhas, de fato. O que ela não tinha era coragem suficiente para decidir.

– Eu tenho que ir – disse Deya olhando o relógio da parede. – Tenho que chegar na hora para encontrar minhas irmãs. – Ela ficou de pé e juntou as coisas da mochila. – O tempo parece que voa aqui – disse enquanto Sarah caminhava com ela até a porta.

– Isso significa que você gosta da minha companhia?
– Talvez um pouco.
– Bom, volte logo, então. Quero te contar uma história.
– História?
Sarah fez que sim com a cabeça.
– Sobre o porquê de Isra ter começado a ler.
– Amanhã?
– Amanhã.

· ISRA ·

*Inverno de 1993*

As folhas ficaram marrons. As árvores, nuas. Veio a neve. Isra viu isso tudo acontecer da janela do porão. As pessoas passavam apressadas na calçada, os carros emitiam luzes e sons, os semáforos piscavam ao longe. Mas ela só enxergava, através do vidro, um quadro monótono e enfadonho. Ela tinha dias de uma tristeza acachapante, seguidos por dias de total impotência. Vinha assim desde o nascimento do filho de Nadine e Omar. Ela nem se incomodava mais quando Adam chegava em casa do trabalho e se aproximava dela ali, prostrada, olhando sem expressão pela janela do porão. De alguma forma perversa, ela até gostava. Era como se estivesse se desculpando por tudo que fizera.

– O que é isso? – Fareeda perguntou, apertando os olhos para ver a mancha roxa que Isra tinha na bochecha, certo dia de manhã em dezembro quando Isra subiu as escadas para ajudar com o café. – Você acha que alguém aqui quer ver isso?

Isra abriu a boca para falar, mas não conseguiu dizer nada. O que ela poderia dizer? Era normal marido bater em mulher. Quantas vezes Yacob batera em *mama*? Ela ficou pensando se Khaled também já havia batido em Fareeda. Ela nunca testemunhara nada, mas isso não queria dizer muita coisa.

– Há certas coisas na vida que ninguém deve ver – disse Fareeda. – Coisas que você não deveria portar em si. Quando eu tinha a sua idade, nunca deixei ninguém ver a minha desonra.

Ali, defronte a Fareeda, Isra pensou que ela talvez fosse a mulher mais forte que conhecera, muito mais que sua mãe. Mama sempre chorava violentamente quando Yacob batia nela, sem qualquer vergonha de demonstrar fraqueza. Isra se perguntou se fora a vida de Fareeda que a fizera tão corajosa. *Ela deve ter passado por algo pior do que apanhar,* Isra pensou. *O mundo a havia transformado em uma guerreira.*

Fareeda levou Isra até seu banheiro, no andar de cima. Abriu a gaveta do criado-mudo, pinçou uma pequena bolsa azul e procurou algo dentro com as mãos. Primeiro, puxou um batom vermelho acastanhado e o devolveu. Isra imaginou os lábios de Fareeda com aquela cor. Ela usara um batom de tom claro e alegre de vermelho em seu casamento. Mas aquele tom acastanhado profundo combinava muito mais com ela.

– Aqui – disse Fareeda, após os dedos finalmente pegarem o que procurava.

Colocou algumas gotas de base líquida sobre as costas da mão. Isra retraiu-se ligeiramente quando Fareeda tocou-lhe a pele, mas a sogra não pareceu perceber. Continuou espalhando a maquiagem sobre o rosto de Isra, camada sobre camada, até ficar satisfeita.

– Pronto – disse.

Isra arriscou olhar-se no espelho: todo e qualquer traço de desonra, de tons de roxo, havia desaparecido.

Quando se virou para sair, Fareeda a pegou pelo cotovelo e a puxou para perto, colocando o pote de base em suas mãos.

– O que acontece entre o marido e a mulher deve ficar somente entre eles. Sempre. Não importa o que aconteça.

Na vez seguinte que Adam deixou nela alguma marca, Isra a cobriu sozinha. Ela tinha a esperança de que Fareeda percebesse seus esforços e que isso, de alguma forma, as aproximasse, talvez as coisas até voltassem a ser como eram antes do nascimento de Deya. Mas, se Fareeda percebeu, não demonstrou. Na verdade, ela fingiu que nada havia acontecido, como se Adam nunca tivesse batido em Isra, como se Fareeda nunca tivesse escondido as marcas. Aquilo incomodava Isra, mas ela se forçou a ficar calma. Fareeda estava certa. O que acontece entre o marido e a mulher deve ficar entre eles, não por medo ou respeito, como Isra concluíra inicialmente, mas por vergonha. Ela não poderia deixar que Sarah ou Nadine suspeitassem de nada. Ela ia parecer uma idiota se soubessem que Adam batia nela. Na Palestina, onde o marido bater na mulher é tão comum quanto um pai bater no filho, Isra talvez até tivesse alguém com quem conversar sobre o assunto. Mas Sarah era praticamente americana, e Nadine e Omar estavam na mão de Fareeda. Isra precisava fingir que não havia nada de errado.

Mas fingir só funcionava do lado de fora. Por dentro, Isra estava repleta de uma vergonha paralisante. Sabia que devia haver algo sombrio emergindo de dentro dela para os homens de sua vida fazerem aquilo, primeiro o pai e depois o marido. Não importa onde olhasse, a vista era triste e desoladora, tão cinza quanto aqueles filmes egípcios em preto e branco que ela e *mama* adoravam assistir. Isra lembrava claramente das cores de sua infância, a *sabra* rosa, as árvores oliva, o céu azul-claro, até o verde da grama do cemitério, e entendia, aterrorizada que as cores só os olhos que mereciam vê-las as enxergavam.

Naquele inverno, Isra não fez muito além de ficar sentada próxima à janela, descendo ao porão tão logo suas funções tivessem sido cumpridas. Ela quase só falava se falassem com ela, e, até mesmo nessa situação, suas respostas eram silenciosas. Ela evitava olhar as filhas nos olhos, mesmo quando as tinha nos braços, ninando-as com pressa, ansiosa para voltar para a janela, onde ficava com o olhar perdido até a hora de dormir. Só que ela quase não dormia e, quando dormia, chorava em seus sonhos e acordava gritando, vez em quando. Quando acontecia, olhava para Adam com medo de tê-lo acordado e via que dormia profundamente e de boca aberta.

Por vezes, Isra se perguntava se estaria possuída. Era possível. Quando criança, ouvira inúmeras histórias sobre *jinns* entrando no corpo das pessoas, fazendo com que fizessem coisas que não fariam, cometerem atos de violência ou assassinatos ou, o mais comum, enlouquecerem. Isra testemunhara isso com seus próprios olhos ainda criança. Sua vizinha, Umm Hassan, havia caído no chão um dia à tarde depois de ser informada que o filho fora morto por um soldado israelense quando voltava para casa da escola. Os olhos rolaram para trás, ela socou o próprio rosto várias vezes, e seu corpo começou a estremecer. Naquele mesmo dia, à noite, Isra ficou sabendo que Umm Hassan havia sido encontrada morta em casa, que havia engolido a própria língua e morrido. Mas mama contara a verdade a Isra: um *jinn* havia entrado no corpo de Umm Hassan e a matado. Ela se perguntava se o mesmo estaria acontecendo com ela agora, só que de forma mais lenta. Se estivesse, era merecido.

* * *

Era de manhã, e Isra estava olhando pela janela. As filhas queriam construir um castelo com os blocos, mas ela estava cansada demais para brincar. Não gostava de como olhavam para elas com seus olhos escuros e bochechas encovadas, como se as estivessem julgando. Pelo reflexo do vidro, ela via Deya, com três anos, olhando para ela enquanto segurava uma Barbie bastante usada com seus dedinhos. Eram os olhos dela que mais a atormentavam. Deya era uma criança séria. Não sorria com facilidade, muito menos ria como as outras crianças. Sua boca permanecia numa rígida linha reta, e havia uma sombria inquietação por detrás de seus olhos. Ver aquilo era insuportável, mas Isra não sabia como se livrar daquilo. Ela desviou o olhar da janela, gesticulando para Deya ir sentar no seu colo. Quando ela se sentou, Isra a abraçou forte e sussurrou:

– Eu não queria ser assim.

Deya olhou para ela, apertando os olhos, enquanto abraçava a boneca.

– Quando eu era pequena – Isra continuou –, minha mãe não falava muito comigo. Ela estava sempre muito ocupada. – Deya estava em silêncio, mas Isra entendeu que ela escutava. Abraçou-a ainda mais forte. – Eu me sentia esquecida às vezes. Às vezes, eu até achava que ela não me amava. Mas ela me amava, sim. Claro que me amava. Era minha mãe. E eu te amo, *habibti*. Nunca se esqueça disso. – Deya sorriu, e Isra a abraçou.

Na cozinha, naquele mesmo dia à noite, Isra e Sarah temperaram um tanto de carne de cordeiro moída para o jantar. Os homens queriam comer *malfouf*, folhas de repolho recheadas com arroz e carne, e as mulheres tinham só algumas horas para o preparo até que chegassem do trabalho. Conseguiriam terminar mais cedo se Nadine ajudasse, mas ela estava no andar de cima amamentando o filho que, para a fúria de Fareeda, havia recebido o nome de Ameer, e não Khaled. Fareeda já a havia chamado do pé da escada mais de uma vez, dizendo que deveria parar de amamentar para engravidar de novo, e ouviu Nadine responder.

– Mas eu já dei um filho homem a Omar, não dei?

Sarah deu um sorriso maroto para Isra, mas Isra desviou o olhar. No fundo, ela se perguntava por que não podia ser como Nadine. Por que se defender era tão difícil para ela? Nos quatro anos em que vivia naquela casa, não se lembrava de ter protestado algo que Adam ou Fareeda fizeram, e sentiu como se alguém tivesse batido nela quando se deu conta disso. Sua fraqueza patética. Quando Adam chegou em casa e perguntou pelo jantar, ela fez que sim com a cabeça, disposta a agradar, e quando ele esticou a mão na cama para tocá-la, ela o deixou, e quando ele preferiu bater nela,

ela não disse nada e engoliu as palavras. E, de novo, não disse qualquer coisa contrária às constantes demandas de Fareeda, mesmo que seu corpo já doesse de todo o trabalho doméstico que fazia. De que importava todo o resto – o que pensava ou sentia, se era obediente ou rebelde – se ela não podia fazer algo tão básico como falar o que pensa?

As lágrimas quiseram sair dos olhos. Ela segurou. Pensou em *mama*. Será que se sentia como ela, como uma idiota? Será que evitava falar para receber amor em troca, ensinando a filha a fazer o mesmo? Será que *mama* vivia como ela vivia agora – cheia de vergonha e culpa por não falar? Será que sabia que isso aconteceria com sua filha?

– Ela deve ter feito alguma coisa errada – disse Fareeda ao telefone, com ambos os pés sobre a mesa da cozinha e um pequeno sorriso no rosto. A filha mais velha de Umm Ahmed, Fatima, estava se divorciando. Isra olhou pela janela. Ela se perguntava o que teria feito para incitar as surras de Adam e se ele pediria o divórcio.

– Pobre Umm Ahmed – disse Fareeda ao telefone. – Ter que olhar as pessoas na cara depois da filha se divorciar.

Mas ela estava com um sorriso tão grande no rosto que seu dente dourado brilhava como a lua. Isra não entendeu... Umm Ahmed era sua melhor amiga. Não havia motivos para estar feliz. Mas ela também não rezara para que Nadine tivesse uma menina, só para aplacar o próprio sofrimento? Sentiu um forte aperto no peito.

– Isso é bom para você, filha – Fareeda disse a Sarah depois de desligar o telefone. – Se Fatima se divorciar, ninguém vai querer se casar com a irmã dela, Hannah.

– E o que eu tenho a ver com isso? – Sarah perguntou.

– Tudo! Pensa como vai ser muito mais fácil arrumar um pretendente sem ter que competir com Hannah. – Ela se levantou e provou um punhado do recheio de arroz para certificar-se de que estava bem temperado. – Tem pouco homem palestino no Brooklyn. Quanto menos concorrência, melhor. – Ela olhou Isra nos olhos. – Não estou certa?

Isra fez que sim com a cabeça, colocando uma mistura de arroz e carne no centro de uma folha de repolho. Ela viu Fareeda olhando para ela, então enrolou a folha na forma perfeita.

– Não que haja muita competição entre vocês – disse Fareeda, lambendo os dedos. – A Hannah tem a pele escura e o cabelo crespo. E a garota quase não chega a 1,50m de altura. Você é muito mais bonita.

Sarah se levantou e levou uma pilha de pratos sujos para a pia da cozinha. Ela estava visivelmente envergonhada. Isra se perguntou o que ela estaria pensando.

Ela se lembrou de quando *mama* a comparava a outras garotas, dizendo que era só um saco de ossos, que nenhum homem iria querer se casar com ela. Dizia a Isra para comer mais e, quando ela engordava, para comer menos, e, quando estava fora de casa, dizia para ficar na sombra para sua pele não escurecer. Nessa época, *mama* estava sempre olhando para ela, escaneando ela da cabeça aos pés para garantir que estivesse em boas condições. Para assegurar que qualquer homem a consideraria digna. Isra se perguntou se Sarah estaria se sentindo como ela se sentira, como se fosse a coisa mais imprestável do mundo. Ela se perguntou se suas filhas se sentiriam da mesma forma.

– Talvez agora seja a sua vez – disse Fareeda, seguindo Sarah até a pia.

Sarah não respondeu. Pegou a esponja e ligou a torneira. Seu corpo pequeno sumia debaixo do suéter azul de gola rolê e da calça larga de veludo cotelê. Ela estava com as roupas da escola, e Isra se perguntou se seus colegas de turma se vestiam da mesma forma, se usavam roupas mais justas e reveladoras como as garotas da televisão. Mais de uma vez, ouviu Sarah implorar à mãe para usar roupas que estivessem mais na moda, mas Fareeda sempre gritava: "Você não é americana!", como se Sarah pudesse ter esquecido.

– Não fique tão animada assim – disse Fareeda. Sarah deu de ombros. – Você já tem quinze anos. O casamento está logo ali. Você precisa começar a se preparar.

– E se eu não quiser me casar? – O tom de voz raivoso de Sarah foi como um tiro disparado na sala.

Fareeda olhou surpresa para ela.

– Como é que é?

Sarah desligou a torneira e olhou a mãe nos olhos.

– Por que você está ansiosa para que eu me case?

– Não estou pedindo para você se casar amanhã. Podemos esperar até depois do Ensino Médio.

– Não.

– O quê?

– Não quero me casar depois do Ensino Médio.

– Como assim não quer casar? O que você vai fazer, então, garotinha?

– Vou fazer faculdade.

– Faculdade? E você acha que seu pai e eu vamos deixar você sair de casa sozinha e virar americana?

– Não é assim. Todo mundo aqui faz faculdade!

– É mesmo? E o que você acha que todo mundo na Palestina vai pensar quando descobrirem que nossa filha está andando sozinha pelas ruas de Nova York? Pense na nossa reputação...

– Reputação? Por que os meus irmãos não precisam se preocupar com reputação? Ninguém proíbe Omar e Ali de andar sozinhos pelas ruas. Eles fazem o que querem. Baba teve praticamente que implorar pro Ali ir para a faculdade.

– Você não pode se comparar com os seus irmãos – disse Fareeda. – Você não é um homem.

– É o que você sempre diz, mas não é justo!

– Justo ou não, filha minha não vai para faculdade. *Fahmeh*? – Ela se aproximou, com a mão aberta tremendo. – Entendeu?

Sarah deu um passo para trás.

– Sim, *mama*.

– Por que, em vez de se preocupar com faculdade, você não aprende uma coisa ou outra sobre o que significa ser mulher? Suas cunhadas moram aqui conosco. Alguma delas fez faculdade?

Sarah murmurou algo baixinho, mas Fareeda não ouviu.

– Aliás – disse, virando-se para ir embora –, de agora em diante você vai fazer o jantar com Isra toda noite. – Ela olhou Isra nos olhos. – Você se certifica de que ela vai aprender a fazer os pratos da maneira certa.

– Claro – disse Isra.

– Essa mulher é ridícula – disse Sarah depois que Fareeda saiu para assistir TV. – Ela me trata como seu eu fosse um *hijab* qualquer que ela não usa e está desesperada para se livrar dele.

– Ela só quer o melhor para você – disse Isra, mal convencida pelas próprias palavras.

– O melhor para mim? – disse Sarah, rindo. – Você acha isso mesmo?

Isra não disse nada. Era nesse tipo de situação que ela se lembrava o quão diferentes eram. Diferente de Isra, Sarah não era fácil de definir. Ela estava dividida entre duas culturas muito díspares, e esse fosso estava estampado em sua cara: a garota que se encolhia toda vez que Fareeda lhe levantava a mão, que mal falava quando os pais e irmãos estavam em casa, que girava ao redor da mesa da cozinha até que todos estivessem servidos, e a garota que devorava romances americanos, que queria ir para a faculdade, e em cujos olhos, Isra agora enxergava, brilhava uma fagulha de rebeldia. Isra queria reconquistar a rebeldia que tivera, mas aquela garotinha já não existia há muito tempo.

– Se ela realmente quisesse o melhor para mim – disse Sarah –, ela não iria querer que eu tivesse uma vida como a sua.

Isra levantou os olhos.

– Como assim?

– Desculpa, Isra, mas está óbvio, sabe.

– O quê?

– Os hematomas. Dá para ver mesmo com a maquiagem.

– Eu... – Isra colocou as mãos sobre o rosto. – Eu tropecei na Barbie da Deya.

– Eu não sou burra. Sei que Adam bate em você.

Isra ficou em silêncio. Como Sarah sabia? Ela ouviu Adam gritando de noite? Ou será que ouviu Fareeda falando sobre o assunto ao telefone? Será que Nadine sabia também? Ela olhou para baixo, enterrando o rosto nas folhas de repolho recheadas.

– Você não deveria deixar ele encostar em você – disse Sarah. Isra ouvia sua raiva pelo tom de voz. – Você precisa se defender.

– Não era a intenção dele. Ele teve um dia ruim.

– Um dia ruim? Está brincando? Você sabe que violência doméstica é ilegal aqui, não? Se um homem colocar as mãos em mim algum dia, eu chamo a polícia na hora. Uma coisa é nossos pais baterem em nós, mas, depois do casamento, apanhar já adulta?

Isra continuou evitando olhar para Sarah.

– Os maridos batem nas mulheres o tempo todo na Palestina. Se as mulheres chamassem a polícia toda vez que os maridos batessem nelas, todos os homens estariam presos.

– Talvez devesse ser assim – disse Sarah. – Talvez se as mulheres se levantassem contra eles e chamassem a polícia, seus maridos não bateriam nelas.

– Não funciona assim, Sarah – Isra sussurrou. – Não há governo na Palestina. É um país ocupado. Não tem ninguém que se possa chamar. E, mesmo que tivéssemos polícia, ela nos levaria de volta para os nossos maridos, que nos bateriam por termos saído de casa.

– Então os homens podem bater o quanto quiserem nas esposas?

Isra deu de ombros.

– Não é assim que as coisas funcionam aqui nos Estados Unidos.

Um turbilhão de vergonha atravessou o corpo de Isra enquanto Sarah olhava para ela, perplexa. Isra desviou o olhar. Como fazer Sarah entender como as coisas eram na Palestina, onde nenhuma mulher nem pensaria em ligar para a polícia se o marido a espancasse? E mesmo se tivesse a força necessária para confrontar a situação, de que serviria, se não tinham dinheiro, formação ou trabalho para se sustentarem? Esse era o verdadeiro motivo do abuso, Isra pensou pela primeira vez. Não só porque não havia qualquer proteção do governo, como também porque as mulheres eram educadas a acreditar que eram criaturas infames e sem valor, que mereciam apanhar e que eram levadas a depender dos homens que batiam nelas. Isra quis chorar. Tinha vergonha de ser mulher, vergonha por si e pelas filhas.

Levantou os olhos e viu que Sarah ainda a fitava.

– Você sabia que Adam bebe *sharaab*, certo?

– O quê?

– É sério, Isra? Você não percebeu que ele chega em casa bêbado a maioria das vezes?

– Achei que ele estava doente.

– Ele não está doente. Ele é alcoólatra. Às vezes até sinto cheiro de haxixe nas roupas dele na lavanderia. Você nunca notou o cheiro?

– Não sei como é o cheiro do haxixe – disse Isra, sentindo-se burra. – Achei que era o cheiro da cidade.

Sarah a encarou, estupefata.

– Como consegue ser tão inocente?

Isra se empertigou.

– Claro que sou inocente! – disse com um fiapo de rebeldia, para sua surpresa. – Estou presa numa cozinha a vida inteira, primeiro na Palestina e depois aqui. Como vou saber qualquer coisa sobre o mundo? Eu só viajei nas páginas dos livros que li, e nem isso eu tenho mais.

– Desculpa – disse Sarah. – Não estou tentando te magoar. Mas às vezes acho que você tem que pensar mais em si. Eu disse que traria livros para você. Por que não deixa? Você tem medo de quê?

Isra olhou pela janela da cozinha. Sarah estava certa. Ela havia abandonado a leitura por medo de desagradar Fareeda e Adam, achando que seu servilismo conquistaria o amor deles. Mas estava errada.

– Você ainda está disposta a fazer isso? – perguntou.

– Fazer o quê?

– Trazer livros para mim?

– Sim – disse Sarah, sorrindo. – Claro, eu trago alguns para você amanhã.

## · DEYA ·

*Inverno de 2008*

Nos dias seguintes, Deya visitou Sarah o maior número de vezes possível sem que a avó desconfiasse. Por sorte, Fareeda estava ocupada procurando outro pretendente caso Nasser retirasse sua proposta, e parecia que a escola ainda não havia ligado para casa para relatar suas faltas, o que era normal no último ano, quando as meninas começavam a ter encontros com pretendentes. Na livraria, Deya e Sarah sentaram-se juntas nas mesmas cadeiras de veludo próximas à janela. Deya ouvia com atenção a tia contar histórias sobre Isra, cada história se desenrolando como os capítulos de um livro, muitas vezes de formas inesperadas. Quanto mais Deya sabia da mãe, mais começava a pensar que não a conhecera de fato. Todas as histórias que contou a si mesma ainda criança, as lembranças que havia juntado como que numa colcha de retalhos, não retratavam Isra de todo. Mas agora, gradualmente, essa imagem começava a aparecer. Mesmo assim, Deya se perguntava se Sarah estava contando toda a verdade, se ela também filtrava as histórias, assim como Deya fazia com as irmãs há tantos anos. Apesar da desconfiança, pela primeira vez na vida, não estava impaciente para saber toda a verdade. Sarah havia se tornado sua amiga, e ela finalmente não se sentia tão sozinha.

– Me digam uma coisa – Deya perguntou aos avós em uma quinta-feira fria, à noite, enquanto tomavam chá na sala.

Fareeda tirou os olhos da televisão.

– O quê?

– Por que a tia Sarah nunca vem nos visitar?

O rosto de Fareeda ficou rosa. Do outro lado da sala, Khaled se recostou ainda mais no sofá. Apesar de manter os olhos na televisão, Deya notou que as mãos do avô tremiam. Pousou a xícara de chá na mesa de centro.

– É sério – Deya continuou. – Acho que nenhum de vocês já explicou o porquê. Ela não tem dinheiro para viajar? Ela está casada com um daqueles homens controladores que não a deixam sair de casa? Ou talvez... – disse, mantendo os olhos grudados em Fareeda. – Talvez ela esteja brava com vocês por terem mandado ela embora? Parece bem possível.

– Não vejo o porquê dela estar chateada – disse Fareeda trazendo a xícara de chá à boca. – O nome disso é casamento, não assassinato.

– Pode ser, mas então por que ela nunca vem nos visitar? – Deya se virou para Khaled e esperou que dissesse algo, mas seus olhos permaneciam grudados na televisão. Ela então se virou novamente para Fareeda. – Você já tentou entrar em contato com ela? Sabe, perguntar se ela está chateada ou até mesmo pedir desculpas. Tenho certeza que ela te perdoaria depois de todos esses anos. Você é mãe dela, afinal.

Fareeda enrubesceu-se ainda mais.

– Pedir desculpas? – disse, pousando a xícara na mesa com incisividade. – Do que eu tenho que pedir desculpas? É *ela* que deveria pedir desculpas por nunca ligar ou vir nos visitar depois de tudo que fizemos por ela.

– Talvez ela sinta que vocês a abandonaram – disse Deya, mantendo um tom de voz inocente e leve.

– *Khalas*! – Khaled se levantou olhando para ela. – Nem mais uma palavra sequer. Não quero ouvir o nome dela nesta casa. Nunca mais. Entendeu? – disse e saiu zunindo da sala antes que Deya pudesse dizer algo.

– Sabe, é meio óbvio – disse Deya.

Fareeda se virou para ela.

– O que é óbvio?

– Que *seedo* se sente culpado.

– *Seedo* não se sente culpado! Do que ele teria culpa?

Deya continuou sendo vaga.

– De forçar Sarah a se casar. De mandá-la para a Palestina. Ele deve se sentir culpado. Por que outra razão ele teria ficado tão nervoso?

Fareeda não respondeu.

– Deve ser por isso – disse Deya aproximando-se. – É por isso que você fica à beira das lágrimas quando eu falo de Sarah? É porque você não queria que ela fosse embora. Tudo bem. Pode falar.

– Chega disso! – exclamou Fareeda. – Você ouviu o seu avô.

– Não, não chega, não! – Deya tinha um tom ríspido na voz. – Por que vocês não me contam a verdade?

Fareeda se empertigou e pegou o controle remoto.

– É isso que você quer?

– *Por favor*.

– Então, nesse caso – disse Fareeda rangendo os dentes –, a verdade é que eu não tive qualquer problema em despachar minha filha, e certamente não terei ao fazer o mesmo com você. – Virou-se novamente para a TV. – Agora sai da minha frente. *Sai*!

# · FAREEDA ·

*Primavera de 1994*

Um dia, de tarde, numa sexta-feira fria, enquanto Isra e Nadine faziam uma frigideira de *shakshuka* e Sarah um bule de chá, Fareeda corria de um lado para o outro na cozinha. Os homens iriam almoçar em casa depois da oração do *jumaa*, e Fareeda não tinha comida suficiente para todos. Não havia carne para assar, legumes para saltear, nem uma lata de grão de bico sequer para fazer *hummus*. Ela andava pela cozinha com as pontas dos dedos na boca tentando se acalmar.

– Não entendo – disse Sarah a Fareeda, que abria a porta da despensa mais uma vez. – Por que esperar *baba* fazer compras todo domingo?

Fareeda colocou a cabeça para dentro da despensa. Quantas vezes já havia respondido aquela pergunta? Normalmente, ela ignoraria, dizendo que não havia como fazer tudo em casa e que Khaled tinha que ajudar de alguma forma. Mas era um daqueles dias em que Fareeda sentia um ímpeto de raiva inesperado pulsando dentro de si. Aquilo era um resumo da sua vida, o que ela sabia fazer: receber críticas e ordens.

– Mas sério, *mama* – disse Sarah, se inclinando para a frente. – O supermercado é a poucos quarteirões de distância. Por que não vai você mesma?

Fareeda nem levantou o olhar. Esticou a mão e pegou uma caixa de biscoitos de dentro da despensa, antes de sentar-se à mesa.

– Porque não – disse enquanto pegava um biscoito e dava nele uma mordida. As três meninas olhavam para ela inexpressivas, esperando que terminasse de mastigar. Mas ela simplesmente pegou outro biscoito e o enfiou na boca.

– Por que não o quê? – perguntou Sarah.

– Porque não tenho vontade – disse Fareeda de boca cheia.

– Sabe, *mama* – disse Sarah pegando um biscoito –, eu poderia ir ao supermercado com você.

Fareeda olhou para todas à mesa. Nadine mordiscava a ponta de um biscoito, e Isra tinha o olhar perdido. Ela não sabia de qual desgostava mais: Nadine, que se recusara a batizar o filho de Khaled e constantemente fazia só o que tinha vontade, ou Isra, que seguia instruções como um zumbi e ainda não tinha tido um menino.

– Não seja ridícula.

– É sério – disse Sarah. – Eu poderia ir depois da escola. Assim você não precisa esperar até domingo toda semana.

Fareeda parou imediatamente de mastigar e engoliu.

– Está louca?

Sarah olhou confusa para ela.

– Como assim?

– O que iam pensar de mim mandando minha filha que ainda não se casou, sozinha, para o supermercado? Você quer que os vizinhos comecem a comentar? Quer que digam que minha filha saiu de casa sozinha e que eu não sei como criá-la?

– Não pensei por esse lado – disse Sarah.

– Claro que não! Você fica aí com a cabeça no meio desses seus livros e não sabe o que acontece no mundo real.

Fareeda queria pegar Sarah com as mãos e chacoalhá-la. Parecia que tudo que tentava ensinar a ela sobre sua cultura não pegava. Sua única filha estava virando americana apesar de tudo o que fizera para evitar. Ela até pedira a Isra para ensiná-la a cozinhar, na esperança que sua complacência contaminasse um pouco a filha, mas não havia funcionado. Sarah estava tão rebelde como sempre.

– É o que eu ganho por ter vindo para este país – disse Fareeda, pegando alguns biscoitos com a mão. – Deveríamos ter deixado aqueles soldados nos matar. Você sabe pelo menos o que significa ser uma garota palestina? Hein? Ou eu criei uma droga de uma americana?

Sarah ficou em silêncio com os olhos brilhando por algum motivo que Fareeda não sabia ao certo precisar. Fareeda rolou os olhos e se virou para Nadine.

– Me diga uma coisa, Nadine – disse. – Você já ousou perguntar à sua mãe se poderia ir ao supermercado sozinha na Palestina?

– Claro que não – Nadine disse, sorrindo.

– E você – Fareeda se virou para Isra. – Você já pisou em Ramallah sem sua mãe?

Isra balançou a cabeça negativamente.

– Está vendo? – disse Fareeda. – É assim que se faz. É só você perguntar para qualquer mulher e ela vai te dizer.

Sarah olhou pela janela, em silêncio. Fareeda queria que a filha entendesse que não era ela que fizera o mundo daquela maneira. Que só estava tentando ajudá-la a sobreviver nele. Além do mais, Sarah deveria estar agradecida pela vida que tinha, por viver em um país no qual tinham comida e um teto, ou seja, o suficiente.

Mais tarde, Fareeda juntou os homens ao redor da mesa da cozinha, cruzando as pernas enquanto admirava o que via. Khaled estava à sua direita, Omar e Ali à sua esquerda. Todos eram fortes e saudáveis, até Khaled, que já não era tão jovem. Ela gostaria que Adam estivesse ali com eles, mas ele estava trabalhando. Ele tinha tanto o que fazer, talvez até demais. Todo dia de manhã, ele ajudava Khaled na deli, ficando no caixa registrando os pedidos. Depois passava na loja de Omar para verificar o estoque e depositar os cheques antes ir para a sua própria loja. Fareeda era grata pela ajuda de Adam, apesar de não comunicar isso a ele com a devida frequência. Ela disse a si mesma que iria agradecê-lo à noite.

– Como estão os negócios? – perguntou a Omar enquanto pegava um pão pita do prato que Nadine acabara de colocar sobre a mesa.

– *Alhamdulillah*, está gerando um rendimento regular – disse, sorrindo quando olhou Nadine nos olhos.

Fareeda levantou uma das sobrancelhas. Pegou um pouco do *shakshuka*, seu prato favorito, com o pão, levando à boca um bocado de ovo poché e tomate. Ainda mastigando, disse:

– Talvez agora você possa focar em ter mais um filho. – Lançou mais um olhar para Nadine, que cada vez mais corava enquanto Fareeda falava.

Fareeda sabia que suas palavras não causariam qualquer efeito, que Omar e Nadine teriam outro filho quando quisessem, mas ela falou da mesma forma. O prazer que tinha de causar desconforto a Nadine era suficiente. Omar era um idiota. Em vez de ser firme, como ela já lhe dissera, ele deixava a esposa comandar tudo. Adam ouvira a mãe, e vejam Isra, silenciosa como um cemitério. Não era tagarela nem era insolente como Nadine. *Vamos ver onde Omar vai chegar com isso,* Fareeda pensou. Virou-se para Ali.

– E você, filho? Como está a faculdade?

– Indo – Ali murmurou.

Khaled levantou os olhos.

– O que você disse?

Ali se recostou ainda mais na cadeira.

– Eu disse que está indo.

– E isso significa o quê?

*Lá vai ele de novo,* pensou Fareeda, arrependendo-se de ter perguntado. Recentemente, a maior parte das brigas que vinha tendo com Khaled era a respeito de Ali. Khaled achava que ela era muito permissiva com ele; ela, por sua vez, achava que ele era rigoroso demais. Que esperava demais.

– Estou fazendo o máximo – disse Ali. – Estou mesmo. É que... – Os olhos de Khaled estavam bem arregalados agora, e Fareeda percebeu que estava segurando a respiração. – Não vejo muito sentido em fazer faculdade.

– Não vê sentido em fazer faculdade? – Khaled agora berrava. – Você é a primeira pessoa dessa família a fazer faculdade! Adam não podia fazer porque estava trabalhando para nos ajudar a pagar as contas, Omar nem conseguiu entrar, e agora você vem me dizer que não vê sentido? *Walek,* você sabe o que eu tive que fazer pelos seus estudos? – A sala ficou em silêncio total. Fareeda só escutava o som da sua própria mastigação. – Eu daria um braço e uma perna. Mas, em vez disso, trabalhei que nem um animal para que você chegasse onde está, para que *você* pudesse fazer faculdade! Para que *você* pudesse viver a vida que eu e sua mãe não pudemos ter! E é assim que você me agradece?

Ali olhou para ele em pânico. Fareeda sabia que os filhos não entendiam o que ela e Khaled haviam passado. Não tinham nem nascido ainda quando os soldados israelenses vieram e os varreram de suas casas como se fossem poeira. Não sabiam nada sobre a vida, sobre como é fácil alguém tirar tudo o que se tem.

Ela pegou mais um bocado de *shakshuka*. Mas o que *ela* sabia sobre a vida? Ela tinha só seis anos quando começou a ocupação da Palestina. Fareeda ainda lembrava o olhar do pai quando se rendeu, com ambas as mãos para o alto, e foram forçados a evacuar. Não foi só sua família. Os tanques haviam entrado em Ramla para expulsar os habitantes. Alguns aldeões foram mortos pela milícia israelense e tiveram suas plantações de azeitonas queimadas. Outros haviam morrido nas trincheiras improvisadas, tentando proteger seus lares. Ela sempre se perguntara por que sua família fugira, por que não ficaram e lutaram pela terra. Mas seu pai sempre dizia: "Tivemos que ir. Não tínhamos chance".

– O garoto não gosta de estudar – disse Fareeda. – Não podemos forçá-lo.

– Mas e todo o dinheiro que já gastamos com sua educação? – perguntou Khaled.

– Não era você que queria *tanto* ter filhos homens? – Fareeda olhou para ele de lado. – Bom, é isso que ter filhos significa: pagar pelas coisas. É um investimento no futuro da família. Você deveria saber que seria caro. Além do mais, você tem Adam para te ajudar. Tenho certeza que ele iria entender.

Ela esperava que Adam compreendesse. Ele não vinha falando com ninguém, incluindo ela. *Especialmente* ela. De início, ela pensou que ele a culpava por Isra, que só piorava e voltava para o porão tão logo terminasse as tarefas de casa, quase sem falar com ninguém. Mas agora Fareeda estava começando a desconfiar que ele estava aborrecido com ela, mas com eles também, por toda a responsabilidade que lhe haviam atribuído. Ela lembrou de quando ele tinha dezesseis anos, de como passava o tempo depois da escola lendo o Corão. "Queria ser imã", disse a ela. Mas foi forçado a esquecer seu sonho quando foram para os Estados Unidos. O que ela podia fazer? Ele era o filho mais velho, e eles precisavam dele. Todos haviam deixado coisas para trás.

Ela se virou para Ali.

– Então o que você quer fazer agora?

Ele deu de ombros.

– Trabalhar, acho.

– Por que não trabalha na deli? – Ela se virou para Khaled. – Não pode contratá-lo?

Khaled balançou a cabeça negativamente, olhando para ela como se ela fosse uma idiota.

– A deli quase não dá dinheiro suficiente para pagar as contas. Não vê o trabalho todo que Adam faz só para ela continuar funcionando? Por que acha que eu quero que Ali faça faculdade? – Ele balançou as mãos no ar. – Para que ele não fique preso atrás de uma caixa registradora como nós. Você não entende nada, mulher?

– Não entendo nada? – Fareeda zombou. – Nada? Só estamos aqui nos Estados Unidos por minha causa.

Khaled não retrucou. Era verdade. Não fosse por Fareeda, se *ela* não tivesse forçado Khaled a entregar a ela o que ganhava, nunca teriam conseguido ir para os Estados Unidos em 1976, talvez não conseguissem nunca. Foi Fareeda que economizara dinheiro suficiente para as passagens de avião para Nova York e, depois, guardara, em uma caixa de sapatos azul-marinho que mantinha embaixo da cama, o dinheiro do primeiro emprego de Khaled em uma loja de produtos eletrônicos na Avenida Flatbush. Fora ela que usara da criatividade, limitando a quantidade de dinheiro que podiam gastar com comida ou itens domésticos, lavando as roupas das crianças todo dia para que não precisassem de mais de duas roupas cada, até assando biscoitos *ma'amool* para Khaled vender para os clientes, que ficaram encantados com a mistura de pão e figo. Logo ela tinha dez mil dólares na caixa azul-marinho, dinheiro que usou para abrir a deli. Fareeda bebeu um gole do chá, desviando o olhar de Khaled.

– O garoto quer trabalhar, deixa ele trabalhar – disse. – Talvez eu peça a Adam também para dar a ele um emprego na loja.

Ali interveio.

– E a loja do Omar?

– O que tem?

– Talvez eu possa trabalhar lá?

– Não, não, não – disse Fareeda pegando mais um pão pita. – Omar ainda está se estruturando. Ele não pode contratar ninguém ainda. Adam tem um negócio já consolidado. Ele, sim, pode contratar você.

Khaled se levantou.

– Então essa é a sua solução? Em vez de estimulá-lo a ficar na faculdade, a fazer algo por si só, você pede ao Adam, de novo, como se ele fosse o único homem entre nossos filhos? Quando você vai parar de mimá-los? Quando vai começar a tratá-los como homens de verdade? – Ele se virou para os filhos mais novos balançando o dedo indicador. – Vocês dois não sabem nada sobre esse mundo. Nadica de nada.

*Ora, pelo amor de Deus,* Fareeda pensou, mas não disse nada. Em vez disso, puxou a frigideira de *shakshuka* para mais perto de si, comendo duas ou três porções seguidas e engolindo o chá para fazer a comida descer. Comida era a única coisa que a consolava. Ela estava consideravelmente mais gorda agora do que jamais estivera, o que não a incomodava. Na verdade, por ela, passaria o dia todo comendo se o custo não fosse tão alto. Ela sabia que enterrar os sentimentos com comida não era saudável, e que poderia levá-la à morte. Mas outras coisas também poderiam matá-la, como o fracasso e a solidão. Como envelhecer e, um dia, descobrir que o seu marido guardava rancor de você, que seus filhos não precisavam mais de você e que a repudiavam apesar de tudo que fizera por eles. Pelo menos, ao comer, a sensação era boa.

# · ISRA ·

*Primavera de 1994*

Os livros faziam companhia a Isra. Ela só precisava mergulhar neles para aquietar suas preocupações. Em um instante, seu mundo deixava de existir e um outro desabrochava. Sentia-se cheia de vida, como se algo se abrisse dentro dela. O que seria? Isra não sabia. Mas o desejo de estar conectada a algo a inundava. Ela ia dormir confusa por ter se sentido tão viva em outro lugar e quase podia jurar que o mundo real era o que vivenciava à noite e que o ficcional era onde existia de fato.

Certos dias, contudo, os livros não a tranquilizavam tanto. Dias em que a leitura mexia com sua cabeça e a forçava a questionar sua vida, o que só a aborrecia mais. Nesses dias, Isra tinha medo de acordar para a realidade de manhã. Tinha uma nova consciência de sua impotência, o que a virava do avesso. Escutando os personagens dos livros, ficava claro que Isra era muito fraca e que teria de fazer um esforço, talvez impossivelmente enorme, para se transformar em uma das heroínas dessas histórias, que sempre conseguiam encontrar suas vozes ao final da narrativa.

Isra não sabia o que fazer com esses pensamentos, não sabia como consertar sua vida. Se fosse um dos personagens dos livros que lia, o que seria esperado dela? Confrontar Adam? Como, com um punhado de filhos que dependiam dela, em outro país, sem ter para onde ir? Isra se arrependia da leitura quando pensava nas limitações de sua vida, e como era fácil ter coragem quando a ideia era reduzida a algumas palavras em uma folha de papel.

*Não dá para comparar vida real e ficção*, uma voz dentro de si sussurrou. *No mundo real, o lugar da mulher é em casa. Mama estava certa esse tempo todo.*

Mas Isra não havia se convencido de todo. Por mais que tentasse se consolar com esses pensamentos, uma fagulha de esperança havia se acendido dentro dela. A esperança de que, talvez, ela, Isra, merecesse uma vida melhor do que tinha, por mais inverossímil que fosse.

Alguns dias, ela acreditava que, se tentasse, conseguiria. Os personagens dos livros dela também não passavam por dificuldades? Eles também não defendiam suas ideias? Também não haviam sentido fraqueza e impotência? Não era verdade que ela tinha tanto controle sobre a própria vida quanto eles? Talvez ela também tivesse alguma chance de ser feliz. Mas ela rechaçava essas ideias tão rapidamente quanto as tinha, o que a abalava e a fazia perder a esperança. Era impossível assumir o controle da própria vida. E não era culpa de Adam, mas dela mesma. Era culpa dela por pedir para Sarah trazer-lhe livros, por lê-los obsessivamente e dessa forma. Era ela a culpada por aumentar sua própria expectativa em relação ao mundo, e por não focar em Adam e em suas filhas em vez de sonhar e querer demais. Ou talvez a culpa fosse dos livros por mudar sua forma de pensar tanto quanto haviam mudado, por influenciá-la a desobedecer a *mama* quando era jovem, a acreditar no amor e na felicidade e, agora, por jogar sua maior fraqueza na sua cara: o fato de que não tinha voz.

Apesar da guerra que havia em sua mente, Isra não conseguia evitar os livros. Toda noite, lia sentada próxima à janela. Preferia viver em conflito, mas com livros, do que atormentada e sozinha.

– Tenho alguns livros para você – Sarah sussurrou para Isra um dia à noite enquanto preparavam o jantar. O sol se pôs, as janelas escureceram, e Fareeda foi até a sala para assistir sua novela turca preferida enquanto Isra e Sarah assavam legumes, colocavam cozidos para ferver, e preparavam porções de *hummus, baba ghanoush* e tabule. Por vezes, Nadine entrava na cozinha e as pegava sussurrando uma para a outra. Para alívio das duas, ela se juntava a Fareeda na sala. Nesses momentos de intimidade que passavam próximas ao fogão envoltas por uma nuvem de vapor e pelo delicioso aroma de pimenta-da-jamaica que engrossava o ar, Isra sentia o coração se encher de felicidade.

Nos últimos meses, Sarah vinha descendo para o porão algumas vezes por semana depois do jantar com livros que trazia para Isra. Antes, em noites como aquelas, Isra teria colocado as filhas para dormir e passado o resto da noite olhando pela janela do porão até Adam chegar em casa. Mas agora ela esperava Sarah, ansiosa para saber que livros teria trazido. Algumas noites, elas até liam juntas. Na semana anterior, haviam devorado *Orgulho e Preconceito* em quatro noites para Sarah escrever um ensaio sobre o livro para sua aula de inglês. Sentavam-se juntas na cama de Isra, os joelhos se tocando e o livro como uma fogueira entre elas, aquecendo-as.

– Você vai adorar esses aqui – Sarah disse a Isra naquela noite.

Ela, então, colocou uma pilha de livros sobre a cama, e Isra passou os olhos por eles, notando que alguns livros eram ilustrados. Ela pegou *Ah, os Lugares aonde você irá!* de Dr. Seuss.

– Eu sei que você queria mais livros para ler para as meninas – disse Sarah. – Acho maravilhoso que você esteja lendo para elas. Vai ajudar muito com o inglês. Você não vai querer que tenham dificuldade com isso quando entrarem na escola, como aconteceu comigo.

– Obrigada – disse Isra, sorrindo. Desde que Sarah começara a trazer livros ilustrados para as meninas, Isra começara a ler para elas antes de dormirem, com o livro aberto no colo. Achava que as meninas gostavam da suavidade que sua voz tinha em inglês e do som de sua língua pronunciando palavras desconhecidas. Uma onda de felicidade a preenchia nesses momentos vendo as filhas coradas, sorrindo ao ver as figuras, olhando para ela como se fosse a melhor mãe do mundo, como se ela não tivesse errado com elas todos os dias de suas vidas.

– Algo específico que queira ler hoje? – Sarah perguntou. – Tem muitos livros bons aqui. – Ela apontou para uma capa em preto e branco. – *A Tree grows in brooklyn* é um dos meus preferidos, mas não sei se você vai gostar tanto quanto eu.

Isra levantou os olhos.

– Por que não?

– Porque não é uma história de amor.

– Que bom. Fico feliz.

– Feliz com o quê?

– Com o fato de não ser uma história de amor.

Sarah olhou-a nos olhos com estranhamento.

– Desde quando?

– Não tenho mais paladar para histórias de amor – disse Isra. – Prefiro ler livros que me ensinem alguma coisa. – Ela parou por um instante. – Histórias que sejam mais realistas.

— Você está dizendo que não acha que histórias de amor são realistas?

Isra deu de ombros.

— Ora, ora, mas o que é isso? Isra ficou cética? — Sarah riu. — Não acredito no que estou ouvindo. O que eu fiz com você?

Isra sorriu.

— O que está lendo na sua aula?

— Começamos agora a ler um dos meus livros preferidos, um romance sobre um mundo no qual os livros foram criminalizados e são queimados. Dá para imaginar a vida sem livros?

Se Sarah tivesse feito essa mesma pergunta a ela quatro anos antes, ou até mesmo um ano antes, na época em que Isra havia abandonado os livros, ela teria dito que sim. Mas agora, lendo com a mesma dedicação com que, em outro momento, fazia as cinco orações diárias, Isra responderia que não.

— Espero que isso nunca aconteça — disse. — Não sei o que faria.

Sarah olhou-a com uma expressão de curiosidade.

— O que foi? — Isra perguntou.

— Acho que nunca te vi assim.

— Como assim?

— Você está diferente.

— Diferente como?

— Não sei. Não sei explicar.

Isra sorriu de novo.

— Estou feliz. É só isso.

— É mesmo?

— É. E graças a você.

— A mim?

Isra fez que sim com a cabeça.

— Desde que comecei a ler de novo, eu sinto como se eu estivesse em transe, ou talvez que eu tenha fugido do meu próprio corpo. Alguma coisa aconteceu comigo, não sei como descrever, pode soar meio dramático, mas voltei a ter esperança, pela primeira vez em anos. Não sei exatamente o porquê, mas sou grata a você por isso.

— Não precisa agradecer — disse Sarah, enrubescendo-se. — Não foi nada.

Isra olhou-a nos olhos.

— Foi, sim. E não é só os livros. É a sua amizade também. Você me deu esperança pela primeira vez em dez anos.

Os olhos de Sarah se encheram de lágrimas.
– Espero que você se sinta sempre feliz.
– Eu também – Isra sussurrou.

※ ※ ※

No armário do quarto, Isra tinha o cuidado de deixar os livros escondidos debaixo de uma pilha de roupas. Não sabia como Adam reagiria se ela lhe contasse que vinha lendo enquanto ele trabalhava. Ela presumia que apanharia, ou pior, que ele impediria Sarah de trazer mais livros para ela. Afinal, se *mama* a proibira de ler no Oriente Médio por medo de alguma influência não tradicional, ela nem imaginava o que Adam faria se descobrisse que vinha lendo romances ocidentais. Mas, para seu alívio, ele quase não ficava em casa.

Mesmo assim, Isra estava surpresa de que Fareeda ainda não notara qualquer mudança nela. Recentemente, Isra cumpria todas as suas responsabilidades: fazer arroz, assar carnes, dar banho nas filhas e fazer chá de *maramiya* para Fareeda duas vezes ao dia, tudo com pressa, ansiosa para ter um momento sozinha. Na maior parte dos dias, lia na janela do quarto das meninas, sentindo o calor do sol no rosto. Abria as cortinas e se apoiava no vidro. A sensação de tocar a capa dura dos livros lhe dava arrepios. Não se lembrava de quando exatamente havia parado de ler. Talvez logo que chegou nos Estados Unidos, folheando sua cópia de *As mil e uma noites* quando não conseguia dormir e não se consolava suficientemente com isso. Ou talvez durante a gravidez de Nora, quando Fareeda balançara um colar sobre sua barriga, vaticinando que seria uma menina, e Isra rezara uma *sura* do Corão toda noite, pedindo a Deus que mudasse o sexo do bebê. Ela quase se esquecera da sensação do peso de um livro em suas mãos, do cheiro de papel velho a cada virada de página, de como a leitura a acalmava profundamente. Era assim que Adam se sentia, ela se perguntava, quando bebia *sharaab* e fumava haxixe? Os ombros se soltavam, o espírito flutuava, como se o mundo ficasse muito mais leve. Um surto de felicidade, uma espécie de euforia. Era assim que se sentia, flutuando como estava agora, com um livro nas mãos, então, não podia culpá-lo por beber ou fumar. Ela entendia a necessidade de fugir do mundo real.

– O que faz você feliz? – Isra perguntou a Adam um dia, à noite enquanto ele jantava. Ela não sabia de onde tinha vindo a pergunta, mas depois de já lhe ter escapado dos lábios, viu-se inclinada para a frente, com ambos os olhos grudados em Adam, aguardando uma resposta.

Ele levantou os olhos, balançando um pouco na cadeira. Ela sabia que ele estava bêbado, pois Sarah a ensinara a reconhecer a condição.

– O que me faz feliz? – perguntou. – Que tipo de pergunta é essa?

Por que ela se importava com o que o fazia feliz? O homem que batia nela sem dó, que havia acabado com toda a esperança que nela habitava? Ela não sabia ao certo, mas, naquele momento, parecia intensamente importante. Ela serviu um copo de água para ele.

– Só quero saber o que faz o meu marido feliz. Com certeza alguma coisa deve fazer.

Adam bebeu um gole de água e limpou a boca com as costas da mão.

– Sabe, nunca em toda a minha vida ninguém me fez essa pergunta. O que faz o Adam feliz? Ninguém se importa com o que faz o Adam feliz. Só se importam com o que o Adam pode fazer por eles. É, é... – disse, arrastando um pouco a fala. – Quanto dinheiro o Adam consegue trazer para casa? Quantos negócios diferentes ele consegue administrar? Quanto ele consegue ajudar aos irmãos? Quantos descendentes homens ele consegue gerar? – Ele parou, olhando para Isra. – Mas felicidade? Não tem essa coisa de felicidade para gente como nós. As obrigações com a família estão em primeiro lugar.

– Mas eu me importo com o que te deixa feliz – Isra disse.

Ele balançou a cabeça.

– E por que deveria se importar? Não tenho sido bom para você.

– Mesmo assim – disse com a voz baixa e suave. – Eu sei o que está passando. Sei que está sob muita pressão também. Entendo como isso pode influenciar suas atitudes. – Ela parou, desviando o olhar.

– Andar pela Ponte do Brooklyn ao amanhecer – disse Adam. Isra voltou a olhar para ele e viu que sua expressão havia se amansado. – Tem alguns dias, bem cedo de manhã, quando estou indo para o trabalho, em que não vou direto para a cidade. Eu paro e caminho pela ponte para ver o sol nascer. – As palavras escorregaram-lhe da boca como se tivesse esquecido que Isra estava ali. – Tem algo mágico em ver o sol nascer de tão alto. É como se, naquele momento, quando o primeiro raio de luz toca o meu rosto, o sol me engolisse por inteiro. Tudo se aquieta. Os carros estão passando lá embaixo, mas não escuto nada. Vejo a cidade inteira e penso nas milhões de pessoas que lá moram, as dificuldades que enfrentam, e em quem está na Palestina também e nos seus problemas, e, em um instante, todas as minhas preocupações desaparecem. Olho para o céu e faço questão de me relembrar de que pelo menos estou aqui, neste lindo país, de que pelo menos posso ver essa vista.

– É a primeira vez que me conta isso – Isra sussurrou. Ele fez que sim com a cabeça e olhou para o lado, como se tivesse dito demais. – Parece lindo – disse, sorrindo para ele. – Me lembrou de quando eu via o sol se pôr na Palestina, de como o sol caía por detrás das montanhas e desaparecia. Aquilo sempre fazia eu me sentir melhor também, por saber que não era só eu que estava ali olhando as montanhas, que, naquele momento, eu estava ligada a todos que estavam vendo o pôr do sol, todos unidos por aquela vista magnífica. – Ela tentou capturar seu olhar, mas ele continuou a olhar para o prato e a comer. – Quem sabe um dia conseguimos ver o nascer do sol juntos – disse Isra.

– *Inshallah*.

Ele disse entre garfadas, mas, pela expressão que tinha no rosto, Isra sabia que aquilo nunca iria acontecer. No passado, isso a teria magoado, mas ficou surpresa ao perceber que aquilo não a incomodava mais. Ela fora criada para achar que só um homem poderia lhe dar amor. Por muitos e muitos anos, ela acreditou que, se a mulher fosse boa e obediente o suficiente, ela seria digna do amor de um homem. Mas agora, lendo seus livros, ela começava a descobrir um tipo diferente de amor. Um amor que vinha de dentro, que sentia quando estava sozinha, lendo na janela. E, através desse amor, ela começava a acreditar, pela primeira vez na vida, que, talvez, quem sabe, ela tivesse algum valor.

*  *  *

– Não sei por que você perde tempo com isso – Fareeda disse à Isra um domingo à tarde, em março.

Estavam todos no Parque Fort Hamilton para comemorar o *Eid al-Fitr*, o que Isra achou estranho, considerando que a maioria deles não havia respeitado o jejum do Ramadã aquele ano. Fareeda não podia fazer jejum por causa da diabetes, Nadine estava grávida, e Sarah só fingia fazer o jejum para não aborrecer Khaled que, além de Isra, era o único que fazia o jejum todo ano. Ela se perguntava se Adam também só fingira jejuar, mas nunca ousara questioná-lo.

Ela não sabia por que ela mesma ainda observava o Ramadã. Alguns dias, ela achava que só jejuava por culpa, e era comum não fazer as cinco orações diárias por não confiar mais em Alá e no seu *naseeb*. Outros dias, o jejum a lembrava da infância, das noites sentada ao redor da *sufra* para comer sopa de lentilha e tâmaras frescas, contando os minutos para o pôr do sol para poderem comer e beber de novo. Mas na maior parte dos dias, ela achava que fazia o jejum por hábito, pois havia uma familiaridade acolhedora na realização de um ritual.

– Sério – Fareeda disse. – Por que ainda não engravidou de novo? Estão esperando o quê? Vocês ainda precisam de um filho homem, sabe?

Isra estava sentada em uma das pontas da toalha do piquenique, o mais longe possível de Fareeda, olhando o resto da família. Sarah e Deya alimentavam os pombos próximas ao píer. Khaled levava Ameer nos ombros. Omar e Nadine estavam de mãos dadas e apreciavam a vista do Rio Hudson. Adam acendeu um cigarro. Atrás dele, a ponte Verrazano, tão alta e larga quanto uma montanha no horizonte.

– Já tenho três filhos – disse Isra. – Estou cansada.

– Cansada? – perguntou Fareeda. – Quando eu tinha a sua idade eu já tinha dado à luz a – ela se interrompeu –; esquece o número. A questão aqui é que Adam precisa de um filho homem, e você precisa engravidar logo.

– Eu tenho só 21 anos – Isra disse, chocada com o tom desafiador em sua voz. – E já tenho três filhos. Por que não posso esperar um pouco?

– Por que esperar? Por que não resolver logo o assunto?

– Porque não sei se consigo criar mais um filho agora.

Fareeda franziu a testa.

– Três ou quatro, que diferença faz?

– Faz diferença para mim. E sou eu que tenho que criá-las.

Fareeda ficou olhando para ela, mas Isra desviou o olhar. Não por vergonha, mas para esconder seu prazer. Ela não acreditava que, pela primeira vez em anos, havia falado o que pensa e contrariado Fareeda.

– Ainda está comendo? – Adam perguntou.

Isra deu um pequeno sorriso, mas Fareeda não perdeu tempo. Pigarreou e começou.

– Diga à sua esposa – começou –, diga a ela que está na hora de engravidar de novo.

Adam suspirou.

– Ela vai engravidar de novo em breve, mãe. Não se preocupe.

– Você vem dizendo isso há meses! E não está ficando mais jovem, sabe? Nem Isra. O que acontece se ela tiver uma quarta filha? Você acha que vai simplesmente parar de tentar ter um filho homem? Claro que não! Por isso a pressa.

Adam remexeu o bolso em busca do seu Marlboro vermelho.

– Você acha que eu não quero ter um menino? Estou tentando o máximo que posso.

– Continue tentando, então.

– Vou continuar, mãe.

– Ótimo.

Adam desviou o olhar, amassando com força a embalagem dos cigarros com a mão. Mesmo olhando para o rio, Isra podia ver, em seus olhos, que bateria nela de noite. Ela continuou olhando para ele na esperança de que estivesse errada, de que ele não descontaria sua raiva nela. Mas ela já conhecia os sinais muito bem. Primeiro, ele iria bater nela forte, tremendo de fúria. Depois tentaria tocá-la de novo, só que de forma mais suave, colocando-se dentro dela. Ela fecharia os olhos e os pulsos e ficaria imóvel esperando simplesmente desaparecer.

## · DEYA ·

*Inverno de 2008*

– Tem uma coisa que não está fazendo sentido – Deya disse a Sarah uma sexta-feira à tarde, depois da tia contar-lhe mais uma história sobre Isra. Sentaram-se juntas, próximos à janela, bebendo o café com leite e baunilha que Sarah fizera para elas.

– O quê? – Sarah perguntou.

Deya pousou a xícara sobre a mesa.

– Se minha mãe adorava livros tanto assim, então por que não quis uma vida melhor para todas nós?

– Ela quis – disse Sarah. – Mas não tinha muito que ela pudesse fazer.

– Então por que ela não nos deixou ir para a escola?

Sarah olhou para Deya, surpresa.

– Do que você está falando?

– Ela me chamou de *sharmouta* uma vez. – disse Deya sentindo o estômago embrulhar com a lembrança. – Depois disse que tínhamos que parar de ir à escola.

– Isra nunca diria essa palavra, especialmente para você.

– Mas disse. Eu lembro.

– A Isra que eu conheci nunca teria pronunciado essa palavra – disse Sarah. – Foi depois que eu fui embora?

– Acho que sim – disse Deya, mas subitamente perdera a certeza. Ela era muito jovem. Suas memórias eram muito fragmentadas.

– Você se lembra por que dela dizer isso?

– Na verdade, não.
– Você se lembra de quando foi?
– Deve ter sido pouco antes do acidente de carro... Não sei... Quer dizer, a lembrança é clara, mas não tenho certeza do momento exato.
– Então me fale – Sarah interrompeu. – Me diga tudo o que você lembra.

* * *

Deya e Nora estavam no ônibus, voltando para casa. O céu estava cinza escuro. Quando chegaram ao ponto, *mama* estava lá esperando por elas, como sempre. Sua barriga estava um pouco maior que o normal, e Deya se perguntou se *mama* estaria grávida de novo. Imaginou uma quinta criança no pequeno quarto que dividiam. Perguntou-se onde o bebê iria dormir, se *baba* compraria outro berço ou se dormiria no berço de Amal e se Amal iria dividir a cama consigo e com Nora. O rosto do bebê ficara em sua mente, já grande, cada vez maior, sufocando-a. Ela respirou fundo e afrouxou a mochila dos ombros.

Tocou o braço de *mama* quando a encontraram, recebendo em troca um sorriso rápido antes de Isra desviar o olhar. Era o mesmo sorriso que Isra sempre dava a ela, uma curvatura discreta dos lábios.

Atrás de si, ouviu colegas de classe se despedindo lá do ônibus.

– Tchau, Deya! Até amanhã!

Deya se virou para se despedir. Quando virou de volta, os olhos de *mama* estavam cravados nos dela.

– Por que aqueles garotos estavam falando com você? – disse Mama. Era estranho ouvir as palavras saindo de sua boca com tanta força.

– Eles são da minha turma, *mama*.

– Por que está falando com os meninos da sua turma?

– Eles são meus amigos.

– Amigos?

Deya fez que sim com a cabeça e abaixou os olhos.

– Não pode fazer amizade com garotos! Eu criei uma *sharmouta*?

Deya cambaleou para trás com o impacto da palavra.

– Não, *mama*, não fiz nada.

– *Uskuti*! Você bem sabe que não pode falar com garotos! O que você estava pensando? Você é uma menina árabe, entendeu? *Árabe*. – Mas Deya não entendeu. – Escute aqui, Deya. Abra os ouvidos e escute. – Sua voz abaixou de tom até chegar a um sussurro áspero. – Não é só porque você nasceu aqui que você é americana. Enquanto você estiver com esta família, você nunca vai ser americana.

Deya não se lembrava da caminhada até em casa, de como andou na ponta dos pés na calçada, desceu os degraus do porão e deitou-se na cama. Só se lembrava de afundar entre os lençóis com um livro nas mãos, *Matilda*, forçando-se a fugir por entre as páginas. Ela enfiou os dedos na lombada do livro, passando página após página até que o zumbido que tinha nos ouvidos parasse. Logo *mama* estaria no porão com ela.

O ambiente estava muito silencioso, e *mama* sentou-se na ponta da cama abraçando os joelhos. Quanto tempo demorou até Deya se aproximar? Ela não sabia. Só lembrava de piscar para a mãe desesperada e olhá-la nos olhos tentando capturar mesmo que só um traço de sorriso. Mas ela mal conseguia enxergar o rosto da mãe, e não via nada em seus olhos. Ela esticou o braço para tocar-lhe a mão, mas *mama* recolheu o braço.

Esperou até *mama* dizer algo. Talvez ela estivesse pensando em algum castigo. E por que ela não deveria ser punida? Ela merecia. Ela deixara *mama* triste, como se precisasse de mais motivo.

Deya se perguntou qual seria seu castigo. Olhou ao redor do quarto. Não havia nada que valesse a pena tirar dela. Só um punhado de brinquedos espalhados pelo chão. Achou que talvez a mãe fosse tirar a televisão. Ou o tocador de fita cassete. Ela não sabia. Não tinha nada.

Mas depois seus olhos bateram no livro que estava entre seus dedos, e se deu conta de que tinha, sim, algo de valor para tirarem dela. Começou a pensar em que palavras *mama* usaria para pedir-lhe que entregasse os livros, para dizer-lhe que estava proibida de ir à biblioteca da escola, que não poderia mais

– Deya – *mama* começou. – Seu pai...

*Por favor, não diga isso. Por favor, não tire os meus livros de mim.*

– Escuta... – Mama agora estava tremendo. – Eu sei que você adora ir à escola...

*Eu faço qualquer coisa, por favor. Meus livros, não.*

– Mas... – Ela inspirou. – Você não pode mais ir para a PS 170.

O coração de Deya parou. Por um instante, sentiu uma acachapante falta de ar. Sentiu-se como um livro devia se sentir, seu peso invisível debaixo da capa. Ela engoliu seco.

– O quê?

– Não é só você. A Nora também.

– Não, *mama*, por favor...
– Desculpe, filha – disse Isra com a voz embargada. – Peço mil desculpas, mas eu não tenho escolha.

\* \* \*

– Foi aí que você começou a frequentar a escola islâmica? – Sarah perguntou depois que Deya havia terminado. – Depois que eles te tiraram da PS 170?
– Acho que sim – disse Deya. – Você sabe por que eles nos tiraram de lá? – Sarah balançou a cabeça negativamente e se ajeitou no assento.
– Espera um minuto – disse Deya. – Que ano você foi embora?
– Por quê?
– Eu quero saber.
– 1997.
– Então você ainda estava lá – disse Deya. – Então com certeza você deve se lembrar de algo.
Sarah olhou para os próprios joelhos.
– Acho que foi porque eu fugi. Devem ter ficado com medo que você e suas irmãs seguissem os meus passos um dia.
– Faz sentido.
Houve um instante de silêncio, e Sarah olhou Deya nos olhos.
– Você se lembra como as coisas ficaram depois que eu fui embora?
– Não exatamente. Por quê?
– Qual a última coisa de que você se lembra? – Sarah perguntou.
– Como assim?
– Você se lembra da última vez que viu seus pais?
Deya pensou por um instante.
– Acho que sim. Não sei ao certo.
– Do que você se lembra?
Sentiu a enormidade da lembrança em sua língua, palavras que ela nunca pronunciara juntas.
– Eles nos levaram ao parque. Essa é a última coisa que eu me lembro.
– Me fala o que aconteceu – pediu Sarah.
Deya havia repetido a cena em sua memória muitas vezes até conseguir lembrá-la vividamente: *mama* esperava ela e Nora no ponto de ônibus, com Layla e Amal dormindo no carrinho. "Vamos até o parque", *mama* dissera com um sorriso no rosto mais largo do que ela já vira. Deya sentiu como se

tivesse um arco-íris dentro dela. Desceram a Quinta Avenida batendo dentes, o ar frio eriçando os pelos da pele. Os carros buzinavam. As pessoas passavam apressadas. Quando chegaram a uma estação de metrô, Deya se deu conta de que *mama* quis dizer que teriam que pegar o trem, e seu estômago se embrulhou de medo: ela nunca havia andado de trem antes. Ela inspirou e expirou repetidamente enquanto desciam as escadas sujas do metrô. Lá embaixo, a luz baixa fazia seus olhos doerem. A plataforma tinha um tom de cinza sujo, manchado de lixo e com montes de chiclete. Havia uma queda brusca para o local dos trilhos. Ratos passavam por eles, e Deya se afastou da beira. No fundo do túnel, viu uma luz brilhante que se aproximava rapidamente. Era o trem. Ela se abraçou na perna da mãe enquanto o trem passava zunindo. Quando parou na frente delas, as portas se abriram, e lá estava Adam. Ele correu até elas e as abraçou. Então foram até o parque, os seis, uma família.

– Então o Adam encontrou vocês na estação de metrô e as levou para o parque? – Sarah perguntou.

– Levou.

Sarah ficou olhando para ela em silêncio.

– O que foi?

– Nada – disse, balançando a cabeça. – O que aconteceu depois?

– Não sei. – Deya se afundou na cadeira. – Já tentei lembrar muitas vezes, mas não consigo. Eu bem posso ter imaginado. Talvez eu tenha imaginado tudo. Isso explicaria por que nada faz sentido.

– Sinto muito – disse Sarah após um instante.

– Eu não entendo. Você disse que me ajudaria a entender o passado, mas nem consegue explicar por que minha mãe escreveu aquela carta. E se alguma coisa aconteceu com ela depois que você foi embora? Como você saberia? Você não estava com ela.

– Sinto muito – Sarah disse novamente, olhando para baixo. – Eu penso nisso todos os dias. Eu queria não ter deixado ela para trás.

Agora que Deya começara a dizer o que segurara para si durante essas semanas, era impossível voltar atrás.

– Mas você tentou ajudá-la? Se sabia que *baba* batia nela, por que não fez nada? Achei que você era amiga dela.

– Ela era minha amiga, minha irmã.

– Então por que não levou ela com você? Por que deixou ela para trás? Por que não levou todas nós?

– Ela não quis vir. – Os olhos de Sarah se encheram de lágrimas. – Implorei para vir, mas ela não queria ir embora. Talvez eu pudesse ter tentado mais. É um problema com o qual tenho que conviver. Mas agora estou aqui para ajudar. – Ela limpou as lágrimas do rosto. – Por favor, Deya. Por ela. Ela gostaria muito que eu te ajudasse.

– Então me ajude! Me diga o que fazer.

– Não posso dizer a você o que fazer. Se não decidir por si própria, qual o sentido? O que você vai fazer se a escolha não for sua? Tem que vir de dentro de você. Só assim eu posso ajudar. O que você quer fazer?

– Não sei. Não é tão simples assim.

– Mas é. Você está deixando o medo obscurecer os seus pensamentos. Vá fundo dentro de si. O que você quer?

– Quero tomar minhas próprias decisões. Quero ter escolha.

– Então, pronto! Comece agora.

Deya balançou a cabeça negativamente.

– Parece fácil quando você fala, mas não é. É isso que você não entende.

– Você pode me dizer o que quiser, mas não pode me dizer que eu não entendo. Nunca disse que seria fácil. Mas é isso que você tem que fazer.

Deya suspirou e massageou as têmporas. Seu corpo e sua cabeça doíam. Ela não tinha ideia do que fazer, ou por onde começar.

– Tenho que ir.

# · ISRA ·

*Primavera de 1995*

Um ano se passou, e Isra engravidou de novo. Sua quarta gravidez. Depois de terminar as tarefas domésticas do dia, passava os dias encurvada e recostada na janela do porão com um livro nas mãos, fazendo de tudo para silenciar o medo corrosivo que tinha de dar à luz mais uma menina. Não importa o quanto lia, nada amenizava sua angústia. Na verdade, parecia que, quanto mais lia, maior ficava o tamanho de suas preocupações, além da barriga. A sensação era de que ela ficava cada vez maior e que as paredes ao seu redor cada vez mais estreitas, cercando-a.

– Você está bem? – Sarah perguntou a Isra certo dia, à noite, as duas defronte o fogão com as mangas dobradas até os cotovelos. Estavam fazendo *muhaddara*, e o ar cheirava a lentilha e arroz, cebola salteada e cominho. Sarah pousou a colher sobre a bancada e olhou-a nos olhos. – Você não vem sendo você mesma ultimamente.

– Só estou cansada – disse Isra, inclinando-se ligeiramente para a frente e colocando uma das mãos por debaixo da barriga. – Esse bebê está me exaurindo.

– Não – disse Sarah. – Dá para ver que tem alguma coisa errada. É o Adam? Ele vem batendo em você?

– Não... – Isra disse, desviando o olhar. – Ele não bate em mim quando estou grávida.

– Então o que é?

– Não sei o que há de errado... – Isra disse, evitando olhar para Sarah. – Só estou um pouco preocupada.

– Com o quê?

– Você vai achar que é bobagem.

– Não vou, não. Prometo. O que é?

– Estou preocupada com o bebê – Isra sussurrou. – E se for outra menina? O que sua família vai fazer? O que Adam vai fazer?

– Não podem fazer nada – disse Sarah. – Ter ou não uma menina não está sob o seu controle. – Ela se aproximou e colocou a mão sobre o ombro de Isra. – E quem sabe é um menino dessa vez?

Isra suspirou.

– Mesmo que seja um menino, não sei como vou fazer para criar quatro crianças. Onde vou arrumar tempo para isso. E se eu não puder mais ler?

– Você sempre vai encontrar tempo para ler – disse Sarah. – Logo Deya vai estar na escola, e não vai ser tão ruim. E eu vou estar aqui para te ajudar.

– Você não entende. – Isra suspirou de novo, massageando as têmporas com as pontas dos dedos. – Sei que parece egoísta, mas eu finalmente estava começando a me sentir como uma pessoa, como se a minha vida tivesse um propósito, como se tivesse algo na vida além de cuidar de criança o dia todo e esperar Adam chegar em casa. – Ela interrompeu o que dizia, surpresa pelas próprias palavras. – Não que eu não goste de ser mãe. Eu amo minhas filhas, claro que amo. Mas durante muito tempo eu não tinha nada que fosse só meu. Só tenho um marido que quase nunca está em casa e que, quando está, bate em mim, além de crianças que dependem de mim para tudo. E o pior de tudo é que eu não tenho nada para dar a elas. Nunca achei que seria assim. A sensação de que sua vida não era nada além daquilo a pegou de surpresa. – Ela começou a chorar.

– Por favor, não chora – disse Sarah, abraçando-a forte. – Você é uma boa mãe. Você faz o máximo possível por suas filhas, e elas vão enxergar isso um dia. Sei que é difícil, mas você não está sozinha. Estou bem aqui. Você tem a mim. Prometo.

\* \* \*

Tem uma coisa que vai te alegrar – Sarah disse a ela quando desceram ao porão depois do jantar. Ela espalhou uma pilha de livros pelo chão.

– Tem tantos livros bons aqui. Não sei nem por onde começar. Tem *Anna Karenina*, *Lolita*, *O Estrangeiro*... Ah! E Kafka, acho que você vai adorar o...

– Não – Isra interrompeu.

Sarah olhou-a nos olhos.

– Não?

– O que eu quero dizer... – disse, fazendo uma pausa. – É que eu quero ler algo diferente.

– Tipo o quê?

– Quero ler algo escrito por uma mulher.

– Claro. Já lemos muita coisa escrita por mulheres – Sarah disse. – Você tem alguma autora em mente?

– Nenhuma específica.

– Algum livro específico?

Isra balançou a cabeça negativamente.

– Estava contando com a sua ajuda. Quero ler um livro sobre alguém como eu.

Sarah franziu a testa.

– Como assim?

– Não sei. Só quero ler um livro sobre o que realmente significa ser mulher.

## · FAREEDA ·

*Verão de 1995*

Depois que Sarah completou dezesseis anos, Fareeda a levava para desfilar para cima e para baixo na Quinta Avenida como se fosse um pedaço de carne à venda. O medo que Fareeda tinha de sair de casa sozinha agora não era nada se comparado ao medo de Sarah não encontrar um pretendente. Naquele mesmo dia, mais cedo, depois de fazer um cozido *mansaf*, foram à farmácia na Rua 75 para pegar os remédios do diabetes de Fareeda. Khaled normalmente era quem apanhava o remédio, mas Fareeda queria que as pessoas vissem Sarah. Um dia, à noite, depois que ficou sabendo que a filha de Umm Ramy ia se casar, ela se dera conta de que talvez estivesse fazendo algo errado. *Nadia, pelo amor de Deus, que estava sempre na Quinta Avenida sozinha, cujos pais a deixavam ir de metrô para a escola.* Não fazia sentido para ela! Talvez fosse porque ninguém via Sarah, que ia de ônibus para a escola e nunca saía de casa sozinha. Talvez as pessoas nem soubessem a cara de Sarah. Então Fareeda começou a levá-la para passear ali por perto, apesar do medo de sair sozinha. Foram ao açougue Alsalam na Rua 72, à padaria Bay Ridge na Rua 78. Às vezes, iam até a Quinta Avenida. Mas, na maioria das vezes, iam visitar as vizinhas. Sarah ainda precisava aprender sobre a cultura, e Fareeda sabia que não havia coisa melhor para se aprender sobre a cultura do que a companhia de outras mulheres.

Mas agora Fareeda estava agachada na frente do fogão pegando um tabuleiro de *knafa*. O aroma de xarope de rosas encheu a casa, e ela se lembrou de quando era criança, antes de serem forçados a se mudarem para o acampamento, e seu pai levava fatias do doce para ela. Ela sempre adorara a massa cor de rosa e o queijo derretido de sabor doce que havia dentro. Respirou fundo, enternecida pela lembrança.

– Faça um bule de chá – Fareeda disse a Sarah ao entrar na cozinha. – Umm Ahmed vai chegar a qualquer minuto.

Sarah grunhiu. O sol de verão havia escurecido sua pele cor de oliva, e seus cachos negros agora tinham um matiz avermelhado. Fareeda a achava linda, a cara dela mais jovem. Fareeda estava definhando, por mais que odiasse admitir. Seu cabelo, que fora cheio e vivo agora ficava atrás das orelhas depois de anos de coloração. Toda aquela henna não havia sido boa para seu couro cabeludo, mas ela não suportava cabelo branco, o que a lembrava de como sua vida havia passado rápido.

– Onde está a Isra? – Sarah perguntou.

– Lá embaixo – disse Fareeda.

Ela entendia que Sarah e Isra haviam ficado mais íntimas, mas não sabia muito bem o que achava disso. A ideia fora dela, para que Sarah se tornasse mais obediente, porém mais de uma vez Fareeda pegara as duas juntas na mesa da cozinha, sussurrando uma para a outra, às vezes até lendo juntas – lendo! Ela ficava ouvindo a conversa delas por alto enquanto assistia TV para se certificar de que não estavam tramando nada. Certa vez, escutara Sarah traduzindo um romance sobre um homem que sentia atração por sua filha adotiva de doze anos, parando para explicar que o pegara emprestado de uma amiga porque a biblioteca da escola o havia proibido. Fareeda tomou o livro dela na hora! A última coisa que ela precisava era qualquer uma delas lendo esse tipo de lixo americanizado. Que ideias o livro poderia lhes dar? Contudo, fora isso, a amizade das duas parecia inofensiva. Ela só precisava garantir que Isra influenciasse Sarah, e não o contrário. Ela sorriu internamente, como se fosse possível alguém conseguir dar alguma fibra a Isra. Não, ela não precisava se preocupar muito com isso.

Fareeda fatiou o *knafa* em pequenos retângulos e salpicou pistache triturado por cima. Ela olhou para Sarah.

– O que é isso que está vestindo?

– Roupas.

Fareeda se aproximou.

– Está sendo engraçadinha?

– É calça jeans e camiseta, *mama*. Qual o problema?

– Pode subir e se trocar – Fareeda disse. – Coloque aquele vestido creme. Enaltece a sua pele. Rápido. – Enquanto Sarah se virava, ela não conseguiu evitar e acrescentou: – arrume o cabelo também.

– Mas é só a Umm Ahmed. Ela já me viu umas mil vezes.

– Sim, mas agora você está mais velha, e Umm Ahmed está à procura de uma esposa para o filho. Não custa nada cuidar um pouco da aparência.

– Eu tenho só dezesseis anos, *mama*.

Fareeda suspirou.

– Não estou dizendo que você precisa se casar imediatamente. Mas não tem nada de errado em um noivado de um ou dois anos.

– Mas Hannah tem a minha idade. – Sarah agora falava mais alto. – E eu não vejo Umm Ahmed tentando casá-la por aí.

Fareeda riu, esticando-se para pegar uma bandeja do armário.

– E o que você sabe sobre Umm Ahmed? Aliás, Hannah aceitou um pedido de casamento ontem à noite.

– Mas...

– Vá trocar de roupa e deixe que eu me preocupo com isso.

Fareeda escutou Sarah resmungando baixinho enquanto ia para o quarto. Alguma coisa sobre estar sendo divulgada ou colocada numa vitrine. *Pobre garota*, Fareeda pensou, *se ela estava se dando conta só agora que esse era o valor da mulher*. Às vezes, queria poder se sentar com a filha e explicar a vida a ela, Deus sabia que ela havia tentado. Mas é impossível explicar certas coisas. Palavras podem fazer coisas extraordinárias, mas, às vezes, não servem.

## · DEYA ·

*Inverno de 2008*

Antes do domingo, Fareeda já havia marcado mais um encontro com Nasser. Era um dia frio de inverno, e Deya circulava pela sala com uma bandeja. Serviu mais uma xícara de café turco para a mãe de Nasser e outra porção de sementes de melancia torradas enquanto Fareeda discursava com seu dente de ouro brilhando entre os lábios. Deya queria jogar a bandeja na parede. Como confiar na avó depois de tudo que Sarah havia lhe contado? Como fingir que não havia nada de errado? Impossível. Ela precisava parar de adiar e começar a se defender antes que fosse tarde demais.

– Minha avó acha que eu deveria me casar com você – disse para Nasser, sentada do lado oposto da mesa da cozinha. – Ela diz que seria burrice recusar seu pedido. Mas não posso me casar com você. Me desculpe.

Nasser se empertigou na cadeira.

– Por que não?

Ela teve um súbito ímpeto de retirar o que dissera, mas se obrigou a prosseguir. Ela ouvia as palavras de Sarah: *Você precisa ser corajosa. Precisa defender a sua vontade.* Ela se virou e olhou Nasser nos olhos.

– O que eu quero dizer é que não estou pronta para me casar. Quero fazer faculdade primeiro.

– Ah – disse Nasser. – Bom, você pode fazer as duas coisas. Conheço muitas garotas que fazem faculdade já casadas.

– Você está dizendo que me deixaria fazer faculdade?

– Não vejo por que não.

Ela franziu a testa.

– E depois da faculdade? Você me deixaria trabalhar?

Nasser ficou olhando para ela.

– Por que você precisaria trabalhar? Você teria tudo que precisa.

– Mas e se eu quiser trabalhar depois de receber o diploma?

– Se nós dois estivermos trabalhando, quem vai cuidar das crianças.

– Está vendo? É disso que estou falando.

– Do quê?

– Por que *eu* tenho que ficar em casa e cuidar das crianças? Por que sou eu que tenho que abrir mão dos meus sonhos?

– Porque um de nós precisa – disse Nasser, aparentemente confuso. – E, claro, essa pessoa precisa ser a mãe. É natural.

– Desculpa?

– O que foi? É verdade. Não estou querendo ofender nem nada, mas todo mundo sabe que criar os filhos é trabalho da mulher.

Deya empurrou a mesa, arrastando a cadeira para trás e se levantando.

– Está vendo? É por isso. Você é igual a todos os outros.

Nasser ficou encarando Deya, seu rosto contorcido pelo susto e pela raiva, e alguma outra coisa. Deya não sabia bem o que era.

– Não estou querendo aborrecer você – disse. – Só estou falando a verdade.

– E o que mais? Vai me bater também e dizer que é normal?

– Do que você está falando? – Nasser disse. – Eu nunca colocaria as mãos em uma mulher. Talvez tenha sido assim no passado, mas as coisas não são mais assim.

Deya o estudou. Ele se empertigou, respirando fundo e com parte da testa avermelhada. Limpou a garganta.

– E seu pai? – ela disse.

– O que tem ele?

– Ele bate na sua mãe?

– Que tipo de pergunta é essa?

– Bate, não bate?

– Claro que não! – exclamou Nasser. – Meu pai nunca bateria na minha mãe. Ele a trata como se fosse uma rainha.

– Ah, com certeza.

– Sabe o quê? Você está sendo muito grossa comigo. Sei que você passou por muita coisa, mas isso não lhe dá o direito de falar com ninguém assim.

– E o que você sabe sobre o que eu passei?

– Você está brincando, Deya? Todo mundo sabe de *tudo* nesta cidade. Só porque seu pai batia na sua mãe não significa que todo homem bate na mulher. – Deya ficou olhando fixamente para ele, e ele zombou. – Quer dizer, pelo amor de Deus, como se ele não tivesse motivo!

Foi como se ele tivesse jogado um tijolo no rosto de Deya.

– Do que você está falando?

– Nada. – Nasser se levantou. – Não é nada. Eu não deveria ter dito aquilo. Desculpe – disse e caminhou em direção à porta da cozinha sem olhar para trás. – Tenho que ir. Desculpe.

– Espera – disse Deya, indo atrás dele. – Não vai embora. Me diz o que você quis dizer com aquilo.

Mas Nasser se apressou, atravessou o hall e saiu porta afora num instante, seguido de sua mãe, antes que Deya pudesse dizer qualquer outra palavra.

## · FAREEDA ·

*Outono de 1995*

Fareeda desconfiava que Umm Ahmed não estaria interessada em Sarah como esposa para seu filho. Era porque Umm Ahmed não compartilhava sua visão de mundo. Ela achava que Fareeda não era religiosa o suficiente e que execrava as mulheres. Mas pelo menos Fareeda entendia como o mundo de verdade funcionava, ao contrário de Umm Ahmed, cuja filha, Fatima, havia se divorciado. Ela tinha certeza que Hannah também se divorciaria. *É o que acontece,* Fareeda pensou, *quando se vive a vida como se fosse um comercial de TV, com todo mundo correndo por aí, rindo, se apaixonando e desapaixonando.*

– O telefone nunca toca se você está esperando ele tocar – Fareeda disse, mastigando um chiclete e olhando para Nadine, que havia se juntado a ela na sala. O ano escolar havia começado, e Isra esperava Deya no ponto de ônibus. Era o primeiro dia dela na pré-escola.

– Você está esperando uma ligação de quem? – Nadine perguntou, acariciando seu cabelo.

– Um possível pretendente.

– Ah.

Fareeda sabia o que ela devia estar pensando. O verão havia terminado, e nenhum pretendente pedira a mão de Sarah em casamento. Talvez as outras mães árabes achassem que Sarah não era boa o suficiente, que não era árabe o suficiente. Talvez, como ela, preferissem uma garota da Palestina. Era possível, mas, no fundo, Fareeda não conseguia evitar o pensamento de que era o *jinn* que ainda assombrava sua família mesmo depois de todos esses anos, como se as filhas de Isra fosse uma espécie de punição pelo que fizera.

Nadine pigarreou e Fareeda ajustou a postura. Ela não queria que as garotas da casa sentissem que estava com medo.

– Você vai sentir falta dela, eu sei – Nadine disse, olhando para Fareeda com seus olhos azuis idiotas. – Ela vai se casar em breve, e você vai sentir falta dela.

– Sentir falta dela? – Fareeda colocou sua camisola por sobre os joelhos. – Qual a relevância disso?

– Só que você não deveria estar tão preocupada em casá-la tão rápido. Você deveria aproveitar o tempo que ainda tem com ela.

Fareeda não gostou da expressão no rosto de Nadine. Houve um tempo em que gostava de sua companhia. Uma pausa na apatia de Isra e na rebeldia de Sarah. Mas agora Nadine era quem mais a irritava, por se achar no direito de fazer o que quisesse. A garota fazia o que tinha vontade, independentemente do que Fareeda lhe pedia. Por mais irritante que Isra fosse, pelo menos fazia o que mandava. Pelo menos sabia o seu lugar. Nadine, por sua vez, tivera *um* diabo de um filho e já andava por aí como se o mundo estivesse em dívida com ela. Como se não fosse mulher como todas elas. *Para quebrar as regras é preciso merecer,* Fareeda pensou, *e Nadine não merece nada.*

– Mas acho que você tem sorte – disse Nadine. – Ela vai se casar aqui e você vai vê-la o tempo todo.

– Vê-la o tempo todo? Você acha que você veria sua mãe o tempo todo se morássemos na Palestina?

– Claro.

Fareeda riu, os olhos apertados, formando duas pequenas fendas.

– Quando a mulher se casa, ela coloca um grande X na porta da casa dos pais. – Fareeda desenhou a letra no ar com o dedo indicador do maior tamanho possível. – Um X bem grande. – Nadine ficou olhando para ela, mexendo nas pontas do cabelo com os dedos. – Nenhum homem quer se casar com uma mulher que ainda está metida na própria família e não em casa cozinhando e fazendo faxina. – Fareeda cuspiu o chiclete em um lenço de papel e o amassou com a mão. – Pode acreditar, vou jogar Sarah de volta no colo do marido se começar a vir aqui depois de se casar.

## · DEYA ·

*Inverno de 2008*

– O que está escondendo de mim? – Deya perguntou a Sarah no dia seguinte, tão logo chegou à livraria. Havia alguns clientes no local, mas Deya não fez qualquer questão de manter um tom de voz baixo. – O Nasser, *Nasser*, logo ele, disse que *baba* tinha motivo para bater em *mama*. Do que ele estava falando?

– Eu não sei.

– Para! Achei que tínhamos dito que não mentiríamos uma para a outra. – Deya baixou o tom de voz, tentando não chorar. – Por favor, me conta a verdade de uma vez por todas. O que aconteceu com os meus pais?

Sarah deu um passo atrás. Ela colocou as duas mãos sobre o rosto.

– Me desculpa – sussurrou. Foi até a mesa, abriu a gaveta de baixo e pegou algo. Quando voltou, estava com um pedaço de papel na mão. Ela o entregou a Deya. – Me desculpe mesmo – disse novamente. – Quando deixei aquele bilhete para você, eu não tinha ideia de que você não sabia. Quando descobri, fiquei com medo de te contar. Achei que, se eu contasse logo de início, você iria embora e eu nunca mais ia te ver. Me desculpe, Deya.

Deya não disse nada enquanto inspecionava o papel que tinha em mãos. Era um recorte de jornal. Ela o aproximou dos olhos para poder enxergar as letras minúsculas e, imediatamente, tudo ficou escuro. Suas lágrimas desaguaram. Que filha terrível ela devia ser por não saber isso desde o começo.

– Por favor – disse Sarah, esticando a mão para tocá-la. – Me deixa explicar.

Mas Deya deu um passo atrás, depois outro. Logo estava correndo.

## · FAREEDA ·

*1970*

Uma das lembranças que sempre vinham à mente de Fareeda sem convite quanto estava sozinha: uma reunião na época em que ela e Khaled ainda moravam nos acampamentos, alguns anos antes de se mudarem para os Estados Unidos. As mulheres estavam sentadas na varanda do abrigo de cimento de Fareeda, bebendo chá de hortelã e comendo rolinhos de *za'atar* que Fareeda assara num forno *soba*. Seus filhos estavam andando de bicicleta pela estrada de terra. Uma bola de futebol voou de um lado da estrada para o outro. Havia muito barulho, risos.

– Ficaram sabendo da esposa do Ramsy? – Hala, vizinha de porta de Fareeda, perguntou entre uma mordida e outra.

– A garota que mora do outro lado do acampamento? Qual o nome dela? Suhayla, não é?

– Sim – disse Awatif, que morava oito abrigos abaixo, próximo ao esgoto a céu aberto. – Aquela que ficou louca depois que a filha recém-nascida morreu.

– Mas vocês ouviram dizer – Hala se inclinou para a frente, sua voz um sussurro agora –, o que *realmente* aconteceu com a bebê? Estão dizendo que eles a afogaram na banheira. Ramsy e sua família tentaram fazer passar por acidente, disseram que ela é nova e que não sabia dar banho na bebê direito. Mas ouvi dizer que ela fez isso de propósito. Que não queria uma filha.

Fareeda se sentiu enjoada, com a boca seca. Engoliu com dificuldade e tomou mais um gole do chá.

– Quer dizer, faz sentido – Hala continuou. – A garota foi estuprada quando ainda era criança e a casaram logo depois. A pobrezinha mal tinha treze anos. E todas nós conhecemos o Ramsy. Um bêbado. Dia e noite com *sharaab* nas mãos. Ele provavelmente bate na garota toda noite. O resto vocês podem imaginar. Ela deve ter pensado que estava salvando a filha. É triste.

Fareeda ficou olhando para as próprias pernas. A mão que segurava a xícara tremia, e ela a colocou sobre um velho barril que usavam como mesa de centro. O barril estava enferrujado e mofado, mas já durava mais de dez anos, desde que Khaled e Fareeda haviam se casado no acampamento. Já o haviam usado de muitas formas diferentes. Ela se lembrava de usá-lo como balde para tomar banho.

– Que bobagem – Awatif disse, puxando Fareeda de volta para a conversa. – Mãe alguma com a cabeça no lugar mataria a própria filha. Ela devia estar possuída. Eu garanto. – Ela se virou para Fareeda, que estava sentada em silêncio ao seu lado. – Conta para elas, Fareeda. Você sabe. Suas filhas gêmeas morreram nos seus braços. Alguma mãe faria algo assim sem estar fora de si? Foi um *jinn*. Conta para elas.

Fareeda sentiu o rosto enrubescer. Ela inventou uma desculpa para pegar alguma coisa na cozinha. Seus joelhos tremiam quando se levantou da cadeira de plástico. Tentou não cair enquanto atravessava o pátio de chão de terra, passando pelos arbustos de *marimaya* e hortelã e entrando na cozinha. A cozinha tinha 90cm por 90cm, e tinha somente uma pia, um forno *soba*, e um armário pequeno. Fareeda escutou Nadia sussurrando na varanda.

– Por que você foi mencionar isso? A mulher perdeu as duas primeiras filhas. Por que ficar lembrando disso?

– Foi há mais de dez anos – Awatif disse. – Não quis magoá-la. Além do mais, olha para ela agora. Ela tem quatro filhos, três deles meninos. O *naseeb* acabou ficando muito bom, se me perguntar. Não há do que reclamar.

Na cozinha, Fareeda tremia violentamente. Ela lembrava somente de partes da morte das filhas. De seus corpos ficando azuis nos seus braços. Do cheiro pungente de morte na tenda. De como as mantinha enroladas em lençóis para que Khaled não percebesse, de como virava seus lânguidos corpos de um lado para outro na esperança de alguma cor retornar aos seus rostos.

Depois se lembrava de fazer orações desconexas. Da pequena cova que Khaled cavara no fundo da tenda, das lágrimas que ele tinha nos olhos. E, em algum lugar, no pequeno espaço da tenda, o que não a deixara desde então, o *jinn*. Observando-a. Ela fechou os olhos, e murmurou baixinho uma curta oração.

*Me perdoem, minhas filhas. Me perdoem.*

· PARTE III ·

# · DEYA ·

*Inverno de 2008*

Deya saiu correndo da livraria com o recorte de jornal amassado na mão. Na estação do metrô, ela andava de um lado para o outro na plataforma enquanto esperava o trem R. Depois de embarcada, ficou andando em círculos próxima à porta de metal. Abriu caminho por entre as pessoas, caminhando para o centro do vagão, deixando para trás o medo e o senso de deferência. Chegando ao fim do vagão, abriu a porta de saída, ignorando o aviso de "apenas para uso em situação de emergência", e atravessou para o próximo vagão, mesmo com o chacoalhar do trem sobre os trilhos no túnel escuro. No vagão seguinte, fez o mesmo, andando, trombando com as pessoas, fugindo de um vagão para o outro, como se o próximo pudesse contar uma história diferente, qualquer uma, desde que, nela, sua mãe não tivesse sido assassinada pelo marido.

Quando finalmente parou, só lhe sobrou olhar novamente o recorte de jornal:

*MÃE ASSASSINADA EM PORÃO NO BROOKLYN*
BROOKLYN, NY. 17 DE OUTUBRO DE 1997 – ISRA RA'AD, VINTE E CINCO ANOS, FOI ENCONTRADA MORTA POR ESPANCAMENTO EM BAY RIDGE ONTEM À NOITE. A VÍTIMA APARENTEMENTE FOI ESPANCADA PELO MARIDO, ADAM RA'AD, DE TRINTA E OITO ANOS, QUE FUGIU DA CENA DO CRIME. A POLÍCIA ENCONTROU SEU CORPO NO EAST RIVER NA MANHÃ SEGUINTE. TESTEMUNHAS O VIRAM PULAR DA PONTE DO BROOKLYN.

Quantas vezes Deya havia lido as mesmas palavras e caído em prantos? Quantas vezes gritara no meio do trem, só parando quando se dava conta de que as pessoas estavam olhando? O que viam quando olhavam para ela? Será que o que ela mesma via agora olhando seu próprio reflexo escurecido na janela de vidro, o rosto de uma idiota? Deya agora via como havia sido tola. Como pudera viver com seus avós todos esses anos e não saber que a mãe fora assinada pelo pai? Espancada até a morte naquela casa, nos mesmos quartos em que ela e suas irmãs ficavam? Por que não tomara uma atitude depois de desconfiar da carta de Isra? Por que não confrontou Fareeda até que lhe contasse a verdade? Por que acreditara tão facilmente no que lhe dissera depois de todas as mentiras que Fareeda foi capaz de produzir? Ela não pensava por conta própria? Não era capaz disso? Como pudera viver a vida inteira permitindo que Fareeda decidisse tudo por ela? Era porque era uma idiota.

Deya apertou o recorte de jornal bem forte na mão. Começou a gritar, batendo o punho cerrado contra a janela do vagão. Seu pai assassinara sua mãe. Ele a matara, tirara sua vida, a roubara dela. E o covarde, ainda por cima, havia se suicidado! Como pôde? Deya fechou os olhos e tentou se lembrar do rosto de *baba*. Lembrou-se mais claramente dele em seu aniversário de sete anos. Ele trouxera um bolo de sorvete da Carvel e sorria ao cantar parabéns em árabe. A lembrança de como ele olhava para ela, como sorria, sempre consolara Deya em dias ruins.

Mas agora ela queria arrancar aquela lembrança da cabeça. Como aquele mesmo homem podia ter assassinado sua mãe? E como seus avós puderam acobertar o caso? Como puderam esconder a verdade de suas netas todos esses anos? E, como se não fosse o suficiente, as urgir a se casarem jovens como seus pais? Como podiam arriscar que algo assim acontecesse de novo? Acontecesse com *ela*? Ela estremeceu com o pensamento.

– Não – disse Deya em voz alta quando o trem parou na Avenida Bay Ridge. Ela disparou tão logo as portas de metal se abriram. – Não! – ela gritou.

Aquilo não iria acontecer de novo. Não com ela. Não com as irmãs. Elas não repetiriam a história de Isra. Ela correu até chegar ao ponto de ônibus, dizendo para si mesma repetidamente: *Não vou repetir a história da minha mãe*. Enquanto o ônibus virava a esquina e as irmãs desciam os degraus, Deya se deu conta de que Sarah dissera-lhe a verdade: a vida era sua, e só ela a controlava.

· ISRA ·

*Outono de 1996*

Isra já não se lembrava de sua vida antes de chegar aos Estados Unidos. Houve um tempo em que sabia exatamente quando as amoras ficavam maduras, que árvores dariam os figos mais doces, e quantas nozes haveria no chão com a chegada do outono na Palestina. Sabia que azeitonas dariam o melhor azeite, o som que uma melancia madura fazia quando se batia nela, o cheiro do cemitério depois da chuva. Mas já não se lembrava mais dessas coisas. Em muitos dias, parecia para Isra que não tivera uma vida antes do casamento, antes de ser mãe. Como havia sido sua infância? Ela não se lembrava de ter sido criança.

Mesmo assim, ser mãe não foi fácil para ela. Às vezes, precisava lembrar a si mesma que era mãe, que tinha quatro filhas para criar. De manhã, depois de acordar, fazer a cama e despachar Adam para o trabalho com uma xícara de *kahwa* e um sanduíche de *labne*, acordava as filhas e fazia café da manhã para elas: ovos mexidos, rolinhos de *za'atar* e azeite, cereal, correndo de um lado para o outro na cozinha para garantir que todas estivessem comendo. Depois, descia com todas e enchia a banheira. Ensaboava seus cabelos, passando os dedos pelo couro cabeludo, esfregando até a pele ficar vermelha, enxaguando o sabão, e recomeçando o processo. Elas tremiam de frio enquanto Isra as secava. Depois penteava os cabelos selvagens de todas, desembaraçando mecha a mecha, forçando-se a ser gentil apesar dos dedos que se moviam frenética e agressivamente. Às vezes, uma delas dava um grito ou soltava um gemido. Quando estava com mais paciência, Isra dizia a si mesma para respirar e diminuir a velocidade. Mas, na maioria das vezes, era ríspida com elas, dizendo para ficarem quietas. Depois, deixava Deya e Nora no ponto de ônibus e colocava Layla e Amal na frente da televisão, ansiosa para terminar suas tarefas domésticas e voltar para os livros.

Depois, Isra se recostava na janela e lia. Do lado de fora, as árvores estavam nuas, os galhos secos e cobertos de gelo. Isra achava que pareciam pequenos braços, delgados e sombrios, tentando pegá-la, como suas filhas. Recentemente, ela via mães em todo lugar, sorrindo muito ao empurrar os carrinhos, um brilho emanando do rosto. Ela se perguntava como conseguiam sorrir tão facilmente. A felicidade que sentiu quando Deya nasceu era algo tão distante que nem lhe fazia mais sentido. Um sentimento lúgubre pairava sobre Isra, uma sensação que só se intensificara desde que Amal nascera. Ela acordava todo dia de manhã sentindo-se jovem, mas, ao mesmo tempo, horrivelmente velha. Alguns dias, ainda se sentia criança, mas, por outro lado, em outros, achava que era demais para uma vida só, que fora sempre, desde criança, sobrecarregada com trabalho, que nunca vivera de verdade. Sentia-se vazia; esgotada. Ela precisava de gente; precisava ficar sozinha. Não conseguia resolver a equação. A culpa era de quem? Achou que era sua. Achou que era da mãe, e da mãe de sua mãe, e das mães de todas as mães, até o fim dos tempos.

Quando Isra chegou aos Estados Unidos depois de se casar, não entendia por que se sentia tão vazia. Achou que era algo temporário, que se ajustaria com o tempo. Sabia que muitas garotas largavam as famílias para vir aos Estados Unidos e que tinham filhos mesmo ainda sendo crianças. Mas elas tinham sobrevivido. Contudo, ultimamente, Isra finalmente compreendera por que não conseguia lidar com a questão, por que sempre sentia como se tivesse sido levada pela corrente. Ela entendera que a vida não era nada além de uma melodia sombria que tocava repetidamente. Uma faixa em *loop*. Sua vida não iria além daquilo. O pior é que suas filhas repetiriam essa história, e a culpa era dela.

– Vamos assistir um filme – Deya disse em árabe com sua voz de seis anos desviando a atenção de Isra do livro que lia.

– Agora, não.

– Mas eu quero – disse Deya. Ela caminhou até Isra e puxou sua camisola manchada de água sanitária. – Por favor.

– Agora, não, Deya.

– Por favor, *mama*.

Isra suspirou. Depois que entendeu que *Aladdin* era uma adaptação de *As mil e uma noites*, colocou as filhas na frente da televisão com um balde de pipoca, e assistiram todos os filmes da Disney que tinham, ansiosa por mais momentos de conexão entre ela e as filhas, o que a remetia à sua infância. Talvez ela encontrasse a história de *Ali Baba e os quarenta ladrões*, ou as *Sete viagens de Sinbad, o marinheiro*, ou até, se ela tivesse sorte, *Os amantes de Basra*. Empolgada, ela colocava cada uma das fitas no aparelho de VHS, mas ficou frustrada. Branca de Neve, Cinderela, A Bela Adormecida, Ariel, nenhum dos personagens das histórias que lia quando criança. Frustrada, desligou a televisão e a ignorava desde então.

– Mas eu quero ver as princesas – disse Deya.

– Já vimos princesas demais.

As princesas a deixavam irritada. Aqueles filmes da Disney, cheios de histórias de amor e finais felizes, como poderiam ser uma boa influência para as filhas? O que as filhas pensariam, Isra se perguntava, vendo aquelas princesas se apaixonarem? Cresceriam achando que aqueles contos de fada eram reais, que amor e romance existiam para meninas como elas? Que, um dia, um homem viria salvá-las? Isra sentiu o peito se apertar. Ela queria ir até a sala e triturar os filmes, arrancando a fita de cada uma daquelas caixas de plástico até não tocarem mais. Mas tinha medo do que Adam diria se descobrisse, do seu olhar violento, das perguntas, do tapa por vir, e da sua falta de respostas. O que ela podia dizer? Que os livros finalmente haviam ensinado a ela a verdade: que o amor não viria de um homem, e que ela não queria suas filhas achando que viria? Que ela não podia deixar as filhas crescerem achando que um homem viria salvá-las? Ela sabia que precisava ensiná-las a amarem a si próprias, que essa era a única chance que tinham de ser felizes. Mas não sabia como nesse mundo que sufocava intensamente as mulheres. Ela não queria que as filhas tivessem que passar por isso, mas não encontrava uma saída.

– Você lê para mim? – Deya perguntou, olhando para ela com seus doces olhos arregalados, os dedos fechados na ponta de sua camisola.

– Claro – disse Isra.

– Agora?

– Tenho que fazer o jantar primeiro.

– Aí depois você vem?

– Aí eu vou.

– Promete?

– Prometo.

– Ok. – Ela largou a camisola de Isra e se virou para sair.
– Espera – disse Isra.
– O que foi, *mama*?
– Você sabe que eu te amo, não é?
Deya sorriu.
– Eu te amo muito.

# · DEYA ·

*Inverno de 2008*

Deya foi até o quarto de Nora. Fechou a porta, trancou e pediu para Nora se sentar e lhe entregou o recorte de jornal. Depois, contou tudo. Por um longo tempo choraram abraçadas.

– Não consigo acreditar – disse Nora olhando para o jornal. – Será que contamos para Layla e Amal?

– Ainda não – disse Deya. – Primeiro eu preciso confrontar a Fareeda.

– O que você vai dizer?

– Vou obrigá-la a contar tudo.

– E depois?

– Depois a gente bola um plano.

– Plano de quê? – perguntou Nora.

– Um plano de fuga.

# · ISRA ·

*Inverno de 1996*

Um dia, num sábado de manhã, depois que Isra e Sarah já haviam lavado a louça da manhã e se recolhido à mesa da cozinha com um fumegante *ibrik* de chá, Fareeda adentrou a cozinha.

– Sirva uma xícara para mim – disse.

Rapidamente, Isra pegou uma xícara do armário. Ela já estava tão acostumada com as ordens de Fareeda que o seu corpo obedecia sem pensar. Depois que Isra entregou a ela o chá, Fareeda se virou para Sarah.

– Hoje é seu dia de sorte – disse.

– Por quê? – Sarah perguntou.

– Porque – Fareeda parou por um instante enquanto passava a ponta do dedo pela borda da xícara – encontrei um pretendente para você.

Isra sentiu-se esvaziar. Tentou não deixar a xícara cair. Como ela sobreviveria sem a amizade de Sarah? Sem os livros?

– Está falando sério? – disse Sarah, afundando na cadeira.

– Claro que estou! Ele vem aqui de tarde.

– Quem é?

– O filho mais novo de Umm Ali, Nader. – Fareeda tinha um sorriso triunfante no rosto. – Ele estava na farmácia no mês passado. Eu o apontei para você, lembra?

– Não – disse Sarah. – Como se isso fizesse diferença. Eu não o conheço.

– Ah, não seja tão negativa. Logo você vai conhecê-lo.

– Está bem, então.

— Pode rolar os olhos o quanto quiser — disse Fareeda. — Mas o casamento é a coisa mais importante na vida da mulher, e não há nada que você possa fazer a respeito disso.

— Dá para acreditar nessa mulher? — Sarah perguntou para Isra depois que Fareeda saiu da cozinha. Ela ficou olhando pela janela, os olhos castanhos molhados de lágrimas.

— Sinto muito — Isra conseguiu dizer.

— Não entendo por que ela insiste para que eu me case tão cedo. Pelo amor de Deus, eu nem terminei o Ensino Médio!

Isra olhou para ela com ternura. Ela entendia o porquê. Sarah vinha ficando cada vez mais rebelde com o passar dos anos. Isra imaginava o quão preocupada Fareeda deveria estar, vendo Sarah se recusando a participar das tradições, quase não falando mais árabe. Às vezes, Isra via que Sarah estava chegando da escola e corria para limpar sua maquiagem antes de entrar em casa. No mês anterior, quando Sarah deu a ela uma cópia de *A redoma de vidro*, de Sylvia Plath, Isra viu que havia uma blusa sem manga em sua mochila. Ela não dissera nada, nem Sarah, que enfiou a blusa no fundo da mochila, debaixo dos livros, mas Isra se perguntava o que mais ela estaria escondendo. Tentou imaginar como se sentiria se estivesse na posição de Fareeda. Não sabia até onde iria para preservar a segurança das filhas.

— Eu não quero me casar. Ela não pode me forçar!

— Abaixe essa voz. Ela vai te ouvir.

— Não estou nem aí se ela me ouvir. Estamos nos Estados Unidos. Ela não pode me forçar a casar!

— Pode, sim — Isra sussurrou. — E ela vai te dar um castigo se você a desafiar.

— E o que ela vai fazer? Bater em mim? Eu apanharia todo dia com prazer se isso evitar que eu me case.

Isra balançou a cabeça.

— Sarah, acho que você não está entendendo. Fareeda não vai bater em você uma vez só. Além disso, logo o seu pai e seus irmãos vão começar a bater em você também. Por quanto tempo você vai aguentar?

Sarah cruzou os braços.

— Pelo tempo que for.

Isra estudou o rosto limpo e os olhos de gato de Sarah. Ela gostaria de ter tido esse tipo de força quando era jovem. Sua vida poderia ter sido muito diferente se tivesse tido coragem. Os olhos de Sarah se fecharam ainda mais.

– Eu me recuso a ter uma vida que nem a sua.

– Que tipo de vida é este? – Isra perguntou, apesar de já saber a resposta.

– Não vou deixar ninguém me controlar.

– Ninguém vai te controlar – Isra disse, denunciada pelo tom de voz.

– Talvez você consiga mentir para si mesma, mas você não me engana.

Apesar dos livros já terem lhe provado o contrário, o velho mundo emergiu.

– A vida da mulher é assim, sabe?

– Você não acha isso mesmo, não é?

– Não consigo ver de outra forma – Isra sussurrou.

– Como pode dizer isso? Há mais coisas na vida do que o casamento. Eu achava que você acreditava nisso também. Eu sei que acredita.

– Acredito, mas isso não significa que tenhamos o poder de mudar as circunstâncias nas quais vivemos.

Sarah franziu a testa.

– Então você quer que eu aceite a vida que eles acham que eu devo ter? Que tipo de vida é essa?

– Eu nunca disse que era o certo, mas não vejo o que possamos fazer.

– Eu posso me defender. Posso me recusar.

– Não importa. Fareeda não vai escutar.

– Então eu mesma digo ao meu pretendente! Vou olhar ele nos olhos e dizer "Eu não quero me casar com você. Vou transformar a sua vida num inferno".

Isra balançou a cabeça negativamente.

– Ela vai te casar. Se não com esse homem, com o próximo.

– Não – disse Sarah, levantando-se. – Não vou deixar isso acontecer. Mesmo que eu precise espantar todos os pretendentes.

– Não está vendo, Sarah?

– Vendo o quê?

– Você não tem escolha.

– Você acha isso mesmo? Que eu não tenho escolha? – Sarah perguntou.

Apesar do tom desafiador na voz de Sarah, Isra percebeu sua ansiedade.

– Vejamos...

\* \* \*

Naquele mesmo dia, mais tarde, Sarah apareceu na cozinha usando um *kaftan* cor de marfim. Do lado de fora, as árvores balançavam vagarosamente, os galhos ainda nus, um resto de gelo ainda visível.

– Você está linda – Isra lhe disse.

– Não importa – disse Sarah, passando por ela. Pegou uma tigela do armário e começou a enchê-la de frutas. – Vamos acabar logo com isso.

– O que você está fazendo? – Isra perguntou.

– O que parece que estou fazendo? Estou servindo aos convidados.

Isra pegou a tigela de sua mão.

– Não é para servir as frutas primeiro.

– Então vou fazer café – disse Sarah pegando um béquer da gaveta.

– Café?

– Sim.

– Sarah, nunca se serve o café primeiro.

Ela deu de ombros.

– Nunca liguei para essas bobagens.

Isra se perguntou se Sarah estava servindo o café turco primeiro de propósito, como ela fizera anos antes, ou se realmente não sabia.

– Coloque as xícaras na bandeja – disse Isra. – Vou fazer chá.

Sarah se apoiou na bancada enquanto arrumava as xícaras de vidro na bandeja. Isra contou mentalmente quantas seriam: *Fareeda. Khaled. O pretendente. A mãe dele. O pai dele. Cinco no total.*

– Aqui – disse, entregando a bandeja para Sarah. – Sirva isso enquanto eu termino o chá.

Sarah ficou ali congelada no vão da porta da cozinha. Isra queria poder ajudá-la, mas a vida era daquele jeito, disse a si mesma. Não tinha nada que pudesse fazer. Sua impotência, de certa forma, até a consolou. Ter consciência de que era impossível mudar as coisas, de que ela não tinha escolha, tornava a vida mais tolerável. Ela se deu conta de que era covarde, mas também tinha consciência de até onde podia ir. Ela não podia mudar séculos de cultura sozinha, nem ela, nem Sarah.

– Venha – sussurrou, empurrando Sarah pelo corredor. – Estão esperando você.

\* \* \*

Isra não conseguiu dormir aquela noite. Ela não conseguia parar de pensar no fato de que, em breve, Sarah não estaria mais lá. Ela se perguntava se continuariam sendo amigas, se Sarah conseguiria vir visitá-la, se sentiria sua falta. Se continuaria lendo. Isra já havia amadurecido o suficiente para saber que doía menos olhar para o mundo sem expectativas.

Ela até começara a pensar que, talvez, a leitura havia causado mais mal do que bem a ela, conscientizando-a da realidade de sua vida e de suas imperfeições. Talvez ela estivesse melhor sem os livros. Só trouxeram falsas esperanças. Mesmo assim, viver sem livros era muito pior.

No dia seguinte, na sala, Fareeda aguardava a ligação da mãe do pretendente comunicando a decisão do filho. Isra pulava de susto toda vez que o telefone tocava, e tocou pelo menos umas doze vezes durante aquela tarde. Ela estudava a expressão e o pânico que emergia em Fareeda toda vez que atendia uma das ligações. Sarah parecia não se incomodar. Ela continuava sentada de pernas cruzadas no sofá com a cara em um livro, como se não tivesse com o que se preocupar.

O telefone tocou novamente, e Fareeda correu para atendê-lo. Isra notou que Fareeda murmurou um alegre *salaam* ao telefone, mas que rapidamente se aquietara. Seus olhos ficavam cada vez mais arregalados e sua boca cada vez mais aberta conforme escutava o que diziam do outro lado, mas ela mesmo não disse uma palavra. Isra roeu as unhas.

– Disseram "não" – Fareeda disse depois de desligar. – Não. Só isso.

Sarah tirou os olhos de sua cópia de O *conto de Aia*.

– É? – disse, antes de virar a página. Isra sentiu, na camisola, o coração batendo forte.

– Mas por que ela diria "não"? – Fareeda lançou um olhar severo para Sarah. – Você disse que sua conversa com o garoto tinha sido boa.

– Não sei, *mama*. Talvez ele não tenha gostado de mim. Não é só porque você tem uma conversa decente com uma pessoa que necessariamente vai se casar com ela.

– Lá vai você sendo espertinha. – Os olhos de Fareeda estavam cada vez mais esbugalhados. Ela arrancou o livro das mãos de Sarah e o jogou longe. – Você vai ver! – disse, virando-se para sair. – Eu vou arrumar um homem para te tirar das minhas costas. *Wallahi*, pouco me importa se ele for velho ou gordo. Vou te entregar para o primeiro homem que concordar em ficar com você!

Isra se virou para Sarah, achando que estaria enterrada no sofá, mas sua amiga havia se levantado graciosamente e procurava o livro pelo chão. Olhou nos olhos de Isra e disse:

– Não há nada nesse mundo que eu odeie mais do que aquela mulher.

– Shhh – disse Isra. – Ela vai te ouvir.

– Que ouça.

* * *

Depois de fazer um bule de chá para acalmar os nervos de Fareeda, Isra desceu ao porão para ler. Deya brincava com um livro de colorir ao seu lado. Nora e Layla brincavam de Lego. Amal dormia no berço. Elas olhavam para Isra de vem em quando e, observando-as ali no quarto, Isra sentiu uma onda de desesperança dentro de si. Ela tinha que fazer alguma coisa, qualquer coisa, para ajudar as filhas.

– Mama – disse Deya. Isra sorriu. Por dentro, queria gritar. – Minha professora disse que o dever de casa era ler isso. – Deya deu a Isra um livro do Dr. Seuss. Isra pegou o livro de suas mãos e fez um sinal com a mão para ela se sentar. Enquanto lia, viu os olhos de Deya se arregalarem de curiosidade e empolgação. Ela esticou o braço e fez um carinho no rosto da filha com a mão. Nora e Layla ouviam a história por alto enquanto construíam uma ponte de Legos. Amal dormia tranquilamente.

– Eu adoro quando você lê para mim – disse Deya depois de Isra terminar.

– É mesmo?

Deya fez que sim com a cabeça bem devagar.

– Você pode ser sempre assim?

– Assim como? – Isra perguntou.

Deya olhou para os próprios pés.

– Feliz.

– Mas eu sou feliz – Isra disse.

– Mas parece que você está sempre triste.

Isra engoliu seco e tentou não embargar a voz.

– Eu não sou triste.

– Não?

– Prometo que não sou.

Deya franziu a testa, comunicando que não estava convencida. Isra sentiu como se a criação que vinha dando a ela estivesse sendo um fracasso. Tentava ao máximo proteger as filhas de sua tristeza, como gostaria que sua *mama* a tivesse protegido da dela. Isra se certificava de que já estavam dormindo quando Adam chegava em casa, que nunca o veriam bater nela. *A tristeza deve ser como um câncer*, pensou, *uma presença que se impõe tão silenciosamente que só nos damos conta dela quando já é tarde demais*. Ela esperava que as filhas não percebessem. Talvez Deya até esquecesse. Ela ainda era muito nova, afinal. Não lembraria daquela época. Isra ainda poderia aprender a ser uma boa mãe. Talvez ainda pudesse salvá-las. Talvez não fosse tarde demais.

– Não sou triste – Isra disse de novo, mas, agora, sorrindo. – Eu tenho você. – Ela puxou a filha para perto e a abraçou. – Eu te amo, *habibti*.

– Também te amo, *mama*.

## · FAREEDA ·

*Inverno de 2008*

O sol se pôs por detrás das árvores nuas, uma fina fatia ainda visível da janela da cozinha. Fareeda lavava os últimos pratos do dia.

*Quem deveria estar lavando essa louça era uma das meninas,* pensou, arrumando os pratos molhados no escorredor. Mas haviam descido correndo para o porão depois do jantar, simulando estarem doentes e deixando Fareeda sem escolha a não ser lavar a louça ela mesma.

– Eu que estou doente – murmurou para si mesma. – Uma senhora lavando a louça, uma desgraça!

Com quatro meninas adolescentes em casa, ela deveria só estar dando ordens, como uma rainha. Mas, mesmo assim, ela ainda tinha que cozinhar e faxinar a casa, ainda tinha que arrumar a bagunça delas. Balançou a cabeça negativamente. Fareeda não entendia como suas netas haviam saído tão diferentes dela e tão diferentes da mãe. Com certeza, a culpa era dos Estados Unidos. Passavam um pano rápido na mesa da cozinha e já achavam que era o suficiente. Como se as coisas pudessem ser lavadas tão rapidamente assim. Não entendiam que era preciso esfregar com força, ajoelhadas no chão, até que a casa estivesse impecável. *Essas crianças americanas são todas mimadas e não sabiam nada sobre o que é trabalhar de verdade,* pensou.

Quando terminou, Fareeda foi para o quarto. Escovando o cabelo, ela se perguntou quando dormira ao lado de Khaled pela última vez. Fazia tantos anos que ela nem se lembrava. Ela nem sabia onde ele estava naquele momento – provavelmente no bar de narguilé jogando cartas. Não que importasse. Na maioria das vezes, ele mal olhava para ela, jantando em silêncio com o olhar perdido, nem agradecendo pela comida que ela trabalhara o dia todo para fazer. Mais jovem, Khaled sempre criticava sua comida, dizendo que o arroz estava cozido demais ou que os legumes estavam salgados demais, ou que o *ful* estava com pouca pimenta verde. Mas agora ele quase não falava nada. Ela queria chacoalhá-lo. O que havia acontecido com o homem que quebrava cintos quando batia nela? Que nunca passava um dia sem insultá-la? Aquele homem havia se apagado com o passar dos anos. Quando ele havia começado a ficar assim? Quando começara a perder o brilho nos olhos, o punho de ferro com que controlava a própria vida? Ela achava que no dia em que chegaram aos Estados Unidos. Na época, não notou, afinal, a transformação fora bastante gradual: suas costas se encurvando, a supressão da própria voz. Mas agora, pensando bem, ela enxergava. Ela se lembrava do dia em que saíram da Palestina. De como Khaled tremia quando trancou a porta do abrigo, chorando ao se despedir da família e dos amigos enquanto o táxi ia embora. De como, no aeroporto de Tel Aviv, ele tivera que parar várias vezes para se recompor, os joelhos travados. De como trabalhara dia e noite em um país diferente, do qual ele nem falava a língua, só para garantir que todos teriam comida. Perder a própria casa quebrara-lhe o espírito. Ela não percebera isso à época, sem entender que o mundo dele estava lentamente se desmantelando. *Mas talvez a vida seja assim mesmo,* pensou Fareeda. *Talvez entendamos a vida só depois que já passou, depois que já é tarde demais.*

    Fareeda tirou a camisola e colocou algo mais quente. O aquecimento do quarto já não funcionava tão bem quanto no passado. Ou isso, ou seus ossos estavam ficando frágeis, mas ela não gostava da possibilidade. Suspirou. Ela não acreditava que o tempo passara tão rapidamente, que ela tinha ficado velha. *Velha*, evitou pensar. O que a incomodava era menos estar velha e mais a noção do que conquistara na vida. Era uma vergonha, pensou enquanto esperava o sono vir, passeando por seu banco de memórias. Era uma vergonha. Não tinha nenhuma memória boa. Todas eram manchadas.

    Ela escutou um som na porta. Surpresa, Fareeda se cobriu. Mas era só Deya, no vão da porta, ofegante. Fareeda sentiu uma tensão, talvez um ar de rebeldia, nela. Ela se lembrou de Sarah, o que subitamente a deixou com medo.

– O que você quer? – Fareeda disse. – Por que não está na cama?

Deya deu vários passos para dentro do quarto.

– Eu sei que os meus pais não morreram em um acidente de carro – gritou, apesar de estar a poucos metros de distância. – Por que você mentiu?

*Pelo amor de Deus,* Fareeda pensou, prendendo a respiração. *Isso de novo, não. Quantas vezes já havia falado disso? Seus pais morreram em um acidente de carro, seus pais morreram em um acidente de carro.* Ela dissera essas palavras tantas vezes que, por vezes, até ela mesma acreditava. Ela queria poder acreditar. Ao contrário do desaparecimento de Sarah, ela não conseguira esconder o assassinato de Isra do resto da comunidade. Na manhã seguinte, as notícias já estavam em toda Bay Ridge, e haviam chegado à Palestina. O filho de Khaled e Fareeda havia assassinado a esposa. O filho de Khaled e Fareeda havia se suicidado. A vergonha que sentiam era horrível.

Mas ela havia conseguido evitar que as meninas ficassem sabendo. Não podia contar a verdade a elas, claro que não podia! Como explicar o que havia ocorrido, que o pai havia matado a mãe e depois se matado, sem deixá-las destruídas? Às vezes, o melhor era manter o silêncio. Às vezes, a verdade doía mais. Ela não poderia deixar que andassem por aí como se fossem mercadorias com defeito. Protegê-las era a única chance que tinham de ter vidas normais. Talvez, era a esperança dela, as pessoas se esqueceriam do caso com o tempo, não as excluiriam do convívio e, quem sabe, até pediriam suas mãos em casamento um dia. Ela queria preservar a reputação das netas, preservá-las da vergonha.

– Isso de novo, não – disse Fareeda, mantendo a mesma expressão no rosto. – Você me acordou por isso? Para falar sobre isso?

– Eu sei que meu pai matou minha mãe! Eu sei que ele se matou também!

Fareeda engoliu seco, como se estivesse com uma pedra na garganta. De onde viera aquilo? Ela ouvira algo na escola? Era possível, apesar de improvável. Durante anos, Fareeda pedira às amigas que não falassem do assunto na frente das netas e para pedirem aos filhos para fazerem o mesmo. Numa comunidade tão interligada como a deles, funcionou. Por uma década, não houve um só deslize. Às vezes, ela se perguntava se as meninas da escola das netas sequer sabiam o que havia acontecido. Talvez os pais não tivessem contado a elas, com medo de transmitir uma ideia errada sobre casamento. O erro de Fareeda havia sido contar a verdade sobre a morte de Hannah. Por isso Sarah fugira, Fareeda dizia sempre para si. Mas descartava esse pensamento. Ela não tinha como saber exatamente o que Deya sabia, então tentou fingir que não sabia de nada.

– Não sei do que está falando. Seus pais morreram em um acidente de carro.

– Você escutou o que eu disse? Eu sei o que ele fez!

Fareeda ficou em silêncio. Ficaria muito feio para ela admitir a verdade depois de todos esses anos. Ela ficaria parecendo uma idiota. Ela não podia fazer isso. Por que viver no passado? As pessoas deveriam sempre seguir em frente, não importa o quê. Nunca olhar para trás.

– Tudo bem, então. – Deya colocou a mão no bolso e puxou um recorte de jornal amassado. Ela o levantou na altura da cabeça para Fareeda ver. – Não importa se você não dizer nada. Sarah já me contou tudo.

Fareeda começou a tremer como se todo o aquecimento da casa tivesse desligado ao mesmo tempo. Cobriu os joelhos com a camisola, repuxando o tecido com força, como se, com isso, pudesse tirar as palavras de Deya dos ouvidos. Ficou olhando pela janela por um instante, depois pulou da cama e se enrolou em um roupão grosso. Acendeu a luz do quarto, as arandelas do corredor e todas as luzes da cozinha. Lá, pegou um saquinho de chá da despensa e colocou um bule sobre o fogão. Ela sentia uma estranheza, como se estivesse lá e não estivesse ao mesmo tempo. O que estava acontecendo? Ela demorou um instante até recobrar os pensamentos. Até que finalmente disse:

– Sarah?

Deya estava de pé no vão da porta da cozinha ainda segurando o recorte de jornal na altura da cabeça.

– Eu a vi hoje. Ela me contou tudo.

– Isso não pode ser verdade – disse Fareeda, recusando-se a olhar para o jornal. – Sarah está na Palestina. Alguém deve estar enganando você.

– Por que você continua a mentir? A verdade está bem aqui! – Deya balançou o jornal na frente de Fareeda. – Você não pode mais escondê-la.

Fareeda sabia que Deya estava certa. Não havia nada que pudesse dizer para acobertar a verdade dessa vez. Mesmo assim, procurava um jeito de se desvencilhar dela. Esticou o braço e pegou o jornal, os dedos tremiam conforme lia. Parecia que Sarah fugira no dia anterior, deixando Fareeda em pânico. Se alguém descobrisse que Sarah havia fugido, desaparecido nas ruas dos Estados Unidos, a honra de sua família estaria destruída. Então Fareeda fez o que sempre fazia: consertou o problema. Não demorou muito até convencer as amigas de que Sarah se casara com um palestino. Ela ficou muito satisfeita consigo mesmo. Mas assassinato, suicídio, esse tipo de vergonha pública era impossível de esconder. Suas netas pagariam esse preço para sempre.

– Por que mentiu para nós todos esses anos? – Deya disse. – Por que não nos contou a verdade sobre nossos pais?

Fareeda começou a suar. Não tinha como escapar. Assim como tudo em sua vida, ela não tinha muita escolha.

Inspirou lenta e demoradamente, sentindo um peso se desprender de si. Depois contou tudo a Deya: que Adam estava bêbado, que não percebera que estava batendo muito forte em Isra e que não tivera a intenção de matá-la. A última parte, repetiu várias vezes. *Ele não queria matá-la*.

– Eu só queria proteger você – disse Fareeda. – Eu tive que contar qualquer coisa a vocês para que não ficassem traumatizadas pelo resto da vida.

– Mas por que você inventou o acidente de carro? Por que não nos contou, mesmo que só depois?

– Era pra eu sair por aí fazendo propaganda do que aconteceu? Me diga uma coisa, o que isso teria trazido de bom? O nome da nossa família já estava desgraçado, mas eu tentei te proteger! Não podia simplesmente não fazer nada. Eu tentei impedir que isso acabasse com as vidas de vocês! Você não entende?

– Não, não entendo! – Deya gritou. – Como você pode esperar que eu entenda algo assim? Nada faz sentido. Por que ele mataria, *assassinaria* aliás, a mãe das suas filhas, a sua esposa?

– Ele... ele... ele perdeu o controle.

– Ah, então você achava que não havia problema nenhum ele bater nela? Por que não fez alguma coisa?

– E o que eu poderia fazer? Como se eu pudesse ter feito alguma coisa para impedi-lo!

– Se quisesse, poderia! – Fareeda abriu a boca, mas Deya a interrompeu. – Por que ele a matou? O que ela fez? Me diga o que aconteceu!

– Não aconteceu nada – Fareeda mentiu. – Ele estava bêbado, totalmente fora de si. Naquela noite, eu o ouvi gritando lá de cima. Eu o encontrei no chão, tremendo, ao lado do corpo da sua mãe. Fiquei horrorizada. Implorei para ele sair antes da polícia chegar. Disse para fazer as malas e fugir, que eu cuidaria de todas vocês. Mas ele só ficou olhando para mim. Eu nem sabia se ele estava me escutando. Em pouco tempo, a polícia estava na minha porta dizendo, que encontraram o corpo do meu filho no rio.

– Você tentou acobertar o que ele fez? – Deya perguntou, incrédula. – Como pôde? O que tem de errado com você?

Fareeda se repreendeu, ela tinha falado demais. Deya estava olhando para ela, horrorizada. Dava para ver a dor nos olhos da neta.

– Como pôde acobertar o crime depois dele ter matado a minha mãe? – Deya perguntou. – Como pôde ficar do lado dele?

– Eu fiz o que qualquer mãe faria.

Deya balançou a cabeça, enojada.

– Seu pai estava possuído – disse Fareeda. – Ele tinha que estar. Ninguém em sã consciência mataria a mãe de suas filhas e depois se suicidaria.

Disso ela não tinha dúvida. Depois que a polícia chegou e disse a ela o que Adam fizera, Fareeda se sentou na varanda, estupefata, olhando para o céu, como se tivesse caído sobre ela. Ela lembrou de todos os anos com Adam, desde o seu nascimento em um dia quente de verão, ela agachada no fundo do abrigo, até anos depois, depois de virem para os Estados Unidos, onde Adam os ajudava a administrar a deli, trabalhando dia e noite sem fim. Ela nunca suspeitara que o filho faria isso. Não Adam, que fazia todas as orações quando era criança, que queria ser imã. Adam, que fazia tudo por eles, que sempre fazia de tudo para agradar, que nunca lhes negara nada. Adam, um assassino? Talvez ela deveria ter desconfiado pelo jeito que chegava em casa toda noite, fedendo a *sharaab*. Mas ela havia ignorado os seus medos, dito a si mesma que estava tudo bem. Afinal, quantas vezes Khaled ficara bêbado quando eram jovens? Quantas vezes batera violentamente nela? Era normal. E, por causa disso, agora ela era mais forte. Mas assassinato e suicídio, isso não era normal. Ela tinha certeza de que Adam estava possuído.

– Então tanto *mama* quanto *baba* estavam possuídos? É sério isso? Essa é a sua explicação para tudo?

Fareeda mordeu o lábio por dentro da boca.

– Acredite você ou não, essa é a verdade.

– Não é, não! Sarah disse que não havia nada de errado com *mama*.

Fareeda suspirou. Seria ótimo se fosse verdade, se ela tivesse inventado todos os problemas de Isra. Mas tanto ela quanto Deya sabiam que havia algo de errado com ela. Calmamente, ela disse:

– Você não se lembra como ela era?

Deya enrubesceu-se.

– Isso não quer dizer que ela estava possuída.

— Mas estava. — Fareeda olhou Deya nos olhos. — E Adam estava possuído também. Ele não estava com a cabeça no lugar. Só um *majnoon*, um louco, mataria a esposa daquele jeito.

— Mesmo assim, isso não quer dizer que ele estava possuído! Ele poderia... — Deya tentou pensar na melhor tradução para o árabe. — Talvez ele tivesse uma doença mental. Ele poderia estar deprimido, ou pensando em suicídio, ou simplesmente ser uma pessoa ruim!

Fareeda balançou a cabeça. Era típico da neta usar conceitos ocidentais para entender tudo. Por que ela não podia entender que a medicina ocidental não entendia da questão, nem tinha uma cura para aquilo?

A chaleira apitou, perfurando o silêncio que havia entre elas. Fareeda desligou o fogão. Naqueles momentos em que o aroma de *maramiya* preenchia toda a cozinha, tinha que admitir o quanto sentia falta de Isra, que sabia fazer o chá exatamente como ela gostava, que, mesmo aborrecida, nunca a desrespeitara. Isra nunca teria gritado com ela como Nadine gritara no dia em que ela e Omar fizeram as malas e simplesmente foram embora, deixando Fareeda sozinha. O que ela fizera para merecer aquilo? Fareeda se perguntava, colocando chá para si em uma xícara. Ela se lembrava de Omar dizer que era muito controladora, que ele nunca podia ser gentil com Nadine na presença dela, de como tinha de fingir ser forte e másculo. Ele odiava a palavra "másculo", disse a ela, quase cuspindo. Bom, isso era porque ele não era homem de verdade, Fareeda dizia a si mesma enquanto colocava duas colheres de açúcar no chá. Nem Ali, que fora morar na cidade com alguma garota, abandonando-a com as netas, fazendo com que ela tivesse que limpar a bagunça da família mais uma vez.

— Sabe — Fareeda disse após um instante —, os árabes usam o termo "*majnoon*" para "loucura", mas se você separar os elementos da palavra, o que temos? — Deya ficou só olhando para ela. — A palavra "*jinn*" — disse Fareeda, sentando-se novamente na cadeira. — A loucura vem do *jinn*, um espírito maligno que há dentro da pessoa. Terapia e remédios não dão conta disso.

— Você está falando sério mesmo? Essa é a sua explicação para tudo? Você acha que pode colocar a culpa disso tudo em um *jinn*? Não é uma boa explicação. Isso aqui não é uma historinha na qual podemos amarrar os fatos como quisermos. Não é faz de conta.

— Seria ótimo se não fosse verdade, mas é — disse Fareeda.

— Mesmo assim, isso não explica por que você tentou acobertar o que ele fez — disse Deya. — Como pôde? Você não consegue nem perdoar a sua própria filha quando tudo o que ela fez foi simplesmente fugir! Você é muito hipócrita!

Fareeda segurou a xícara mais forte. Do lado de fora, o céu estava escuro, e só se via o brilho da luz de alguns postes. Ela ficou observando o escuro com o olhar perdido enquanto pensava no que Deya dissera. Por que ela nunca culpara Adam e o havia até perdoado? Sarah não havia matado ninguém, não havia deixado quatro meninas para ela criar. Mas era verdade, ela nunca conseguira perdoá-la. Ela e Khaled haviam apagado Sarah de suas vidas completamente, como se nunca tivessem tido uma filha, como se ela tivesse cometido o pior dos crimes. Ela tinha tanto medo da vergonha que a família teria de enfrentar que nunca questionara o fato. Deya estava certa: ela era uma hipócrita. Um oceano de tristeza a atravessou, e ela começou a chorar.

Fareeda chorou por muito tempo. Apesar de estar com o rosto enterrado nas próprias mãos, sabia que Deya a estava olhando, esperando uma explicação, uma resposta. Se ao menos a vida fosse simples assim.

# · ISRA ·

*Inverno de 1996*

Isra não conseguia dormir. Não conseguia parar de pensar. Toda vez que fechava os olhos, ouvia Deya sussurrando. *Você parece estar sempre triste.* Chorou em silêncio, na cama. Como as filhas lembrariam da infância? O que pensariam dela? Eram essas questões que ocupavam sua cabeça recentemente. Alguns dias, ela achava que deveria pedir desculpas por todos os beijos que não dera, por todas as vezes que não lhes dera atenção enquanto falavam, todas as vezes que batera nelas quando estava brava, por não ter dito que as amava o suficiente. Em outros dias, cada vez mais raros, consolava-se com a ideia de que, ainda assim, daria tudo certo, ou, mais raros ainda, de que tudo sempre estivera certo, de que não havia nada de errado com a criação que dava às filhas, que só fazia o melhor por elas.

O que faria quando ficassem mais velhas? As forçaria a seguir pelo mesmo caminho?

– Preciso conversar com você – Isra disse a Adam um dia, à noite, quando chegou do trabalho. Sentada na beira da cama, observou enquanto ele tirava as roupas do trabalho, esperando uma resposta. Mas ele não disse nada. – Você não vai dizer nada? – perguntou. – Você quase não fala comigo desde que Amal nasceu.

– O que quer que eu diga?

Agora, ela sentia cheiro de cerveja nele toda noite. Talvez fosse por isso que ele vinha batendo nela mais regularmente. Mas, vez em quando, a culpa era dela. Às vezes, ela provocava. Isra lembrou da noite anterior, quando colocara uma colher a mais de coentro em seu *mulukhiya*, só para irritá-lo.

– O que foi? – ela perguntou inocentemente depois que ele cuspiu a comida.

Ela manteve a expressão enquanto ele balançava a cabeça com raiva e empurrava a tigela de comida, mas, por dentro, estava em êxtase com a pequena vingança. Se temperar a comida demais era a única coisa que podia fazer, então ela o faria o quanto pudesse.

– Quero conversar com você – Isra disse. – Sobre nossas filhas.

– O que tem elas?

– Deya disse algo hoje, uma coisa que me deixou preocupada.

Os olhos dele se voltaram para ela.

– O que ela disse?

– Ela disse... – Parou por um instante. – Ela disse que eu pareço estar sempre triste.

– Bom, ela está certa. Você fica aí se lastimando pelos cantos como se estivesse à beira da morte.

Isra ficou surpresa.

– É verdade. Mas o que eu tenho a ver com isso?

– Não sei – Isra disse. – Mas é que desde que Amal nasceu, você...

– Agora a culpa é minha? Depois de tudo o que eu fiz por você?

– Não! Não estou dizendo isso.

– Então o que você está dizendo?

– Nada, desculpe. É só que ultimamente eu tenho tido medo de...

Ele balançou a cabeça negativamente enquanto caminhava até a cômoda para abrir sua gaveta.

– Com medo do que, exatamente?

Isra abriu a boca para responder, mas o medo foi mais forte, então não conseguiu dizer nada. Do que exatamente ela estava com medo? De ser uma mãe ruim? De assustar as filhas como seus pais a assustaram? De ser leniente demais e não lhes ensinar a verdade sobre o mundo? Ela tinha medo de muitas coisas. Como explicar?

Adam suspirou de novo.

– Então, não vai dizer nada?

– Eu só estou preocupada. Com a vida que nossas filhas vão ter. Se elas vão poder escolher.

Ele olhou fixamente para ela.

– Escolher o quê?

– Eu só fico me perguntando se terão que se casar tão jovens.

– Mas é claro – ele disse, ríspido. – O que mais poderiam fazer?

Ela desviou o olhar, mas sentia na pele seus olhos cravados nela.

– Eu achava que talvez pudéssemos não apressar o casamento. Que, talvez, pudéssemos, sabe, dar uma escolha a elas.

– Escolha? Para quê?

– Não sei. Eu tenho medo delas não serem felizes.

– Que tipo de besteira é essa? Você se esqueceu de onde veio? Está achando que somos americanos agora?

– Não! Não foi isso que eu quis dizer.

Mas Adam havia parado de ouvir.

– Depois de tudo que eu fiz por você, você vira esse tipo de mulher? Como se não bastasse você ter parido quatro filhas para eu cuidar, agora eu também tenho que me preocupar com a criação que você quer dar a elas?

– Não! Você não precisa se preocupar.

– Ah, é mesmo? – Adam foi em sua direção, e ela se encolheu, apoiada na cabeceira da cama, sentindo como se o quarto estivesse encolhendo.

– Por favor, Adam. Eu juro. Não foi isso que eu...

– Cala a boca!

Ela se virou para o lado oposto, mas ele bateu sua cabeça contra a cabeceira. A pegou pelo cabelo e a arrastou até o quarto das filhas.

– Para, por favor! As meninas...

– Qual o problema? Você não quer que elas vejam? Talvez esteja na hora delas verem o que é ser mulher.

– Por favor, Adam, elas não deviam ver isso.

– Por que não? Você não anda por aí triste o tempo todo? Você não está tentando fazer com que fiquem com medo de se casarem? Não é esse o seu plano?

Ele colocou uma mão em cada lado do seu rosto e virou sua cabeça para que olhasse as filhas deitadas. Suas mãos desceram para o pescoço de Isra, para que ficasse imóvel.

– Está vendo essas meninas? Está vendo? – Ela lutava para respirar. – Está vendo?

– Estou – ela conseguiu dizer.

– Agora escuta bem, porque eu não vou dizer isso de novo. As minhas filhas são árabes. Está claro? *Árabes*. Se eu ouvir você falar em escolhas de novo, vou me certificar que elas vão acordar toda vez que você gritar. Vou garantir que elas saibam o que acontece com uma mulher que desobedece ao marido. *Fahmeh*? Entendeu?

Isra fez que "sim" com a cabeça, ofegante, até Adam a soltar. Ele foi tomar banho sem dizer mais uma palavra.

Isra pôs a mão na cabeça e sentiu sangue.

※ ※ ※

Mais tarde, pensou que, talvez, fosse culpa dos livros. Todos os sentimentos que a silenciaram por tanto tempo – negação, vergonha, medo, indignidade – não eram mais suficientes. Tão logo ouviu a água do chuveiro, voltou ao quarto das meninas. Abriu a janela, o ar frio duro contra sua pele e saiu. Tocou o cimento com os pés e correu.

Para onde estava indo? Não sabia. Desceu correndo a Rua 72 até a Quinta Avenida, parando somente para respirar. Era meia-noite, e todas as lojas estavam fechadas, com a exceção de uma deli na esquina da Rua 73, um bar de sinuca na Rua 79 e uma farmácia Rite Aid na Rua 81. Para onde ia? E o que faria quando lá chegasse? Uma lufada de vento tocou-lhe o rosto. Ela diminuiu a velocidade quando começou a tremer, mas se forçou a seguir em frente, obrigando suas pernas a continuarem. *A que ponto minha vida chegara?*, pensou. Sua paciência resultara nisso. Onde ela havia errado? E o que faria agora? Quais eram suas opções? Seja na Palestina ou nos Estados Unidos – não importa para onde olhasse, era lembrada de sua impotência. Na vida, ela só queria encontrar a felicidade, e agora estava claro que nunca encontraria. Só de pensar nisso, já a fazia querer ficar no meio da rua até que algum carro a atropelasse.

Parou novamente para respirar na Rua 86, na frente da Century 21, uma loja de departamentos que ocupava metade do quarteirão. Ela já entrara na loja com Khaled e Fareeda uma vez, mas não conseguia se lembrar o porquê de terem ido. Talvez Fareeda precisasse comprar sapatos. Ela continuou descendo a rua, procurando alguma coisa, qualquer coisa, que a acalmasse, mas, quanto mais se afastava de casa, mais seu corpo tremia. O céu estava escuro como o carvão, sem nenhuma estrela. As pessoas passavam por ela apressadas, mesmo àquela hora da noite. Adolescentes riam, e havia homens de roupas esfarrapadas deitados no chão. Eles olharam para ela, e ela desviou o olhar. Ela tinha a sensação de estar olhando para si do alto, como se fosse uma criança pequena no meio de uma rua imensa. Apertou os pés com força contra o concreto para tentar se fixar ao chão.

Ficou andando em círculos até que começou a chorar. Atravessou a rua e novamente andou em círculos. O que ela poderia fazer? Para onde poderia ir? Não tinha dinheiro, trabalho, educação, amigos, família. O que seria das filhas sem ela? Não poderiam crescer sem mãe. Não poderia deixá-las com Adam e Fareeda. Ela precisava voltar.

Mas não podia voltar, não para ele, não agora. Imaginava Adam de olhos esbugalhados, rangendo os dentes, as mãos apertando seus braços com força, jogando-a contra a parede, puxando-lhe os cabelos, batendo em seu rosto, as mãos em volta de sua garganta, sua pele ficando dormente, e ela desmaiando. Não. Ela não podia encontrá-lo agora.

Caminhou pela Rua 86, parando em frente a uma farmácia. Estava aberta, para seu alívio, e ela sentou-se no degrau em frente à loja. A dor na lateral de sua cabeça estava diminuindo. Massageou as têmporas. Estava com frio, e começou a chorar. Caíram lágrimas de todos os tipos: raiva, medo, melancolia, mas, acima de tudo, arrependimento. Como ela pudera ser tão inocente ao ponto de achar que podia ser feliz? Deveria ter escutado *mama*. Felicidade era coisa dos livros. Era tolice achar que a encontraria no mundo real.

Isra levantou os olhos e viu um homem se aproximando.

– Com licença, você está bem? – ele perguntou. – Você está sangrando.

Isra abraçou as pernas e olhou para o chão. O homem se aproximou.

– O que houve com a sua cabeça?

– N...nada – ela gaguejou, sentindo a estranheza do inglês em sua língua.

– Alguém fez isso com você? Alguém te machucou?

Ela balançou a cabeça negativamente.

– Você precisa chamar a polícia. Machucar alguém assim é ilegal. Quem fez isso com você tem que ir para a cadeia. – Isra começou a chorar novamente. Ela não queria mandar o pai de suas filhas para a cadeia. Ela só queria ir para casa. – Você precisa ir para o hospital – o homem disse. – Você precisa de pontos. Tem alguém para quem você queira ligar? – Ele apontou para um telefone público na esquina. – Vem comigo – disse, apontando para a cabine com a mão.

Isra o seguiu. O homem colocou duas moedas na caixa brilhante e deu o telefone para Isra.

– Você precisa ligar para alguém.

Isra estava usando um telefone público pela primeira vez. O frio do metal nas pontas dos seus dedos a deixou arrepiada. Ela começou a tremer, e não conseguiu parar. Ela colocou o telefone no ouvido. Ouviu um bipe.

— Você precisa discar um número — o homem disse.

Ela não sabia para quem ligar. Ali, naqueles poucos segundos, com o telefone grudado ao ouvido, a solidão de Isra ficou mais clara do que nunca. Ela sabia que não poderia ligar para a Palestina sem um cartão telefônico, e o que *mama* diria além de que deveria ir para casa e parar de se humilhar na frente dos outros? Ela não podia ligar para o pager de Adam, não depois do ela fizera. Ela só tinha uma pessoa para quem ligar, e chorou enquanto discava o número.

❖ ❖ ❖

— Entra — Fareeda disse da janela do passageiro enquanto Khaled estacionava o carro. Isra entrou no carro. — Que ideia foi essa de sair de casa sozinha assim tarde da noite?

— Quem é aquele homem? — Khaled disse, ríspido, olhando para ela de lado.

— Não sei — Isra disse. — Ele estava tentando me ajudar e...

— Me diga, então — Khaled a interrompeu. — Que tipo de mulher sai de casa no meio da noite?

— Fica calmo — disse Fareeda, dura. Ela olhava a cabeça de Isra sob a luz de um poste. — Não está vendo que a garota está abalada?

— Fique quieta. — Ele se virou para olhar Isra de frente. — Me diga uma coisa, para onde estava indo? E quem é aquele homem?

— Eu... eu não sei. Ele só estava tentando ajudar — disse Isra. — Eu estava com medo. Minha cabeça não parava de sangrar... Não para de sangrar.

— Isso não é motivo para sair de casa — disse Khaled. — Como podemos garantir que você não estava com algum homem?

— Homem? Que homem? — Isra se encolheu no banco de trás. — Eu não estava com ninguém. Eu juro.

— E como é que eu garanto isso? Como eu sei que você não fugiu de casa com um homem e agora está ligando para nós a buscarmos?

— Estou falando a verdade! — Isra disse, chorando. — Eu não estava com ninguém. Adam me bateu!

— Claro que sim — Fareeda disse, virando-se para Khaled com o cenho franzido.

— Não tem como sabermos — Khaled disse. — Só uma *sharmouta* sai de casa assim no meio da noite.

Isra estava cansada demais para brigar. Ela apoiou a cabeça no assento, sentindo náuseas da própria impotência.

— Já chega! — Fareeda gritou. — Olha a cabeça da garota.

— Ela pode ter batido a cabeça na calçada — disse Khaled. — Ela podia estar com outro homem e *ele* fez isso com ela. Como podemos garantir que ela está falando a verdade?

— Você é desumano e nojento! Sempre apontando o dedo. Sempre botando a culpa na mulher. Seu filho é um bêbado, claro que é, e por que não seria? Igual ao pai!

— *Uskuti*! Cale a boca!

— Por quê? Você não gosta da verdade, não é? Olha só a garota! — Fareeda se virou e apontou para Isra no banco de trás. — Olha a cabeça dela! Vai ter que levar muitos pontos! E você aí falando de outro homem. — Ela fez um som de cuspida com a boca. — Não há nada mais cruel no mundo do que o coração de um homem.

Khaled levantou a mão.

— Eu disse *uskuti*! Cala a boca!

— E se eu não calar? Vai fazer o quê? Vai voltar a me bater? Quero ver! Quero ver colocar a mão numa senhora, seu nojento! Em vez de gritar com a garota, por que não vai cuidar do diabo do seu filho que espancou a mulher? O que vamos dizer aos pais dela, hein? Que o nosso filho bateu nela tão forte que ela precisou levar pontos? E se no hospital alguém chamar a polícia? E se o nosso filho for preso? Me diz! Você pensou nisso? Pensou? — Ela se virou e olhou pela janela. — Claro que não. Sou eu que tenho que pensar nas coisas aqui.

Khaled deu um suspiro, franzindo a testa.

— Ela não deveria ter saído de casa assim. — Ele olhou Isra pelo espelho retrovisor. — O lugar da mulher é em casa. Entendeu? — Isra não respondeu. — Entendeu? — disse mais alto.

Isra fez que sim com a cabeça e desviou o olhar. Ela tinha medo do que diria se abrisse a boca. Pela primeira vez, Khaled a lembrou de Yacob: barulhento, dominador e furioso com ela. Isra sentia-se encolher involuntariamente toda vez que olhava para o espelho e via que ele ainda a observava. Olhou para o lado, em pânico. Se Khaled estava assim tão nervoso, o que Adam faria quando a encontrasse?

Ficou olhando pela janela até chegar em casa. De vez em quando, levantava os olhos e via Fareeda com o olhar perdido. Isra se perguntou em que estaria pensando. Em sete anos, Fareeda nunca a defendera. O que aquilo significava? Que Fareeda finalmente a entendia? Que a amava, até? Sua própria mãe nunca a defendera apesar de Yacob ter batido nela em sua presença várias vezes.

Isra sentiu uma onda de impotência enquanto pensava em sua vida. Ela não queria muito. Por que não conseguia? Ela devia ter feito algo para merecer esse destino tão infeliz, mas não sabia o que era, então ela não tinha uma solução. Ela queria tanto que Deus dissesse a ela o que fazer. Ali, no silêncio do carro, ela perguntou, e não teve resposta.

# · FAREEDA ·

*Inverno de 2008*

– Se precisar, fico aqui a noite toda – Deya disse a Fareeda na cozinha. – Só saio depois que você me disser o que aconteceu. – Ela se aproximou. – E, se você se recusar a falar, nunca mais falo com você. Pego as minhas irmãs e vou embora, e você nunca mais vai nos ver.

– Não. – Fareeda esticou a mão para tocá-la, mas Deya recuou. – Por favor.

– Me conta a verdade. Toda.

– É o *jinn* – grasnou. – É o *jinn* das minhas filhas.

Seja o que for que Deya estivesse esperando, claramente não era aquilo. Ela olhou confusa para Fareeda.

– Do que você está falando?

– É o que possuiu Adam e Isra. É o que vem atormentando a família todos esses anos. O *jinn* das minhas filhas.

– Que filhas?

Ela contou tudo para Deya: como sua barriga inchou logo depois de se casar com Khaled, como ficara esperançosa com o dom da vida e a possibilidade de começar de novo em tempos tão terríveis. Só que Fareeda não dera a Khaled o filho com que ele tanto sonhara, o jovem que o ajudaria a conseguir comida e água, que o ajudaria a enfrentar o peso da perda da família, e que levaria seu nome adiante. Mas, em vez disso, ela dera *balwas* a ele, e não só uma, mas duas. Mesmo antes de ver sua expressão lúgubre, ela já sabia que ele ficaria decepcionado. Ela nem o culpava. A vergonha de seu gênero ela já tinha impressa nos ossos.

Deya se sentou.

– O que houve com elas?

– Elas morreram. – Fareeda sentiu o peso das palavras na língua. Ela não as dizia há muito tempo.

– Como? – Estava claro que Deya ainda estava irritada, mas o tom de sua voz havia se amenizado.

– A mãe de Khaled me fez dar fórmula para elas. Ela disse que amamentar me impediria de engravidar e que precisávamos ter um filho homem. Mas às vezes faltava comida e remédios. Um dia, fiquei sem a fórmula, então roubei um pouco de leite de cabra de uma tenda vizinha e dei para elas, mas...

– Não sei o que isso tem a ver com os meus pais estarem possuídos – Deya disse.

Como fazê-la entender? Fareeda segurou o choro. Aquilo tinha tudo a ver com Adam e Isra. Suas filhas a estavam punindo todos esses anos pelo que fizera. Quando Isra começou a dar à luz a filha atrás de filha, quando Adam chegava em casa com os olhos marejados, Fareeda sentia o espírito das filhas no ar, quase ouvindo seu choro.

– Diz alguma coisa! – disse Deya. – O que as suas filhas têm a ver com os meus pais?

– Porque eu as matei. Eu não sabia! Eu juro, eu não sabia! Eu era muito nova, eu não fazia ideia, mas não importa. A culpa foi minha. Eu as matei, e elas vêm me assombrar desde então.

Deya ficou olhando para ela com o rosto contorcido, ilegível. Fareeda sabia que a neta nunca entenderia que a vergonha pode crescer, mudar de forma e engolir uma pessoa até o ponto em que ela não tem escolha além de passar essa vergonha adiante para não ter que aguentá-la sozinha. Procurou as palavras certas, mas nenhuma a ajudava a explicar. No fundo, sabia o que havia feito: afastara a todos e, agora, só podia esperar o dia em que Deus a levaria deste mundo. Ela só esperava que fosse rápido. Para que viver como ela, uma capa de solidão ao redor de um coração vazio?

Fareeda fechou os olhos e respirou. Algo dentro dela havia mudado, como se, durante toda a sua vida, estivesse indo na direção errada, sem conseguir entender o momento exato em que tudo virara de cabeça para baixo. Essa vida era demasiado cruel. Ela agora via com clareza a cadeia de vergonha transmitida de mulher para mulher e seu lugar nesse ciclo. Suspirou. Mas não tinha muito que uma mulher pudesse fazer.

# · DEYA ·

*Inverno de 2008*

Na manhã seguinte, Deya deixou as irmãs na esquina da Rua 72 e seguiu, com a cabeça baixa para não ter que as olhar nos olhos até a estação de metrô. Suas mãos suavam, e ela as secou no *jilbab*. Lembrou-se rapidamente de como estava serena quando, na noite anterior, dissera às irmãs que deveriam fugir, que ela tinha um plano. Ela sorria enquanto pintava um futuro para elas, uma esperança forçada nos olhos.

Mas algo inesperado aconteceu. Elas se recusaram a ir. Nora disse que a ideia de fugir era ruim, que não traria os pais deles de volta, que só os isolaria mais. Layla concordara, acrescentando que alguém havia tomado conta delas a vida inteira, e que não conseguiriam sobreviver sozinhas. Não tinham dinheiro. Não tinham para onde ir. Amal só fez que sim com a cabeça enquanto as duas falavam, os olhos arregalados e marejados. Elas sentiam muito, disseram, mas estavam com medo. Deya disse que também estava com medo. A diferença era que ela também estava com medo de ficar.

– Eu tenho que sair de casa – Deya disse a Sarah logo que se sentaram no lugar de sempre. – Posso ficar com você?

– Mas e tudo o que nós conversamos? Não acho que fugir seja a resposta.

– Mas você fugiu. E olha você agora. Além do mais, eu achei que você tinha me dito para tomar minhas próprias decisões. Bom, essa é a minha decisão.

Sarah suspirou.

– Eu tinha perdido a virgindade e estava com medo de morrer. As circunstâncias eram completamente diferentes. Mas você, você não fez nada de errado. – Deya percebeu que Sarah segurava o choro. – Se você fugir, vai perder suas irmãs. Talvez, se eu tivesse ficado, Isra ainda estaria aqui.

– Não diga isso! A morte de *mama* não teve nada a ver com você. Foi culpa unicamente dele. Dele e de *teta*. Fora isso, o que teria acontecido com você se tivesse ficado? Você teria se casado e provavelmente teria cinco ou seis filhos agora. É isso que vai acontecer comigo se eu não fugir. Eu tenho que sair.

– Não! Você tem que se esforçar mais e lutar pelo que quer.

– Teta nunca vai me deixar...

– Escuta – Sarah a interrompe –, você quer fazer faculdade e tomar suas próprias decisões. Ótimo. Faça isso. Você não quer se casar? Então não se case. Bata o pé, recuse. Tenha coragem de se defender. Deixar a própria família não é a solução. Fugir é uma covardia, e você vai se arrepender disso para o resto da vida. E se você nunca mais vir suas irmãs? Nunca vir os filhos delas? É isso que você quer? Viver marginalizada? Você pode fazer isso do jeito certo, Deya. Você não precisa perder sua família.

*Sarah não entende,* pensou Deya. *Ela esquecera como eram as coisas em casa.* Deya não podia lutar por nada na casa de Fareeda. Ela ficaria melhor se serrasse a própria perna.

– Se for assim, eu vou me casar – disse. – Sair de casa e começar de novo.

– Isso não é motivo para se casar. Você sabe disso.

– Então me diz, o que eu posso fazer? Me diz! Eu vim aqui achando que você me ajudaria a fugir deles. Mas você só me amedrontou mais. – Ela se virou para ir embora. – Achei que você queria me ajudar.

– Mas eu quero! – Sarah agarrou seu braço. – Só estou dizendo que eu gostaria que alguém tivesse me dito isso: que fugir não é a solução.

– Então qual é a solução?

– Só quem sabe é você. Você precisa deixar de lado os seus medos e preocupações e escutar aquela voz clara que existe na sua cabeça.

– Mas há vozes dizendo coisas diferentes na minha cabeça. Qual delas eu devo escutar?

– Você vai saber – disse Sarah. – Faça algo que você ama, algo que te acalma por um tempo. Aí a resposta vai aparecer. Você vai saber. Em relação a Fareeda, tente pelo menos. O que você tem a perder?

Deya a olhou séria, levantou-se, virou-se e saiu porta afora. Será que Sarah ainda não enxergava que Deya não sabia de nada? Mesmo depois de descobrir a verdade sobre os pais, ela ainda não sabia de nada. Não dava para confiar que ela descobriria as coisas sozinha. Tudo o que ela pensara não servira de nada. Se não, teria se dado conta que sua mãe não morrera simplesmente, mas fora assassinada. Sentiu uma onda de vergonha por dentro, uma pontada violenta de tolice. Todo aquele tempo, ela pensara que Isra as havia abandonado. Ela tinha certeza, mas estava errada, extremamente errada. Como poderia confiar em si mesma?

# · FAREEDA ·

*Primavera de 1997*

Antes de março daquele ano, as folhas das árvores da Rua 72 já haviam começado a brotar e havia dentes-de-leão amarelos espalhados pelas calçadas. Em poucos meses, Sarah se formaria no Ensino Médio. A passagem do tempo deixava Fareeda em um nível tal de pânico que quantidade nenhuma de comida conseguia aquietá-la. Passava as manhãs na mesa da cozinha com o telefone na mão, resmungando sobre a desventura da filha para Umm Ahmed, dizendo que nenhum pretendente a havia pedido em casamento. Mas pelo menos ela havia abandonado a ideia de que Sarah estava amaldiçoada. Durante o inverno, levara Sarah para ver um sheik na Rua 86. Lá ia Fareeda, que já tivera medo de ir andando até a casa de Umm Ahmed, atravessando quarteirões inteiros pelo bem da filha. *Maternidade é isso,* pensou. *Não é só ficar por aí sorrindo, mas fazer todo o possível pela filha.* Em um quarto escuro, o sheik recitou um encantamento para ver se Sarah estava amaldiçoada. Depois, virou-se para Fareeda e disse que não havia qualquer traço de espíritos malignos na garota.

Na cozinha, Fareeda estava sentada do lado oposto da mesa de Isra e Nadine, que recheavam folhas de uva.

– Eu não entendo – disse ao telefone enquanto abria uma casca de pistache com uma das mãos. – Sarah é magra, tem a pele clara e o cabelo macio. Ela sabe cozinhar, faxinar, passar roupa e costurar. Ou seja, pelo amor de Deus, ela é a única menina em uma família só de homens. Ela foi praticamente treinada a vida toda para ser dona de casa!

Ela balançou a cabeça e jogou a semente de pistache na boca. Queria que Isra e Nadine parassem de olhar para ela. Não aguentava mais nenhuma das duas. Isra, que os havia prestado ao ridículo fugindo no meio da noite, e Nadine, que só agora estava grávida do segundo filho. Já havia passado da hora. Ameer precisava de um irmão. Ela se perguntou quando Isra engravidaria de novo, mas logo descartou o pensamento. Fareeda não aguentaria o constrangimento de ter mais uma neta agora. Ela ficava acordada à noite tentando entender se Deus a estava punindo através de Isra.

Na verdade, Fareeda estava duplamente contente por Isra não estar grávida; ela mal conseguia cuidar das quatro filhas que já tinha. Fareeda percebia o modo como Isra olhava para as filhas, com um vazio no olhar, como se elas estivessem sugando toda sua energia. A última coisa que Fareeda precisava era começar a se preocupar com Isra fugindo de novo, como se não tivesse escutado o que Fareeda lhe dissera sobre esconder a própria desonra.

Algo então ocorreu a Fareeda, como se uma peça de quebra-cabeça tivesse se encaixado. Seus olhos se viraram para a porta. Ela interrompeu Umm Ahmed, desligou o telefone e correu para fora. Sentou-se no degrau da frente da casa e cobriu os joelhos com a camisola. Um raio de sol brilhou em suas pernas, fazendo sua pele parecer mais amarela que o normal. Pegou a ponta da camisola com os dedos e puxou ainda mais para baixo. Isra e Nadine chamavam por ela, suavemente de início, mas depois com mais volume, mas Fareeda se recusou a olhar para elas. Não. Ela ficaria ali sentada até Sarah chegar da escola, até ela descobrir o que havia de errado. Se a filha não estava amaldiçoada, então por que nenhum pretendente a havia pedido em casamento? O que a filha fizera?

O céu ficou escuro, e a chuva começou a cair, tocando o rosto de Fareeda. Ela não se levantou, não se mexeu. Só conseguia pensar em Sarah. A filha devia ter feito algo para acabar com a própria reputação. Mas o quê? Como? Ela vinha direto da escola para casa todo dia, nunca saía de casa sozinha. O que ela poderia ter feito? Ela ouviu Isra e Nadine se aproximarem de novo.

– Eu vou ficar bem aqui – disse quando Nadine colocou a mão sobre um de seus ombros.. – Bem aqui até Sarah chegar. – Fareeda se virou para elas. Nadine franziu a testa, mas Isra olhou para o lado. Fareeda não sabia se era uma das expressões faciais idiotas de Isra ou se ela sabia de alguma coisa. Era possível. Com todo o tempo que passavam juntas, Isra poderia ter percebido algo. Sarah poderia até mesmo ter lhe contado algo. E isso ali, bem debaixo do seu nariz, todo aquele tempo.

– Isra – disse, levantando-se. – Sarah disse algo a você? Algo que explicaria por que nenhum pretendente a pediu em casamento? – Isra arregalou os olhos.

– Não. Ela não me disse nada – ela disse cada palavra como se doessem para sair.

Fareeda estudou o rosto de Isra, o lábio que tremia, a expressão dócil. O rosto de uma criança. Ela claramente sabia de alguma coisa. Fareeda se perguntou o que Adam sentia chegando em casa toda noite e vendo aquela cara. Não era de se espantar que chegasse em casa fedendo a *sharaab*. Apesar de discordar, ela não o culpava, e até havia escondido o fato certa vez, quando Khaled encontrara uma lata de Budweiser no lixo, do lado de fora. Ela suspirou e voltou a se sentar para esperar a filha.

Quando o ônibus da escola finalmente deixou Sarah na esquina, o céu já não estava mais nublado. Fareeda se levantou para esperá-la.

– O que você está tramando? – Fareeda começou quando Sarah se aproximou da casa.

Sarah deixou a mochila no chão e deu mais um passo em direção a ela.

– Do que você está falando?

– Todas as meninas da sua sala já foram pedidas em casamento – Fareeda disse balançando as mãos. – Todas menos você!

Sarah deu um passo para trás, olhando furtivamente para Isra.

– Não faz sentido. Umm Fadi está recusando pretendentes a torto e a direito. A filha de Umm Ali já está noiva, e ela é horrível. Até Hannah já está casada!

Sarah abriu a boca, mas não disse nada. Fareeda se aproximou.

– Você deve estar tramando algo – disse com o dedo indicador quase tocando a testa de Sarah. – Todos aqueles pretendentes, e nenhum voltou. Me diga! O que você fez?

– Nada, *mama*! – Sarah exclamou. – Não fiz nada.

– E você espera que eu acredite nisso? *Walek*, olha só você! Os homens deveriam estar fazendo fila. As mães deviam estar ligando dia e noite implorando por você. Mas eles vêm, olham e nunca voltam. O que você está fazendo pelas minhas costas? – Sarah não respondeu, mas havia um ar de confrontação em seus olhos. – Eu fiz uma pergunta. Responda!

– Eu já disse. Não fiz nada de errado.

– Você ainda tem a audácia de me ter essa atitude? Inacreditável! – Fareeda se aproximou e bateu em cheio com a palma na mão em seu rosto. A força da pancada fez a garota dar um passo para trás e colocar a mão sobre o rosto.

– Venha cá! – Fareeda esticou o braço e agarrou o cabelo de Sarah, puxando-o com força. – É isso que dá eu não te bater tanto! Eu devo ter criado uma *sharmouta*! É por isso que ninguém chega perto de nós! É por isso que eu tenho uma garota já com dezoito anos vivendo às minhas custas! – Ela puxou o cabelo de Sarah de novo, com mais força ainda dessa vez, e virou sua cabeça em direção ao chão.

– Fareeda! – Isra gritou, agarrando seu braço. Nadine se lançou para fazer o mesmo, mas Fareeda as afastou.

– Não ousem interferir! Saiam daqui! – Ela pegou o cabelo de Sarah ainda com mais força e a arrastou para dentro de casa. Lá dentro, jogou a menina no chão do hall de entrada. – Vou te mostrar o que acontece quando você me desobedece!

Sarah ficou em silêncio, as bochechas vermelhas, os olhos dois poços de fúria. Acima de tudo, seu silêncio enfurecia Fareeda. Como podia a filha ousar desobedecê-la assim? Como ousava confrontá-la, depois de tudo que fizera por ela, por todos eles? Depois de ter aberto mão de tantas coisas, dia após dia até que nada sobrasse além de um saco de ossos. E ainda colocavam a culpa nela no fim.

Ela tirou as pantufas e bateu em Sarah com elas repetidamente, travando a mandíbula toda vez que batiam na pele da filha. Não era justo! Sarah tentou fugir se arrastando, mas Fareeda a impediu, pisando em suas costas, apertando-a contra o chão com toda a sua força. Logo suas mãos estariam em volta da garganta de Sarah, os dez dedos cravados em sua pele, como se estivesse trabalhando massa de pão.

– PARA! – A voz de Isra rasgou a fúria de Fareeda. O que ela estava fazendo? Largou o pescoço da filha. Não conseguia se desvencilhar da sensação de que o *jinn* tinha entrado em seu corpo. Ficou olhando para as próprias mãos pelo que pareceu uma eternidade. Por fim, murmurou:

– Estou fazendo isso por você. – Sarah balançava a cabeça, secando as lágrimas do rosto. – Você acha que eu sou um monstro, mas eu sei coisas sobre a vida que você não faz ideia. Eu poderia ficar aqui brincando de casinha com você, fazendo piada e te contando historinhas, mas seria tudo mentira. Escolhi ensinar a você sobre o mundo de verdade. Querer o que não se pode ter é a pior dor da vida.

Sarah ficou olhando para o chão. Um gemido saiu de seus lábios, mas ela não disse nada. Fareeda engoliu saliva, observando o chão do corredor sob seus pés. Seus olhos seguiram o desenho do tecido, as linhas bordadas que giravam uma por dentro da outra repetidamente. Pareceu a ela que sua vida seguia o mesmo padrão. Ela ficou sem ar.

– Vai embora – Fareeda murmurou, fechando os olhos. – Não quero olhar para você agora. Vai.

## · ISRA ·

*Primavera de 1997*

Em uma tarde úmida de sábado, Isra e Sarah preparavam berinjelas recheadas sobre a mesa da cozinha. Fareeda estava sentada do outro lado com o telefone no ouvido. Isra se perguntava se estava tentando encontrar um pretendente para Sarah novamente. Se estivesse, Sarah não parecia muito preocupada. Estava totalmente concentrada na berinjela que estava em sua frente, recheando-a cuidadosamente com arroz e carne moída. Sarah se deu conta de que, apesar de Fareeda ter feito várias ameaças a Sarah desde a surra, nada instigara qualquer aparência de medo na filha.

Fareeda desligou o telefone e se virou para elas. Isra congelou quando viu seu rosto, como se tivesse visto a morte no fundo da sua xícara de café turco.

– A Hannah – começou. – A Hannah... Umm Ahmed... A Hannah morreu.

– *Morreu?* Do que você está falando? – Sarah pulou da cadeira e sua berinjela rolou para o chão.

Isra sentiu o coração palpitar sob a camisola. Ela não sabia muito a respeito de Hannah, colega de classe de Sarah e filha mais nova de Umm Ahmed. Em um determinado momento, Fareeda a havia considerado como noiva para Ali, mas reconsiderou depois de perceber que Umm Ahmed não queria Sarah para o filho. Isra lembrava de pensar em como Hannah tinha sorte de seu *nasseed* não ser aquela família, caso contrário, a vida de Hannah acabaria como a dela. Mas agora, ouvindo a notícia, uma sensação de pânico a atravessou. A tristeza era parte inescapável na vida da mulher.

– Como assim "morreu"? – Sarah perguntou de novo, agora em um tom mais alto, batendo nas coxas com o lado das mãos. – Do que você está falando?

Fareeda se empertigou, os olhos marejados.

– O marido dela... ele... ele...

– O *marido* dela?

– Hannah disse a ele que queria o divórcio – disse Fareeda com a voz embargada. – Ele diz que não sabe o que aconteceu. Encontraram ele de pé, ao lado do corpo, com uma faca na mão.

Sarah soltou um ganido.

– E você quer fazer isso comigo? "Case-se logo! Case-se logo!" É só isso que você diz para mim. Você não se importa com o que pode vir a acontecer comigo!

– Agora, não – Fareeda disse, fitando um ponto do lado de fora da janela. – Isso não tem nada a ver com você.

– Tem tudo a ver comigo! E se um homem qualquer me matar? Você se importaria? Ou você ficaria feliz porque eu não ser mais sua *balwa*?

– Não seja ridícula – disse Fareeda, mas Isra percebeu que seu lábio superior estava tremendo.

– Hannah tinha só dezoito anos! – Sarah gritou. – Podia ter sido eu.

Os olhos de Fareeda estavam fixos na janela. Uma mosca passou próxima ao vidro. Ela a esmagou com a ponta da camisola. Anos antes, depois de Adam bater nela pela primeira vez, dissera a Isra que a mulher foi criada para agradar o marido. Mesmo que o marido esteja errado, dissera, a mulher precisa ser paciente. A mulher tem que suportar. E Isra entendera por que Fareeda dissera aquilo. Assim como *mama*, ela acreditava que a única solução era o silêncio. Que era mais seguro se sujeitar do que confrontar. Mas agora, vendo as lágrimas se formarem nos seus olhos, Isra se perguntava se Fareeda ainda pensava o mesmo.

# · DEYA ·

*Inverno de 2008*

– *Assalamu alaikum* – Khaled disse quando Deya chegou em casa naquela tarde.

– *Walikum Assalam.*

Por que ele estava em casa tão cedo? Com certeza Fareeda contara a ele que Deya sabia a verdade. Ele queria saber onde Sarah estava? Queria saber o que ela contara a Deya? Fareeda estava tão investida em esconder a verdade que quase não perguntava nada sobre a filha.

Ela colocou o *hijab* sobre a mesa da cozinha.

– Você está aqui para me dizer o porquê de terem mentido todos esses anos?

Khaled se afastou da porta da despensa e olhou para ela. – Desculpe, Deya – disse num tom baixo. – Não queríamos magoá-la.

– Como vocês acham que nós iríamos nos sentir depois de descobrirmos que vocês mentiram para nós todos esses anos? Não acharam que isso iria nos magoar? – O avô não respondeu, só desviou o olhar. – Por que ele fez aquilo? Por que ele a matou?

– Ele estava bêbado, Deya. Não estava com a cabeça no lugar.

– Isso não faz sentido. Tem que ter uma razão!

– Não tem razão alguma.

– Por que ele se matou?

– Não sei, filha. – Khaled esticou o braço e pegou um pote de sementes de gergelim na despensa. – Não sei o que se passava na cabeça do seu pai naquela noite. Isso me assombrou durante anos. Eu gostaria muito de saber o que o fez fazer aquelas coisas horríveis. Queria tê-lo impedido de alguma forma. Tem tanta coisa sobre aquela noite que eu não entendo. Só sei que sentimos muito. Sua avó e eu só queríamos proteger você.

– Vocês não estavam me protegendo. Estavam protegendo a si mesmos. Ele não quis olhar Deya nos olhos.

– Desculpe, filha.

– Desculpe? É só o que você tem para dizer?

– Só queremos o melhor para vocês.

– O melhor para nós? – O volume da sua voz a assustou, mas ela continuou. – Se quisessem mesmo o melhor para todas nós, me deixariam fazer faculdade. Não me forçaria a me casar com um estranho. Não iriam arriscar me colocar numa situação em que ele poderia me matar e todos fingiriam que não viram! Como podem querer essa vida para mim?

– Nunca deixaríamos ninguém te machucar.

– Mentira! Você deixou o meu pai machucar a minha mãe. Aqui. Nesta mesma casa! Você e *teta* sabiam que ele batia nela, e não fizeram *nada*!

– Sinto muito, Deya. – As mesmas palavras vazias de novo. Sua expressão ao olhar para ela era de uma tristeza profunda. – Eu errei em não proteger sua mãe – disse depois de um instante. – Eu queria poder voltar no tempo. Lá de onde viemos, a vida entre o marido e a mulher era assim. Em nenhum momento, eu achei que Adam... eu não sabia... – Ele parou. Seu rosto marcado de rugas à beira das lágrimas. Deya nunca o vira chorar antes. – Você sabia que Isra costumava me ajudar a fazer *za'atar*?

Deya engoliu.

– Não.

– Toda sexta, depois da *jumaa*. Ela até me ensinou a receita secreta da mãe dela. – Ele pegou alguns potes com temperos da despensa. – Quer que eu te ensine?

Deya estava transbordando de raiva, mas há anos que ele não mencionava sua mãe. Ela precisava das memórias que ele tinha dela. Ela se aproximou.

– O mais importante no *za'atar* é assar o gergelim no ponto certo.

Deya o viu colocar o gergelim em uma frigideira de ferro, curiosa para vê-lo da maneira que sua mãe o via. Ela se perguntou como Isra se sentia ali, de pé, ao lado de Khaled, poucos centímetros os separando enquanto salteavam o gergelim. Ela o imaginou sorrindo com timidez, dizendo pouco mais que algumas palavras, talvez com medo de Fareeda escutar o que dizia.

– Vocês conversavam? – Deya perguntou.

– Ela não era muito de falar – ele disse, abrindo um pote de manjerona. – Mas ela se abria de vez em quando.

– Do que ela falava?

– Várias coisas. – Ele pegou uma colherada de folhas e começou a triturá-las com o pilão. – De como sentia falta da Palestina. – Colocou a manjerona triturada sobre o gergelim. – De como estava impressionada com a sua curiosidade.

– Ela disse isso?

Ele fez que sim com a cabeça.

– Ela costumava ler para você e para as suas irmãs todo dia. Você se lembra? Às vezes, eu a escutava lá do lado de fora, fazendo sons engraçados enquanto lia. Vocês todas riam muito. Quase nunca ouvi Isra rir esses anos todos, mas, naqueles momentos, ela parecia uma criança.

Deya sentiu a boca secar.

– O que mais?

Khaled abriu um pode de *sumac*. O pó vermelho-queimado sempre lembrara Deya de seus pais. Isra gostava de saltear cebolas no azeite com *sumac* até tomarem um tom claro de roxo. Depois, colocava a mistura sobre pão pita *msakhan* quente. Era o prato preferido de seu pai. Ela ficou enjoada pensando naquilo.

Khaled salpicou uma pitada de sal sobre o *za'atar*.

– O que exatamente você quer saber?

O que ela queria saber? A própria pergunta já lhe parecia uma simplificação grosseira de tudo que estava sentindo.

– Mentiram para mim todos esses anos. Não sei mais no que acreditar, no que pensar, no que fazer.

– Eu achava que deveríamos ter contato a verdade ali naquele momento – disse Khaled –, mas Fareeda estava com medo... Nós estávamos com medo... Não queríamos que vocês se magoassem, é só isso. Só queríamos proteger vocês.

– Tem tanta coisa que eu não sei.

Ele a olhou nos olhos.

– Tem muita coisa que ninguém sabe. Ainda não entendo por que minha filha fugiu, por que meu filho matou sua mulher e se matou depois. Meus próprios filhos, eu não os entendo.

– Mas pelo menos Sarah ainda está viva – disse Deya. – Você pode perguntar a ela por que fugiu. Você pode obter respostas, mas você escolheu não obter. – Khaled desviou o olhar. Pela expressão que tinha no rosto, Deya soube que ainda estava bravo com a filha. – Você nunca vai perdoá-la? – Ele não levantou o olhar. – Ela sente a sua falta, e ela sente muito, sente muito por ter fugido.

– Não é fácil assim.

– Por que não? Por que ela é mulher? É por isso? Por que ela era só uma mulher e ousou envergonhá-lo? Você perdoaria o meu pai se ainda estivesse vivo? Me diga uma coisa, então, você o teria perdoado por matar minha mãe?

– Não é tão simples assim.

Deya balançou a cabeça.

– O que isso quer dizer?

– Não é culpa de Sarah eu não conseguir perdoá-la, é minha. Meu orgulho não me permite perdoá-la. Nesse sentido, o erro dela é menor que o meu, muito menor. Errei com ela. Errei com todos vocês.

– Você fala como se fosse tarde demais, *seedo*, mas não é. Você ainda pode perdoá-la. Você ainda tem tempo para isso.

– Tempo? – disse Khaled. – Não há tempo no mundo que devolva a reputação da nossa família.

# · ISRA ·

*Primavera de 1997*

– Você está bem? – Isra perguntou a Sarah aquela noite depois que Fareeda e Nadina haviam se sentado na sala para ver o programa preferido delas.

Às vezes, Isra e Sarah se juntavam a elas, mas nessa noite, estavam recheando folhas de repolho na cozinha.

– Estou bem.

Isra escolheu bem as palavras.

– Eu sei que você está preocupada com o casamento, especialmente agora que... – Ela baixou o tom e sussurrou. – Depois que a Hannah morreu.

– Ela não simplesmente morreu – Sarah corrigiu, sem ao menos se preocupar com o volume da voz. – Ela foi assassinada pelo próprio marido. E mesmo assim, minha mãe insiste que eu me case com um estranho como se nada tivesse acontecido.

Isra não sabia o que dizer. Ela não entendia o que a morte de Hannah tinha a ver com Sarah. Se toda mulher se recusasse a casar depois que uma mulher fosse morta pelo marido, ninguém se casaria. Secretamente, Isra começou a suspeitar que Hannah fizera algo para merecer ser morta. *Não que ela merecesse ser assassinada, não. Mas nenhum homem mataria a própria mulher sem motivo*, Isra pensou.

– Desculpe – disse. – Estou aqui se quiser conversar.

Sarah deu de ombros.

– Não adianta nada conversar.

– Você está com medo? É isso? Porque eu entendo se estiver, eu...
– Não estou com medo.
– Então o que foi?
– Não aguento mais isso.
– Isso o quê?
– Isso. – Sarah apontou para a vasilha com folhas de repolho recheadas entre elas. – Isso não é vida. Não quero viver assim.
Isra ficou olhando para ela.
– Mas não há outra vida, Sarah. Você sabe disso.
– Para você, talvez, não. Mas, para mim, há.
Isra sentiu o rosto corar e desviou o olhar.
– Você sabe que eu matei aula outro dia?
– O quê?
– É verdade. Eu e minhas amigas fomos comemorar a última semana de aula. Assistimos a um filme no cinema. *Titanic*. Você deve ter visto os comerciais, viu? Foi a história de amor mais romântica que eu já vi, e você me conhece, eu nem gosto de histórias de amor. Mas sabe no que eu estava pensando o tempo todo enquanto assistíamos ao filme?
Isra balançou a cabeça negativamente.
– Eu só pensava que nunca teria um amor daqueles. Eu nunca vou me apaixonar, Isra. Não se eu ficar nesta casa.
– Claro que vai – Isra mentiu. – Claro.
– Ah, com certeza.
Isra sabia que sua voz a denunciava.
– Não seja tola, Sarah. A vida real não é como nos livros e nos filmes.
Sarah cruzou os braços.
– Então por que você passa o dia inteiro lendo?
Isra sentiu um nó na garganta que não conseguia engolir. Por que para ela era tão difícil admitir a verdade, não só para Sarah, mas para si mesma? Sabia que precisava parar de fingir que estava tudo bem. Ela sentiu a necessidade de finalmente confessar o medo que girava em círculos em sua cabeça: o medo de que viesse a fazer com as filhas o mesmo que *mama* fizera com ela. De forçá-las a repetir sua vida.
– Sinto muito pelo que está acontecendo com você – disse.
Sarah riu rispidamente.
– Não sente, não. Se sentisse mesmo, admitiria que isso não é vida.
– Eu sei que não é.

– Sabe mesmo? Então por que acha que é bom viver como você vive? É essa a vida que você quer para você? Para suas filhas?

– Claro que não, mas eu tenho medo.

– Medo de quê?

– De muitas coisas. – Os olhos de Isra marejaram. – Adam, Fareeda... de mim mesma.

– De si mesma? Por quê?

– Não consigo definir exatamente. Talvez eu esteja lendo demais. Mas talvez eu ache que há algo de errado comigo.

– Em que sentido? – Sarah a encarou com uma expressão preocupada.

Isra teve que desviar o olhar, pois sabia que, se não o fizesse, não conseguiria continuar:

– É difícil colocar em palavras sem parecer louca – disse. – Eu fico deitada na cama de manhã e sinto um desespero. Não quero acordar, não quero ver ninguém, não quero ver minhas filhas, e não quero que me vejam. Aí eu penso que, se empurrar a preguiça de lado, se eu simplesmente levantar, fazer a cama, comer cereal e fazer um *ibrik* de chá, tudo vai ficar bem. Mas nunca fica bem e, às vezes, eu... – Isra parou.

– Às vezes o quê?

– Nada – Isra mentiu. Ela desviou o olhar, organizando os pensamentos. – É que... Eu não sei... Eu fico preocupada. Isso é o principal. Tenho medo que minhas filhas me odeiem quando crescerem, assim como você odeia Fareeda. Tenho medo de fazer as mesmas coisas com elas que Fareeda fez com você.

– Mas você não precisa fazer isso – disse Sarah. – Você pode dar a elas uma vida melhor.

Isra balançou a cabeça. Ela queria poder dizer a verdade a Sarah: que mesmo querendo, por dentro, ela guardava rancor das filhas por serem meninas, que não conseguia nem olhar para elas sem sentir vergonha. Queria dizer que essa vergonha havia lhe sido passada e nela cultivada desde o útero de sua mãe, e que não conseguiria se desvencilhar dela mesmo que tentasse. Mas ela só disse:

– Não é tão simples assim.

– Você está parecendo a minha mãe. – Sarah balançou a cabeça. – Para mim parece bem simples. Você só precisa deixar as suas filhas decidirem por si mesmas. Me diga uma coisa, as mães não deveriam querer que as filhas sejam felizes? Por que minha mãe só quer me fazer sofrer?

Isra sentiu as lágrimas surgindo, mas conteve-se.

– Não acho que Fareeda queira fazer você sofrer. Claro que ela quer que você seja feliz. Ela só não sabe fazer diferente. Ela nunca vivenciou algo melhor.

– Isso não é desculpa. Por que você a está defendendo?

Isra não sabia explicar. Também guardava mágoas dela. A mulher era difícil. Mas Isra também sabia que o mundo a fizera daquela forma. O mundo era difícil, e era ainda mais difícil para as mulheres. Disso não havia como escapar.

– Não estou defendendo ela – disse. – Só quero te proteger. É só isso.

– Me proteger do quê?

– Não sei... Você vem afugentando seus pretendentes. Agora está matando aula na escola, indo ao cinema. Estou com medo da sua família descobrir e... Eu só não quero que você se machuque.

Sarah riu.

– E o que você acha que vai acontecer comigo se eu aceitar um dos pedidos de casamento que a minha mãe quer que eu aceite? Você acha que eu serei amada? Respeitada? Realizada? Me diz, você acha?

– Não.

– E como isso não vai me fazer sofrer? É por isso que parei de escutar minha família.

Isra a encarou com uma expressão de horror.

– O que você está dizendo?

Sarah olhou para a porta rapidamente e, então, sussurrou.

– Eu vou fugir daqui.

Houve um momento de silêncio enquanto Isra registrava as palavras de Sarah. Ela abriu a boca para falar, mas interrompeu-se, segurando o choro. Ela engoliu e continuou.

– Você está maluca?

– Eu não tenho escolha, Isra. Eu tenho que ir embora.

– Por quê?

– Eu... eu preciso. Não consigo mais viver assim.

– O que você está falando? Você não pode simplesmente ir embora! – Ela esticou a mão e segurou o braço de Sarah. – Por favor, eu te imploro, não faça isso!

– Sinto muito – Sarah disse, se desvencilhando. – Mas não há nada que você possa dizer que vá me fazer mudar de ideia. Estou indo embora. – Isra abriu a boca para falar, mas Sarah a interrompeu. – E você deveria vir comigo.

— Você perdeu o juízo?

— Disse a mulher que saiu correndo pela janela do porão no meio da noite.

— Aquilo foi diferente! Eu estava aborrecida. Não foi premeditado... e eu voltei! Mesmo que eu quisesse ir embora, não é possível. Tenho que pensar nas minhas filhas.

— Exatamente. Se eu tivesse uma filha, eu faria qualquer coisa para evitar que passassem por isso.

No fundo, Isra sabia que as filhas teriam o mesmo tipo de vida. Que um dia ela passaria a agir como Fareeda e a pressioná-las a se casarem, não importa o quanto a odiassem por isso. Mas isso não era motivo para fugir. Ela estava num país estranho, sem dinheiro ou qualquer qualificação, sem reservas, sem ter para onde ir. Virou-se para Sarah.

— O que você vai fazer? O que vai fazer para sobreviver?

— Vou fazer faculdade, arrumar um emprego.

— Não é tão fácil assim – disse Isra. – Você nunca passou uma noite sequer fora de casa e agora quer morar sozinha? Você precisa que alguém tome conta de você.

— Eu posso cuidar de mim mesma – disse Sarah. Depois, em um tom mais brando, acrescentou: – E você também pode tomar conta de si mesma. Podemos tomar conta uma da outra. – Seus olhos se encontraram. – Se você não tem a força necessária para fazer isso por si mesma, faça pelas suas filhas.

Isra desviou o olhar.

— Não posso... não posso cuidar delas sozinha.

— Por que não? Você praticamente já faz isso. Os Estados Unidos estão cheios de mães solteiras.

— Não! Não quero que minhas filhas passem por isso. Não quero arrancá-las de suas raízes, de casa e forçá-las a crescerem sozinhas, sem família, envergonhadas.

Sarah riu com escárnio.

— Para perder as raízes, primeiro temos que ter um lar. Para sentir solidão, é preciso saber o que é o amor antes.

— Você não tem medo?

— Claro que tenho. – Sarah fixou os olhos em um ponto invisível no chão. – Mas, não importa o que aconteça... nada pode ser pior do que está acontecendo agora.

Isra sabia que Sarah estava certa, mas também sabia que ter consciência de uma coisa e tomar uma atitude sobre ela são coisas muito diferentes.

Não sei nem de onde você tirou toda essa coragem – sussurrou. – E eu te invejo por isso. Mas não posso ir com você. Sinto muito.

Sarah fitou os olhos tristes de Isra.

– Você vai se arrepender disso, sabe? Suas filhas vão crescer e vão te odiar pela sua fraqueza. – Ela se levantou e saiu, parando no vão da porta. – Não ache que elas vão entender. Não vão. Nunca vão te ver como vítima, pois é seu papel protegê-las.

## · DEYA ·

*Inverno de 2009*

Um novo ano começou, mas nada havia mudado. Deya vinha tendo muita dificuldade de se concentrar na escola. Sentia-se desorientada e enjoada. A escola liberou os alunos, ela chegou em casa e foi em silêncio para o quarto. Lá, comeu sozinha, só saindo para lavar os pratos depois do jantar. Mil pensamentos cruzaram sua mente como os vagões de um trem do metrô: ela deveria ir visitar Sarah de novo, ela deveria fugir, ela deveria ficar e se casar com Nasser se ele ainda a aceitasse como esposa. Mas nada parecia a coisa certa a fazer. Toda vez que tentava conversar com as irmãs, ela ficava tensa, consumida pelo nervosismo e pela raiva. Para elas, nada havia mudado. Nora até repetira isso à noite um dia enquanto tentava consolar Deya. Não fazia diferença se o pai assassinara a mãe, ela disse; elas precisavam deixar aquilo no passado. Deya não era muito esse tipo de pessoa antes; agora certamente não era.

Acima de qualquer outra coisa, ela pensava em Isra, tentando entender a mulher que achou ter conhecido durante anos, mas que havia julgado muito erroneamente. Quando Sarah começou a contar histórias sobre Isra, para ela, a sensação era de que eram exatamente isso: histórias, ficção. Mas agora Deya se apegava a essas histórias de forma desesperada. Cada uma delas era uma pista sobre quem realmente fora sua mãe. Tentava costurar os retalhos da vida de Isra em uma narrativa, uma história completa, uma única verdade. Mas não conseguia, faltava algo. Isra não existia mais.

Depois de tudo que lhe fora dito nas semanas anteriores, sabia que algo devia estar faltando.

Ela estava na aula de estudos islâmicos, olhando sem expressão para a frente enquanto o Irmão Hakeem caminhava de um lado para o outro na diante do quadro negro. Ele discutia o papel da mulher no Islã. Ela sentiu uma ou duas vezes que ele estava olhando para ela, esperando que, como sempre, questionasse algo, mas ela manteve os olhos fixos na janela. Ele recitou um verso, em árabe: "O paraíso está sob os pés da mãe". Aquilo não tinha sentido para ela. Ela não tinha mãe.

– Mas por que o paraíso está sob os pés da mãe? – uma garota perguntou. – Por que não sob os pés do pai? Ele que é chefe de família.

– Boa pergunta – disse Irmão Hakeem, limpando a garganta. – O pai pode ser chefe de família, mas a mãe tem um papel importante também. Alguém pode me dizer qual é?

A turma ficou em silêncio, olhando para ele de olhos arregalados. Deya ficou tentada a dizer que o papel da mulher era ficar em casa esperando um homem vir espancá-la até a morte, mas ficou quieta.

– Nenhuma de vocês sabe o papel da mãe na família? – perguntou Irmão Hakeem.

– Bom, ela dá à luz os filhos – disse uma garota.

– E cuida da família – disse outra.

Elas eram tão burras, ali, sorrindo com suas respostas idiotas. Deya se perguntou que mentiras teriam contado a elas, que segredos seus pais escondiam delas, que coisas não sabiam. O tipo de coisa que descobririam tarde demais.

– Muito bem – disse o Irmão Hakeem. – As mães levam a família inteira, e possivelmente o mundo inteiro, nas costas. É por isso que o paraíso está sob seus pés.

Deya escutou as palavras sem se convencer. Nada na aula de estudos islâmicos fazia sentido para ela. Se o paraíso estava sob os pés da mãe, por que, então, seu pai batia em sua mãe? Por que a tinha matado? Eles eram muçulmanos, não eram?

– Mas eu ainda não consegui entender o sentido – disse uma garota no fundo.

– É uma metáfora – disse o Irmão Hakeem – que nos lembra da importância de nossas mulheres. Quando aceitamos que o paraíso está sob os pés da mulher, temos mais respeito por todas as mulheres. É assim que o Corão nos ensina a tratá-las. É um verso muito poderoso.

Deya queria gritar. Ninguém que ela conhecia seguia de fato as doutrinas do Islã. Eram todos hipócritas e mentirosos. Mas ela estava cansada de lutar. Em vez disso, fechou os olhos e pensou nos pais, tentando lembrar de algo que pudesse ter esquecido, qualquer coisa que a ajudasse a ver sentido nas coisas.

No ônibus, a caminho de casa, Deya se perguntou se algum dia saberia a história completa sobre a vida e a morte de Isra. Sabia que não importava quantas vezes reprisasse as memórias, quantas histórias contasse a si mesma, ela nunca saberia toda a verdade sozinha. Mas colocava as fichas em lembrar de algo novo. Uma memória reprimida, uma peça que mudasse tudo. Pensou na última coisa que se lembrava de a mãe dizer.

– Desculpe – Isra sussurrou. – Desculpe.

Olhando pela janela do ônibus, esperando o sinal abrir, Deya pensou que seria ótimo se soubesse no que a mãe estava pensando em seus últimos dias. Mas ela não sabia, e não achava que viria a saber um dia.

# · FAREEDA ·

*Verão de 1997*

Adam foi o primeiro a apontar o dedo para Fareeda.
— É tudo culpa sua — disse. Sarah havia fugido há sete dias, e a família inteira estava sentada ao redor da *sufra*.

Fareeda levantou os olhos do prato. Ela sentiu que todos olhavam para ela.
— Do que você está falando?
— Ela fugiu por sua causa.

Fareeda levantou ambas as sobrancelhas, abriu a boca para protestar, mas Adam balançou a mão, rejeitando suas palavras antes mesmo que as pudesse dizer.
— Foi você que fez isso! — disse, arrastando as palavras. — Eu disse que mandá-la para a escola pública era uma ideia ruim, que você deveria tê-la educado em casa, mas você não escutou. E para quê? Para ela aprender inglês e te ajudar nas consultas médicas? — Adam soltou um ronco e balançou a cabeça. — É isso que você ganha por ter pegado leve com ela, com todos eles. Todo mundo menos eu.

Fareeda de fato havia considerado isso, que talvez tivesse culpa. Mas manteve uma expressão serena e fria.
— É por isso que você está aborrecido? Por causa da pressão que colocamos em você por ser o mais velho? — Empurrou a cadeira para trás e se levantou. — Nesse caso, por que você não pega um *drink* e fica aí se lamentando? Você faz isso muito bem.

Adam levantou e desceu as escadas, enfurecido.

\* \* \*

Pouco tempo depois, Omar e Ali também apontaram o dedo para Fareeda. Ela fez com a boca como se fosse cuspir. Mas é claro que era culpa dela! Isso mesmo, coloquem a culpa na mulher! Ela só tinha feito o melhor, havia criado os filhos da melhor maneira que pôde naquele país estranho.

Khaled teria colocado a culpa nela também, mas estava ocupado colocando a culpa em si mesmo. Às noites, ele escondia a própria dor detrás de uma nuvem de fumaça de narguilé, mas já estava claro que a perda da filha havia evocado nele um novo sentimento: arrependimento. Fareeda o via em seus olhos. Ela sabia o que estava pensando, que havia passado a vida inteira lutando para continuar forte, tentando não cair como seu pai quando os soldados tomaram a sua casa, tentando preservar a honra da família. E para quê? Agora ela não tinha mais honra alguma.

Por que tinham deixado seu próprio país e vindo para os Estados Unidos, onde esse tipo de coisa podia acontecer? *Esse tipo de coisa.* A boca de Fareeda ficou seca ao se perguntar isso. *As filhas os teriam desobedecido e envergonhado se tivessem sido criadas na Palestina?* E daí que poderiam ter morrido de fome? E daí que poderiam ter sido mortos pelas costas em um posto de controle, ou receber gás lacrimogênio nos olhos no caminho para a escola ou a mesquita? Talvez devessem ter ficado e deixado os soldados os matarem. Deviam ter ficado e lutado pela terra, ficado e morrido. Qualquer dor que não a dor da culpa e do arrependimento.

No quarto, Fareeda não conseguia dormir. Logo que colocou a cabeça no travesseiro começou a pensar sobre o seu passado, seus filhos. Sobre Sarah. Ela havia fracassado enquanto mãe? De vez em quando, à noite, conseguia se convencer que não. Afinal, ela não criara os filhos da mesma maneira que os pais a haviam criado? Não as ensinara o que significava ser forte e resiliente? Não os ensinara o que significava ser árabe, a sempre colocar a família em primeiro lugar? *Definitivamente, não os ensinara a fugir, pelo amor de Deus.* Ela não tinha culpa da fraqueza deles. Desse país e da falta de moralidade que tinha. Fareeda sabia que não era bom se preocupar com coisas que ela não podia mudar. Seus pensamentos se voltaram para Umm Ahmed, que se tornara uma sombra do que fora no passado, culpando-se pela morte de Hannah, pensando que poderia ter impedido o que aconteceu de alguma forma e salvo a filha. Por dentro, Fareeda discordava. Se Sarah tivesse se casado e dito a Fareeda "Mama, meu marido me bate e eu estou infeliz", ela a teria aconselhado a deixá-lo, a se divorciar? Fareeda sabia que não. Por que Umm Ahmed estava pensando assim?

Fareeda sabia que não importa o que qualquer mulher diga, a cultura é inescapável. Mesmo que resulte em tragédia. Mesmo que leve à morte de alguém. Pelo menos ela era capaz de reconhecer e admitir seu papel na cultura, em vez de ficar dizendo "Se ao menos eu tivesse feito as coisas de forma diferente". Uma única mulher não consegue fazer as coisas diferentemente. Seria necessário um mundo inteiro de mulheres. Esse tipo de pensamento a havia consolado muitas vezes antes, mas, dessa vez, só a enchiam de vergonha.

# · ISRA ·

*Verão de 1997*

Isra sentou-se próxima à janela, o nariz colado no vidro, sentindo uma turbulência crescer dentro de si. Vai ficar tudo bem, ela dizia a si mesma. Mas ela não estava bem. Inicialmente, depois que Sarah fugira, chorara tão violentamente que parecia que as lágrimas vinham de uma fonte muito profunda dentro dela que nunca secaria. Mas agora havia um silêncio pesado. Ela estava furiosa. Como Sarah pôde fugir? Deixá-la sozinha assim. Desistir de tudo, da vida que compartilhavam. Quando era criança, Isra nunca sequer considerara fugir, nem mesmo quando seus pais decidiram mandá-la para os Estados Unidos. A audácia de Sarah a desonrava.

Mas pior que a raiva eram os outros pensamentos que vinha tendo: E se Sarah estivesse certa? Isra pensou em Khaled e Fareeda, em como haviam tirado seus filhos do campo de refugiados, deixando o país para trás e mudando-se para os Estados Unidos. Será que não se davam conta de que eles haviam fugido para sobreviver e que sua filha havia feito o mesmo? *Talvez não tenha outro jeito*, pensou. O único modo de sobreviver.

Um dia se passou, depois mais um e mais outro. Todo dia, Isra acordava com o som das filhas chamando seu nome e pulando em sua cama, e um enjoo a preenchia. Ela se perguntava se seria o *jinn*. *Me deixa em paz!* ela queria gritar. *Me deixa respirar!* Eventualmente ela se forçava a levantar, juntar as filhas, vesti-las, pentear seus cabelos, todo aquele cabelo, e como gemiam enquanto ela os desembaraçava, apertando os lábios ao passar a escova pelos cachos. Depois, levava Deya e Nora até a esquina e esperava o ônibus da escola levá-las. Ela pensava, com vergonha e nojo da sua fraqueza, que seria ótimo se o ônibus pudesse levar as outras filhas também.

Na cozinha, Isra escutou a voz de Fareeda na sala. Mais recentemente, Fareeda passava os dias criando a história do casamento de Sarah para contar ao mundo, e chorava com as mãos sobre o rosto depois que terminava. Às vezes, como naquele dia, Isra sentia que era seu dever consolá-la. Fez um bule de chá, colocando um ramo extra de *maramiya*, na esperança de que o aroma fosse acalmá-la. Mas Fareeda nunca o tomava. Ela só batia as palmas das mãos contra o rosto, como a mãe de Isra comumente fazia quando Yacob batia nela. Ver aquilo deixava Isra doente de culpa. Ela sabia que Sarah ia fugir de casa e não fizera nada para impedi-la. Ela deveria ter contado para Fareeda ou para Khaled. Só que não contou, e agora Sarah tinha ido embora, e parecia que ela tinha caído em uma poça de tristeza da qual não conseguia mais sair.

Naquela noite, depois de preparar o jantar, Isra desceu para o porão. Deya, Nora e Layla estavam vendo desenho; Amal dormia no berço. Isra andava na ponta dos pés e em silêncio para não a acordar. Do fundo do armário, puxou sua cópia de *As mil e uma noites*, e seu coração acelerou quando tocou a lombada marrom do livro. Ela foi para a última página, onde guardava papéis que Sarah lhe dera. Pegou uma folha em branco e começou a escrever outra carta que nunca enviaria.

*Cara mama,*

*Não entendo o que está acontecendo comigo. Não sei por que estou me sentindo assim. Você sabe, mama? O que fiz para merecer isso? Devo ter feito algo. Você não dizia que Deus só dá às pessoas o que merecem? Que precisamos aguentar nosso naseeb porque está escrito nas estrelas só para nós? Mas não entendo, mama. Isso é uma punição pelo tempo em que fui rebelde mais jovem? Em que eu lia aqueles livros sem você saber? Por quando eu questionei você? É por isso que Deus está me torturando agora, me dando uma vida que é o oposto da que eu queria? Uma vida sem amor, uma vida de solidão. Parei de rezar, mama. Sei que é kofr, sacrilégio, dizer isso, mas eu estou com muita raiva. E a pior parte é que eu não sei de quem estou com raiva, de Deus, de Adam ou da mulher em que me transformei.*

*Não. Deus, não. Nem Adam. A culpa é minha. Sou eu que não consigo me levantar; que não consigo sorrir para as minhas próprias filhas, que não consigo ser feliz. Sou eu. Tem algo de errado comigo, mama. Algo sombrio vagando dentro de mim. Sinto isso desde quando acordo até quando vou dormir, algo me puxando lentamente, me sufocando. Por que estou me sentindo assim? Você acha que estou possuída? Deve ter um jinn em mim. Deve ser isso.*

*Me diz, mama. Você sabia que isso aconteceria comigo? Sabia? Era por isso que você não olhava para mim quando eu era criança? Era por isso que eu sempre sentia como se você estivesse se distanciando cada vez mais? Foi isso que eu vi quando você finalmente me olhou nos olhos? Raiva? Ressentimento? Vergonha? Estou ficando que nem você, mama? Estou com tanto medo, e ninguém me entende? Você consegue me entender? Acho que não.*

*Por que estou escrevendo isso agora? Mesmo que eu colocasse essa carta no correio, de que serviria? Você me ajudaria, mama? Me diz, o que você faria? Só eu sei o que você faria. Você me diria para ser paciente, para aguentar. Você me diria que há mulheres sofrendo em todo lugar, e que não há dor pior que a dor do divórcio, um mundo de desonra sobre os ombros. Você me diria para fazer o casamento funcionar pelas crianças. Minhas filhas. Para ser paciente para que não cause desonra a elas. Para não arruinar a vida delas. Mas você entende, mama? Não entende? Não entende que eu estou arruinando a vida delas de qualquer forma? Eu as estou arruinando.*

Isra parou por um instante depois de terminar a carta. Dobrou duas vezes o papel e a colocou entre as páginas de *As mil e uma noites*. Depois colocou o livro de volta no armário, onde sabia que ninguém o encontraria.

*Eu estou louca*, pensou. *Se alguém encontrar isso, vão pensar que enlouqueci. Vão saber que há algo de sombrio dentro de mim.* Mas escrever era a única coisa que a ajudava. Sem Sarah, ela não tinha mais ninguém com quem conversar. E perder aquela coisa que ela só se dera conta que precisava quando já não a tinha mais a fazia querer chorar o tempo todo. Agora ela sabia que sempre estaria sozinha.

Estava na hora de dormir, e as filhas queriam ouvir uma história.

– Mas não estamos com nenhum livro – disse Isra. Sem Sarah, estavam restritas aos livros que Deya trazia da escola, mas era o período de férias de verão.

Agora, ali, pensando na ausência de Sarah, em todos os livros que não leria, Isra sentiu uma onda sombria atravessar seu corpo. Antes, aquela era a melhor parte do dia, dividir a coisa que mais gostava na vida com as filhas.

— Mas eu quero ouvir uma história — Deya reclamou. Isra desviou o olhar. Como ela odiava o olhar aflito de Deya. Como aquilo a lembrava do seu próprio fracasso.

— Leio amanhã para vocês — mentiu. — Está na hora de dormir.

Ela sentou-se próxima à janela e ficou olhando as filhas até que dormissem, repetindo para si mesma que estava tudo bem. Que era normal para ela se sentir frustrada, que as filhas não se lembrariam de sua tristeza. Dizia a si mesma que se sentiria melhor no dia seguinte. Só que ela sabia que estava mentindo para si mesma, no dia seguinte, sua raiva se multiplicaria. Porque não estava tudo bem. Porque ela sabia que só ia piorar, que essa coisa sombria e profunda não iria a lugar algum. Era um *jinn* ou era ela mesma? Como saber? Ela só sabia que tinha medo do que aconteceria com ela, do quanto se ressentiriam dela, de como não conseguia parar de magoá-las mesmo sabendo que era errado. Ela se perguntava se Adam se sentia assim quando entrava no quarto à noite e tirava o cinto para bater nela. Será que ele também se sentia impotente? Como se precisasse parar, mas não conseguisse; como se fosse a pior pessoa do mundo? Só que ele não era a pior pessoa do mundo. Era ela, e ela merecia apanhar por tudo aquilo.

## · DEYA ·

*Inverno de 2009*

Com o passar do tempo, Deya se deu conta de que algo havia mudado em Fareeda. Ela havia parado de marcar visitas de pretendentes. Não dizia nada quando via Deya lendo. Até sorria timidamente quando seus olhos se encontravam na cozinha. Mas Deya desviava o olhar.

– Desculpe – disse Fareeda uma noite enquanto Deya limpava a *sufra* depois do jantar. Fareeda estava de pé, recostada no quadro da porta. – Eu sei que você ainda está brava comigo. Mas espero que saiba que eu só estava tentando te proteger.

Deya ficou em silêncio, mantendo-se ocupada com a pilha de pratos sujos na pia. De que valia aquele pedido de desculpas agora, depois de Fareeda fazer tudo o que fizera?

– Por favor, Deya – sussurrou. – Por quanto tempo vai ficar brava comigo? Você precisa saber que nunca foi minha intenção magoá-la. Sou sua avó. Eu nunca a magoaria de propósito. Você precisa saber. Você precisa me perdoar. Por favor, eu sinto muito.

– De que vale o seu pedido de desculpas, se nada mudou?

Fareeda ficou olhando para ela com os olhos marejados durante um bom tempo. Depois, soltou um longo suspiro.

– Tenho uma coisa para te dar.

Deya seguiu a avó até seu quarto, onde Fareeda pegou algo dentro do armário. Uma pilha de papéis. Ela a entregou a Deya.

– Nunca achei que te daria isso.

– O que é isso? – Deya perguntou, mesmo depois de ver a caligrafia árabe nos papéis.

– Cartas da sua mãe. As outras. Todas que eu encontrei.

Deya as segurou com força.

– Por que você está me dando só agora?

– Porque quero que saiba que eu entendo. Porque nunca devia tê-la mantido longe de você. Desculpe, filha. Sinto muito mesmo.

No porão, em seu quarto, no escuro, próximo à janela, por onde entrava a tênue luz dos postes da rua, Deya estava com as palavras da mãe em mãos. Era uma pilha de umas cem cartas, aparentemente sem ordem, todas endereçadas a *mama*, a mãe de Isra. Deya não sabia qual ler primeiro. Tremendo, foi passando por elas até os olhos pararem em uma. Começou a ler.

## · ISRA ·

*Verão de 1997*

O verão passava devagar. Exceto pelo apito da chaleira, não se ouvia nada na casa. Fareeda quase não falava, o telefone não tocava, e Isra terminava suas tarefas em silêncio. Às vezes, às sextas-feiras, Khaled ia até a cozinha e se juntava a ela para fazer *za'atar*. Era um ritual novo. Isra achava que fazer *za'atar* o consolava. Ela ficava em silêncio ao seu lado, como fazia anos antes com *mama*, entregando-lhe frigideiras e espátulas e lavando pratos que ele já não precisava mais. Nenhum dos dois olhava para o outro. Nem trocavam uma palavra sequer.

Nadine quase não falava com ela também. Isra lembrava do quanto isso a incomodava de início, de como sentia uma bolha de ódio estourar no peito toda vez que Nadine a ignorava. Mas agora a distância entre elas era um alívio. Pelo menos sabia em qual pé sua relação com Nadine estava. Não eram amigas nem nunca seriam. Ela não precisava se preocupar em agradá-la, não precisava fingir que gostava dela. A relação com ela era muito mais fácil do que com Adam e Fareeda. Nesse silêncio, a ausência de Sarah reverberava em Isra ainda mais. Isra culpava a si mesma por essa mágoa, ela deveria ter aprendido, há muitos anos, a não ter esperança.

– Por que você sempre se senta perto da janela? – Deya perguntou um dia depois do almoço enquanto caminhava em direção a Isra que, de fato, estava no lugar que mais gostava de ficar.

Isra abraçou os joelhos. Hesitou por um instante, os olhos fixos em algum ponto do lado de fora, depois respondeu:

– Eu gosto da vista.

– Quer jogar um jogo? – Deya perguntou, tocando seu braço. Isra tentou não o recolher instintivamente. Olhou para a filha e percebeu que havia crescido e emagrecido um pouco no verão.

Sentiu uma ponta de culpa por não estar mais presente mentalmente quando estavam juntas.

– Hoje, não – disse Isra, voltando o olhar novamente para a janela.

– Por que não?

– Não estou com vontade de jogar. Quem sabe outra hora.

– Mas você sempre diz isso – disse Deya, tocando novamente seu braço. Desta vez, ela o recolheu para junto do corpo. – Você sempre diz que vai brincar outra hora, mas nunca brincamos.

– Não tenho tempo para brincar! – Isra exclamou impaciente, afastando o braço de Deya. – Vai brincar com as suas irmãs – disse voltando o olhar novamente para a janela.

Do lado de fora, a paisagem era cinza. O sol se escondia atrás de uma nuvem. De vez em quando, ela olhava para Deya. Por que falara com a filha daquele jeito? Seria tão difícil jogar um jogo com ela? Quando ela se transformara naquela pessoa tão ríspida? Ela não queria ser assim. Queria ser uma boa mãe.

*  *  *

No dia seguinte, Isra viu que Nadine jogava bola com Ameer na frente da casa. O sorriso de Nadine enojava Isra. Ela lá, alta e retilínea, a barriga redonda como uma bola de basquete. O terceiro menino. O que ela fizera na vida para merecer três meninos? Isso quando Isra não tinha nenhum. Mas isso nem se comparava à maior vergonha de Isra: o que fizera com as filhas e o que continuava a fazer com elas.

Naquela mesma tarde, enquanto Isra cozinhava lentilha para fazer *adas* para o jantar, Khaled foi à cozinha fazer *za'atar*. Mas em vez de ir direto à despensa pegar os temperos, parou defronte a Isra:

– Desculpe, filha – disse – pelo que falei quando Adam bateu em você.

Isra se afastou da pia. Khaled quase não falava com ninguém desde que Sarah fugira.

– Venho pensando naquela noite há um tempo. – Sua voz quase um sussurro. – Acho que talvez Deus tenha levado Sarah de nós como punição pelo que fizemos com você.

– Não. Não é verdade – Isra conseguiu dizer.

– É, sim.

– Não diga isso – disse Isra, tentando olhar Khaled nos olhos. Ela percebeu que seus olhos estavam molhados.

– Esse tipo de coisa faz você repensar tudo – Khaled caminhou por detrás de Isra até a despensa e voltou com os temperos na mão. Jogou o gergelim na frigideira de ferro. – Faz você se perguntar o que teria acontecido se não tivéssemos saído da Palestina.

Isra também se perguntava o mesmo, mas não ousava admitir.

– Você quer voltar? – perguntou, lembrando que Adam certa vez manifestara o desejo de voltar. – Quer dizer, você voltaria, se pudesse?

– Não sei. – Ele estava de pé, ligeiramente curvado para a frente, defronte ao fogão, mexendo o gergelim ocasionalmente e abrindo os potes de temperos que ele pegara na despensa: *sumac*, tomilho, manjerona, orégano. – Toda vez que viajamos para a Palestina para visitar meus irmãos e irmãs, eu vejo a vida que levam. Não sei como conseguem. – Desligou o fogão.

Isra o viu colocar o gergelim torrado em um pote vazio.

– Por que vieram para os Estados Unidos? – perguntou.

– Eu tinha doze anos quando fomos levados para o acampamento al-Am'ari. Meus pais tinham dez filhos, eu era o mais velho. Durante os primeiros dez anos, morávamos em tendas, abrigos de nylon grosso que nos protegiam da chuva, mas praticamente só isso. – Ele parou e pegou outros potes de temperos. Em seguida, acrescentaria uma colher ou duas de sobremesa dos outros temperos ao gergelim. Isra deu-lhe uma colher medida. – Nós éramos muito pobres – Khaled continuou. – Não tinha água nem eletricidade. A privada era um balde no fundo da tenda. Meu pai enterrava nosso esgoto no mato. O inverno era rigoroso, e pegávamos madeira nas montanhas próximas para fazer fogueiras. As coisas eram difíceis. Vivemos assim por alguns anos antes das tendas serem substituídas por abrigos de cimento.

Isra sentiu a dor do mundo de Khaled dentro de si. Ela crescera na pobreza, mas nem conseguia imaginar o tipo de pobreza que Khaled descrevia. Não se lembrava de sua família sem água, eletricidade, banheiros. Ela engoliu seco.

– Como vocês sobreviveram a isso?

– Foi difícil. Meu pai trabalhava como operário, mas o salário dele não era o suficiente para sustentar a família. A UNRWA nos dava cestas básicas com alimentos e ajuda financeira. Ficávamos na fila todo mês para pegar cobertores e sacos de arroz e açúcar. Mas as tendas estavam superlotadas, e sempre faltava comida. Eu e meus irmãos subíamos então as montanhas para pegar nossa própria comida. – Ele parou um instante para provar o *za'atar* e pegou o saleiro, fazendo um meneio de cabeça para Isra. Ela colocou os potes de tempero de volta na despensa. – Naquela época, as pessoas eram diferentes, sabe? – disse Khaled colocando a frigideira suja na pia. – Se faltasse leite ou açúcar, era só ir ao vizinho e pedir. Éramos todos uma família. Havia uma comunidade. Não era como aqui.

Isra sentiu um dó profundo e repentino do sogro enquanto o olhava.

– Como saíram de lá? – perguntou.

– Ahhh – disse, virando-se para ela. – Durante anos, eu trabalhei em um pequeno *dukan* fora do acampamento. Trabalhei lá até economizar cinco mil shekels, o suficiente para comprar passagens de avião para os Estados Unidos. Quando chegamos, eu tinha só duzentos dólares no bolso e uma família que dependia de mim para comer. Viemos para o Brooklyn porque era onde estava a maioria dos palestinos, mas, mesmo assim, a comunidade aqui não é igual à de lá. Não tinha como ser.

– Então você não voltaria?

– Ah, Isra – disse, virando-se novamente para a pia para lavar as mãos. – Você acha que conseguiríamos voltar para aquela situação depois de todos esses anos aqui?

Isra ficou olhando para ele sem expressão. Em todos os anos que passara nos Estados Unidos, nunca havia parado para pensar se voltaria para a Palestina se pudesse. Conseguiria voltar às pequenas refeições de sua infância, dormir naqueles colchões velhos e irregulares, ter que ferver um barril de água toda vez que fosse tomar banho? Com certeza eram luxos desnecessários se comparados à vida em comunidade, à sensação de pertencimento.

Isra não respondeu, e Khaled pegou o *za'atar* e se virou para sair. Por um instante, olhou pela janela. Do lado de fora, o céu havia ficado cinza. Isra sentiu-se tremer de tristeza olhando o rosto do sogro. Ela queria poder responder à pergunta, encontrar as palavras certas. Mas dizer a coisa certa parecia uma habilidade que ela nunca aprenderia.

– Quem sabe um dia – disse Khaled, parando no vão da porta. – Quem sabe um dia teremos coragem de voltar.

# · DEYA ·

*Inverno de 2009*

Durante o restante do inverno, Deya fez pouco além de ler as cartas de Isra, tentando desesperadamente entender a mãe. Lia no ônibus da escola todo dia de manhã, com os olhos enterrados no próprio colo. Na escola, escondia as cartas entre as páginas dos livros, incapaz de prestar atenção na aula. Durante o almoço, lia na biblioteca, escondida entre as prateleiras. Alguns dias, lia a edição de Isra de *As mil e uma noites*, em árabe, página a página, procurando por si própria e pela mãe em suas histórias.

O que Deya procurava, exatamente? Ela não tinha certeza. Uma parte de si esperava que Isra tivesse deixado uma pista para ela sobre o caminho a seguir, mesmo sabendo que esse tipo de ideia era infrutífero, pois, claramente, a mãe nunca encontrara nem o próprio caminho. Na maior parte dos dias, conseguia escutar as palavras de Isra em sua cabeça: *Tenho medo do que vai acontecer com minhas filhas*. Também escutava a voz da *mama* de Isra: *Mulher vai ser sempre mulher*. Toda vez que Deya fechava os olhos, via Isra, com medo e confusa, sofrendo por não ter a coragem de defender suas vontades, arrependendo-se de não ter confrontado *mama* e Yacob, Adam e Fareeda, de não ter feito o que queria fazer e sim o que esperavam que fizesse. Um dia, no começo da primavera, Deya relia as cartas de Isra e se deu conta de algo. Era tão óbvio que ela não conseguia entender como não percebera aquilo antes, mas lendo as cartas da mãe, Deya finalmente entendera que era muito parecida com Isra. Ela também passara a vida tentando agradar a família, desesperada pelo seu apreço e aprovação. Ela também havia deixado que o medo de os desagradar a atrapalhasse. Mas tentar agradá-los não havia funcionado para Isra, e Deya havia percebido que também não funcionaria para ela.

Junto a esse novo entendimento, uma velha voz que sempre existiu no fundo de sua cabeça desde que se dava por gente, que vivia nela há tanto tempo que sempre a considerara a verdade absoluta, e não o que era realmente, ficou mais alta dentro de si. Essa voz pedia que se rendesse, se silenciasse, aguentasse. Dizia que defender suas vontades só levaria a frustrações, dado que perderia a batalha. Que o que Deya queria para si representava uma luta que ela nunca poderia vencer. Que o mais seguro era se render e fazer o que esperavam que fizesse.

*O que aconteceria se ela desobedecesse a família?*, a voz perguntou. Ela conseguiria se desvencilhar da própria cultura assim tão facilmente? E se, no fim das contas, eles estiverem certos? E se ela nunca conseguisse pertencer a um lugar? E se terminasse sozinha? Deya hesitou. Ela finalmente entendera o amor de Isra profundamente, amor o qual havia compreendido erradamente. Aprendera que as pessoas eram muito mais do que mostravam à superfície e que, apesar de tudo que a família fizera, eles a amavam às suas maneiras. O que ela faria sem eles? Sem as irmãs? Ou até mesmo sem Fareeda e Khaled? Ela podia estar com muita raiva, mas não queria perdê-los.

Mesmo ouvindo essa velha voz em sua cabeça, conseguia ver a mudança que havia ocorrido dentro de si. A voz já não era forte o suficiente para detê-la, Deya sabia disso agora. Sabia que essa voz que sempre tomara como verdade era o que a impedia de conseguir o que queria. A voz era uma mentira, e todas as coisas que queria para si mesma eram a verdade, talvez as únicas verdades do mundo. Se essa fosse a realidade, só restava a ela lutar. Ela precisava lutar. A luta valia tudo, se, através dela, finalmente, pudesse ter uma voz.

Em algum momento quis colocar a vida nas mãos de outros? Conseguiria realizar seus sonhos se precisasse agradá-los tanto? Sua vida talvez fosse mais se não tivesse tentado tanto ser quem seus avós queriam que fosse. Era mais importante honrar seus próprios valores, viver seus próprios sonhos sob sua própria perspectiva do que permitir que outros escolham o caminho que seguiria, mesmo que defender as próprias ideias fosse aterrorizante. Era isso que ela precisava fazer. De que importava se seus avós eram loucos? E se ela confrontasse toda a comunidade? Se tivessem uma opinião negativa dela? De que importava a opinião dessas pessoas sobre ela? Ela precisava seguir seu próprio caminho. Precisava se inscrever na faculdade.

Deya passou a noite pensando nos detalhes e concebendo um plano. No dia seguinte, de manhã, decidiu visitar Sarah. Ela vinha visitando a tia com menos frequência desde que lhe dera o recorte de jornal. Ainda estavam reparando o dano causado quando Sarah escondeu a verdade sobre Adam e Isra. Mas agora, Deya precisava da tia mais do que nunca. Ela contou sua decisão a Sarah logo que entrou na livraria.

– É mesmo? – Sarah disse. – Estou tão orgulhosa de você! Minha mãe concordou?

– Ainda não contei a ela. Mas vou contar. Prometo.

Sarah sorriu.

– E os pretendentes?

– Vou dizer a *teta* que o casamento pode esperar – disse Deya. – E se ela não escutar, vou espantá-los de alguma forma.

Sarah riu, mas Deya viu que tinha medo nos olhos.

– Me prometa que você vai para a faculdade, não importa o que Fareeda diga.

– Prometo.

O sorriso de Sarah se expandiu.

– Eu queria te agradecer. – Deya disse.

– Não precisa agradecer.

– Preciso, sim. Sei que fiquei muito brava com você nos últimos meses, mas isso não significa que eu não esteja muito agradecida por tudo o que você fez. E digo mais: você me deu a mão quando eu estava sozinha. Me disse a verdade quando ninguém mais o fazia. Mesmo quando eu estava com raiva, você ficou ao meu lado. Você vem sendo uma amiga incrível. Se minha mãe estivesse aqui, ela agradeceria também.

Sarah olhou-a nos olhos, à beira das lágrimas.

– Espero que sim.

Deya ficou de pé e deu um forte abraço na tia. Enquanto Sarah a acompanhava até a porta, Deya disse:

– Aliás, eu tenho pensado no que você me falou, sobre coragem. Você acha que se sentiria melhor se tivesse coragem também?

– Coragem para fazer o quê?

– Voltar para casa. – Sarah arregalou os olhos.

– Eu sei que você quer. Você só precisa bater na porta.

– Eu... Eu não sei.

– Você consegue – Deya disse, virando-se para sair. – Espero você lá.

· ISRA ·

*Outono de 1997*

O ano escolar começou novamente. Já fazia tantas semanas desde que Sarah fugira que Isra se surpreendeu quando Adam disse que iria tirar as meninas da escola pública.

– Essas escolas americanas vão corromper nossas filhas – disse Adam, cambaleando no vão da porta do quarto.

Isra estava deitada na cama. Ela puxou o lençol, sentindo um arrepio.

– Mas o ano escolar acabou de começar – sussurrou. – Onde vão estudar?

– Uma escola islâmica acabou de abrir na Quarta Avenida. Madrast al-Noor. Escola da Luz. Começam lá mês que vem.

Isra abriu a boca para responder, mas pensou melhor. Em vez de responder, afundou-se ainda mais na cama e desapareceu sob os lençóis.

\* \* \*

Nas semanas seguintes, Isra pensou sobre a ideia de Adam. Ela odiava admitir, mas ele estava certo. Ela também começara a ficar com medo do que poderia acontecer nas escolas públicas, com medo de que suas filhas seguissem os passos de Sarah. Há pouco tempo, ela vira Deya dando tchau para os meninos do ônibus da escola! Aquilo a aterrorizara, e ela havia gritado com Deya e a chamado de *sharmouta*. O rosto de Deya se fechara. Desde então, Isra havia ficado profundamente envergonhada. Como podia ter usado uma palavra tão suja para se referir à própria filha de sete anos de idade? O que ela estava pensando na hora? Sua cabeça doía, e ela batia a testa de leve na janela para aliviar a dor.

Fizera aquilo por vergonha, Isra pensou, vergonha de ser mulher. Vergonha que a levara a um aborto na sua última gravidez. Ela não contara a ninguém que havia engravidado no mês anterior, nem a Fareeda que, em meio ao seu luto por Sarah, ainda encontrava energia para lembrar Adam que precisava de um filho homem. Não precisava contar a eles: Isra não tinha a intenção de ter o bebê. Quando a tira de papel ficou vermelha, foi para a alto da escada e pulou repetidamente, batendo na própria barriga com os punhos cerrados. Fareeda não entendeu o que Isra estava fazendo, só que estava pulando da escada, o que claramente a havia assustado. Fareeda pedia que parasse, chamando-a de *majnoona*, gritando que estava louca, possuída, chegando ao extremo de pedir para Adam voltar para casa e controlar a mulher. Mas Isra não parou. Ela precisava sangrar. Então, continuou pulando até o sangue jorrar por suas coxas.

Quem ela quis salvar com aquilo, Isra se perguntava agora, a si mesma ou ao bebê? Ela não sabia ao certo. Só sabia que havia fracassado enquanto mãe. Ainda tinha na memória a expressão de horror de Deya ao vê-la pulando. A dor naquele momento fora tão grande que, por um instante, Isra considerou o suicídio também, colocando a cabeça dentro do fogão, como sua escritora favorita fizera. Mas Isra era covarde demais até para aquilo.

Nas noites seguintes, contava histórias para si mesma, como as de *As mil e uma noites*, para afastar esses pensamentos. Às vezes, pegava uma das folhas de papel que guardava debaixo do colchão e escrevia cartas para *mama*, páginas e mais páginas que ela nunca chegaria a enviar.

\* \* \*

– Tenho medo do que pode acontecer com nossas filhas – Isra disse a Adam um dia, tarde da noite, quando o marido chegou em casa do trabalho. Ela praticara essas mesmas palavras em frente ao espelho para garantir que as sobrancelhas não iriam se franzir quando falasse, que seu olhar se manteria reto. – Tenho medo do que pode acontecer com nossas filhas – repetiu depois de um tempo sem resposta.

Sabia que ele havia ficado surpreso por a ouvir falar de forma tão audaciosa. Ela também se surpreendera, apesar de ter praticado antes, mas ela não aguentava mais. Por quanto tempo mais ela deixaria que ele a silenciasse? Ele bateria nela de qualquer forma, não importa se ela o confrontasse ou se submetesse à sua vontade, falasse ou ficasse em silêncio. Falando, pelo menos podia defender as filhas. Ela devia isso a elas.

Levantou-se e se aproximou dele.

– Sei que Sarah ter fugido foi algo terrível, mas não quero que nossas filhas venham a sofrer por causa disso.

– Do que você está falando, mulher?

– Sei que você não quer ouvir falar disso – Isra disse, tentando não embargar a voz. – Mas eu estou preocupada com nossas filhas. Estou preocupada com o tipo de vida que vamos dar a elas. Também tenho medo de perdê-las. Não acho que é recomendável tirá-las da escola pública.

Adam ficou olhando para ela. Ela não sabia exatamente no que estava pensando, mas por conta dos olhos arregalados, sabia que estava bêbado. Ele atravessou o quarto em três longos passos e a pegou pelos braços.

– Adam, pare! Por favor. Só estou pensando nas nossas filhas.

Mas ele não parou. Com um movimento brusco, jogou-a na parede e bateu repetidamente com os punhos cerrados contra o seu corpo. Estômago, costelas, braços, cabeça. Isra fechou os olhos e, quando achou que já havia terminado, ele a pegou pelo cabelo e estapeou. A força da palma de Adam contra o seu rosto a jogou no chão.

– Como ousa me questionar? – Adam disse com a mandíbula cerrada e trêmula. – Nunca mais fale sobre isso. – Ele foi embora e sumiu no banheiro.

De joelhos, no chão do quarto, ela mal conseguia respirar. Seu nariz sangrava, molhando-lhe o queixo. Limpou o rosto e disse a si mesma que, se fosse necessário, apanharia toda noite para defender as filhas.

# Epílogo

## · DEYA ·

*Outono de 2009*

Deya está na esquina da Rua 73, em frente à Biblioteca Pública do Brooklyn. Seu cabelo dança com a brisa do outono enquanto lê as ementas. Leituras necessárias: *O papel de parede amarelo, A redoma de vidro*. Ela pensa em Fareeda, no olhar em seu rosto quando Deya recebeu a carta de aprovação e a bolsa de estudos da New York University. Deya só contou a ela quando foi aceita, apesar da insistência de Sarah. Não fazia sentido trazer o assunto à tona se não houvesse uma proposta real. Mas agora ela não tinha mais desculpa. Fareeda estava sentada à mesa da cozinha com uma xícara de chá nas mãos.

– Fui aceita em uma faculdade de Manhattan – Deya dissera a ela, mantendo um tom de voz calmo. – E eu vou.

– Manhattan? – Deu para ouvir o medo contido na voz de Fareeda.

– Sei que vai ficar preocupada comigo andando por lá, mas eu transitei pela cidade sozinha todas as vezes em que visitei Sarah. Prometo vir para casa direto depois da aula. Pode confiar em mim. Você precisa confiar em mim.

Fareeda olhou para ela.

– E o casamento?

– O casamento pode esperar. Depois de tudo o que eu fiquei sabendo, você acha que vou simplesmente deixar você me casar com qualquer um? Nada que você possa dizer vai me fazer mudar de ideia. – Fareeda fez um movimento para contestá-la, mas Deya a interrompeu. – Se não me deixar ir, vou embora. Pego minhas irmãs e vou.

– Não! – Então não tente me impedir – disse Deya. – Me deixa ir. – Fareeda ficou em silêncio, e Deya acrescentou: – Você sabe o que Sarah me disse na última vez em que nos encontramos?

– O quê? – Fareeda sussurrou. Ela ainda não vira a filha depois de adulta.

– Ela me disse para aprender. Disse que era a única forma de fazer o meu próprio *naseeb*.

– Mas, filha, não tem como controlar o nosso *naseeb*. O destino chega para nós. É isso o que *naseeb* significa.

– Não é verdade. O meu destino está nas minhas mãos. Os homens escolhem essas coisas o tempo todo. Agora eu vou escolher também.

Fareeda balançou a cabeça, as lágrimas caíram quando piscou os olhos. Deya esperava que ela fosse se opor, se lamentar, brigar, implorar e se recusar a aceitar. Mas, para sua surpresa, Fareeda não fizera nada parecido.

– Ela quer te ver, sabia? – Deya sussurrou. – Ela sente muito e quer voltar para casa. Mas ela está com medo... está com medo de você ainda ser a mesma.

Fareeda desviou o olhar, secando as lágrimas dos olhos.

– Diga a ela que eu mudei, filha. Diga que eu sinto muito.

✣ ✣ ✣

Deya caminha entre as estantes da biblioteca. São grossas e altas, duas vezes mais largas que ela. Pensa nas histórias empilhadas nas prateleiras, apoiadas umas nas outras como corpos sofridos que sustentam o mundo que há dentro delas. Deve haver milhares delas, milhões até. Talvez sua história esteja aqui em algum lugar. Talvez um dia venha a encontrá-la. Ela passa os dedos pela lombada dos livros, inspira e sente o cheiro de papel velho, procurando. Mas um pensamento a arrebata, como se ela tivesse caído dentro d'água.

*Posso contar minha própria história*, pensa. E assim o faz.

· ISRA ·

*Outono de 1997*

Isra não sabia quando exatamente o medo a havia dominado de forma tão acachapante. Mas a afetava de forma tal que há dias não comia ou dormia. Desde que Adam a massacrara por causa da educação das filhas, temia cada vez mais pelo futuro delas. Queria ter escutado Sarah e tido coragem. Mas não tinha tempo a perder com arrependimentos. Precisava salvar as filhas. Elas tinham que fugir.

Isra olhou o relógio de pulso prateado: 15:29. Não tinha muito tempo. Fareeda estava visitando Umm Ahmed, e Nadine tomava banho. Precisavam se apressar. Pegou as certidões de nascimento das filhas e todo o dinheiro que Adam tinha na gaveta, e subiu para pegar o dinheiro e o ouro que Fareeda escondia debaixo do colchão. Ela praticara os dois movimentos mentalmente durante dias, e acabaram saindo melhor do que o esperado. Eu deveria ter fugido com Sarah, pensou pela centésima vez enquanto prendia Layla e Amal no carrinho. Respirou fundo e abriu a porta.

\* \* \*

Isra chegou mais cedo no ponto de ônibus. Acostumara-se ao passeio diário até lá para pegar Deya e Nora quando vinham da escola. Depois de um tempo, começou a gostar. Mas hoje, os quarteirões pareciam mais longos que o normal, as calçadas mais largas e estrangeiras. Disse a si mesma que precisava ser corajosa, que era pelas filhas. Viu o ônibus amarelo e longo ao longe e o ficou olhando ansiosamente até parar na sua frente. O relógio dizia 15:43. Dois minutos adiantado. *Talvez Deus esteja me ajudando*, pensou enquanto o ônibus abria as portas e as filhas saltavam.

De passo em passo, distanciaram-se do ponto. Quando chegaram à esquina, as pernas de Isra começaram a ficar dormentes, mas ela não parou. *Seja forte*, disse a si mesma. *Não é por você, é por elas.*

Chegaram ao metrô da Avenida Bay Ridge às 16:15. Conforme desciam as escadas, Deya e Nora ajudando com o carrinho, exalou um suspiro profundo. A estação era escura, quente e claustrofóbica. Ela olhou para os lados, tentando entender para onde tinha que ir. Havia uma fileira de hastes de metal bloqueando a entrada, e Isra não sabia como passar por elas. Ela viu homens e mulheres deslizar por elas depois de colocar moedas em fendas de metal. Ela se deu conta que precisariam comprar passagens.

À sua direita, havia uma cabine com uma janela de vidro e uma mulher por detrás. Isra empurrou o carrinho para a frente.

– Onde eu compro passagem? – perguntou, sentindo o peso do inglês em sua língua.

– Então – disse a mulher, sem olhar para Isra. – Quantas você quer?

Isra ficou confusa.

– Quantas passagem você quer? – perguntou novamente a mulher, mais devagar e já com o olhar irritado.

Isra apontou para as hastes de metal.

– Preciso ir no trem.

A mulher explicou o quanto cada passagem custava. Surpresa com toda aquela informação, Isra pegou uma nota de dez dólares e a empurrou para o outro lado do vidro.

– Obri... Obrigada – disse gaguejando quando a mulher lhe devolveu uma mão cheia de fichas.

As mãos de Isra tremiam. Duas escadarias levavam para ainda mais abaixo na estação. Isra não sabia qual delas pegar. Olhou para os lados, mas as pessoas passavam por ela como se estivessem em uma corrida. Decidiu pegar a da esquerda.

– Estamos perdidas, *mama*? – Deya perguntou quando chegaram no sopé da escada.

– Não, *habibti*. Nem um pouco.

※ ※ ※

Isra estudou o espaço ao seu redor. Estavam no meio de uma plataforma escura e cheia de gente. Em ambos os lados, o piso de concreto terminava como num penhasco, vendo-se, lá embaixo, os trilhos. Isra passou os olhos por eles, curiosa por saber para onde iam, mas desapareciam na escuridão para além do fim da plataforma.

Havia uma placa preta retangular sobre os trilhos, com a letra "R" impressa e um círculo amarelo ao redor dela. Isra não sabia o significado da letra ou para onde ia. Mas não importava. A melhor coisa a fazer era pegar um trem, qualquer um, e ficar nele até a última estação, o mais longe possível de Bay Ridge. Agora era impossível voltar. Se Adam soubesse que ela tentara fugir, se ele a encontrasse agora, ele a mataria. Disso ela tinha certeza. Mas não importava. Ela fizera sua escolha.

Isra ficou na plataforma, cercada pelas filhas, e esperou o trem. O mundo parecia se desgrudar delas pouco a pouco. Sentiu como se estivesse voando bem alto numa nuvem, bem acima de seu corpo. Viu uma luz vindo em sua direção, e ouviu um apito abafado. Devagar, bem devagar, a luz chegou mais perto e o apito ficou mais alto. Isra viu o trem surgir da escuridão e varrer seu cabelo ao se aproximar. Quando parou na frente delas, suas portas de metal se abriram, e um pulso extático de vitória atravessou-lhe o peito. Finalmente seriam livres.

©2023, Pri Primavera Editorial Ltda.

© Etaf Rum

Equipe editorial: Larissa Caldin, Lu Magalhães e Manu Dourado
Tradução: Cristiano Botafogo
Preparação de texto: Larissa Caldin
Revisão: Rebeca Lacerda
Projeto Gráfico e Capa: Project Nine

Dados Internacionais de Catalogação na Publicação (CIP)
Angelica Ilacqua CRB-8/7057

Rum, Etaf
Uma mulher não é um homem / Etaf Rum ; tradução de Cristiano Botafogo. -- São Paulo: Primavera Editorial, 2019.
300 p.

ISBN: 978-85-5578-126-1
Título original: A Woman is No Man

1. Ficção norte-americana 2. Mulheres - Poder - Ficção I. Título II. Botafogo, Cristiano

19-1460 CDD813.6

Índices para catálogo sistemático:
1. Ficção norte-americana

PRIMAVERA
EDITORIAL

Av. Queiroz Filho, 1560 - Torre Gaivota Sl. 109
05319-000 – São Paulo – SP
Telefone: (55) 11 3034-3925
(55) 11 99197-3552
www.primaveraeditorial.com
contato@primaveraeditorial.com

*Todos os direitos reservados e protegidos pela lei 9.610 de 19/02/1998. Nenhuma parte desta obra poderá ser reproduzida ou transmitida por quaisquer meios, eletrônicos, mecânicos, fotográficos ou quaisquer outros, sem autorização prévia, por escrito, da editora.*

**PRIMAVERA**
**EDITORIAL**

| | |
|---|---|
| edição | maio de 2023 |
| impressão | colorsystem |
| papel de miolo | pólen natural 80g/m² |
| papel de capa | cartão supremo 300g/m² |
| tipografia | Sabon LT Std |